スカル・ブレーカ

The Skull Breaker

森 博嗣

KODANSHA NOVELS
講談社ノベルス

真はない
偽もない
あるのは
生か
死か

生きる者が
正しさを唱え
道を振り返る

だが
道はない
進むか
退くか
ほかにない

見ろ
己の刀の先を
向かうものは
そこにある

それが真だ

その真を
突け

己は必ず死ぬ
そう信じて
突け

そこに
生がある
ただ一つの
生が

だが
その生を知る
ことはできない
その生を見る
こともできない

それがこの道である

カバー装画・挿絵
山田章博
カバーデザイン
コガモデザイン
ブックデザイン
熊谷博人・釜津典之

CONTENTS

The Skull Breaker
by MORI Hiroshi
2013
Kodansha Novels edition
2021

Practice lasts as long as you live. One type of person cannot make anything of himself, even with practice. He thinks he has no skill, and so do those around him. He cannot expect to be of any service at that level. The next type cannot make himself useful, but is aware of his poor skill and at the same time notices the weak points in others. People of a third type belong to the upper class. They are entitled to be proud of their skill, feel pleased at being praised by others, and sympathize with people of poor skill. Those in this category are able to serve the lord with their high skill. But the type of people who are uppermost look as if they knew nothing, while everyone knows them to be superb swordsmen. In most cases it is this level that people can arrive at. However, there exists a level even above this. If you step into that world, you will find it to be boundless and will be unable to grasp how far it spreads. However far you go, you cannot get to the end of the world. You just know you are standing in the endless world, without feeling depressed or proud.

(HAGAKURE)

一生の間修行に次第がこれあるなり。下《げ》の位《くらゐ》は修行すれども物にならず、我も下手《へた》と思ひ、人も下手と思ふなり。この分にては用に立たざるなり。中《ちう》の位は未《いま》だ用には立たざれども、我が不足目にかゝり、人の不足も見ゆるものなり。上《じやう》の位は我が物に仕成《しな》して自慢出来、人の褒むるを悦《よろこ》び、人の至らざるをなげくなり。これは用に立つなり。人も上手《じやうず》と見るなり。大方是迄《これまで》なり。この上に、一段立ち越え、道の絶えたる位あるなり。その道に深く入《い》れば、終《つひ》に果てもなき事を見附《みつ》くる故《ゆゑ》、是迄と思ふ事ならず。我に不足ある事を実《じつ》に知りて、一生成就の念これなく、自慢の念もなく、卑下の心もこれなくして果《はた》す道を知りたり。

（葉隠）

prologue

プロローグ

海と山ばかり、あるいは小さな里を遠くに見て歩く日が続いたのち、大きな川を船で渡った。その川には、船が沢山《たくさん》浮かんでいた。船ともいえないものも浮かんでいた。最初はよくわからなかったが、近くへ流れてきたものを見ると、それは太い樹のようだった。枝はなく、樹の幹だけである。そのように浮かべているのか、それとも流しているのかわからない。それが沢山ある。大風などで山で倒れたものが流れてきたのではない。それは、樹の端の形でわかる。人間が切ったものだ。切り口が人の背丈もあろうかという太さのものもあった。そんな大木を切ったのだから、よほどの苦労があったと想像できる。それが何本も川を流れているのだ。

船に一緒に乗っている商人風の男に、あの樹は何故《なぜ》ここを流れているのか、と尋《たず》ねると、山で切った樹を運んでいるのだと教えてくれた。運んでいるのは、どう見ても水である。ただ流されているだけに見える。こんな状態を、運んでいる、と言って良いものだろうか、と不思議に感じたが、首を捻《ひね》っていると、その親切な男が、さらに説明してくれた。

「この先で、流れがもっと緩《ゆる》やかになるんですよ。中州がありましてね、そこに製材所があります。あ、つまり、樹を板に切り分けるのですな。このまえ、大火事があったそうです。火事があると、板がまた沢山必要になりますわな」

「家を建てるためにですか？」

「そうそう。だから、どんどん山で樹を切り倒す。そうなれば、山を持っている者は大儲《おおもう》けというわけです」男はそう話して、ははははと笑った。

何が可笑《おか》しいのか理解できなかったが、こういう場合は、同調して少しは楽しそうな顔をした方が良い。たいていの者がそうしているようだ。もしかしたら、笑っている本人も大して面白くないのかもしれないが、笑うと相手が油断するし、敵意がないことをそうして伝えることにもなる。動物は笑わないが、人間は笑う。だから、このように大勢が集まり、互いに助け合い、集団で生活を営むことができるのだろう。

そういったことが、この頃だいぶわかってきた。だから、多少は笑えるようにもなったのだ。自信はないが、たぶん、自分の顔も笑っているのだと思う。水面に映してみたかったが、船から顔を出すのは危ないので、我慢をした。いまだに、この船という乗り物にも慣れることがない。生きた心地がしない、という言葉が一番相応《ふさわ》しいと思える。

「お侍《さむらい》さんは、どちらまで行かれるんです？」その男が尋ねてきた。

「都へ」と答える。どうして、人の行き先がそんなに気になるのか、と最初は思ったのだが、みんながこれをきく。どうやら、単なる挨拶《あいさつ》程度のものらしい。旅をする者は、例外なくそれぞれの行き先を持っているので話題にしやすい、ということだろう。

「そうですか。この先の街も大きいが、都ほどではない。いや、私は都へは上ったことがないので、あまりよくは存じませんが、人の話によれば、ここの何倍も大きいそうですわな」

「どうして、そんなに沢山の人が集まっているのでしょうか?」この際だから質問してみることにした。

「え、どうしてかって、言われましてもねぇ。さあ、どうしてでしょうな。まあ、それは、その、もともと沢山いたから、都になったんじゃないですか」

「では、ここの街はどうですか。昔からずっと、大勢の人がいるのですか?」

「だと思いますよ。あ、でも、ここの出身ではない人も多いですなあ。ああ、そうか、仕事があるから、集まってくるわけですよ。都もたぶんそういうのがあるのでしょう」

「どうして仕事があるのですか?」

「そりゃあ、人が沢山いるからですわな、きっと」彼は、またそこでははと笑った。もう話を終わらせたいようだ。笑顔なのに睨《にら》むような目でこちらを見た。そんな馬鹿《ばか》な質問をするな、とでも言いたげである。こういった微妙な表情というのも、この頃見分けられるようになったのである。

話はそれでやめて、風景を眺《なが》める振りをした。船には、ほかにも数人乗っている。侍は自分だけで、商人と職人が二人ずつ、あとは船頭が二人。比較的大きな船だが、客は少なかった。時刻はそろそろ昼時である。

大きな街には人が多い。だから仕事が増える、という理屈はわからないでもない。人が多ければ家も多くなるから、それを作ったり直したりする者も大勢必要だろう。しかし、仕事をするのは対価を得るためだ。その金は、どこから回ってくるのだろう。最初に誰がその金を稼いだのか、否《いな》、そもそも、金を作ったのは誰なのか。それは、たぶん、この地を治めている者だろう。最初に金を作った者は、どうやって、みんなにそれがいろいろなものと交換できると信じさせたのか。何がいくらの金と交換できると、その勘定《かんじょう》をどうやって決めたのだろうか。これは、なかなか難しい。

それよりも、人が集まるから仕事ができるのか、仕事があるから人が集まるのか、その順序がよくわからない。堂々巡りではないか。考えるのは面白いが、答は見つかりそうにない。

対岸に船は無事に着いた。大勢の客が待っていたが、船頭は、飯を食うから待っていてくれと言って、近くの小屋の方へ消えてしまった。客がいるのに飯をさきにするというのも、困った仕事だと思われたが、自分には無関係なので黙ってそこを立ち去った。

しばらく、坂道を上っていく。船を降りた者は皆、同じ道を歩いていた。さきほどの商人も近くにいて、坂を上りきった場所で、「ほらほら、あそこですよ」と指をさした。手前には畠《はたけ》があったが、その先に屋根が沢山見えた。今まで見たうちでは数も多いし、中には非常に大きな屋根もあった。煙も上がっている。そちらへ道が真《ま》っ直《す》ぐに延びていて、さらに進むと、両側にも何軒か商店らしき建物が並ぶ。宿屋もある。道を往《ゆ》き来する人間の数も増えた。

人が作ったものと思われる小さな川があった。橋も架かっている。道幅が広くなり、人の往来もさらに増して、軒下《のきした》で立ち話をする人や、家の前で道具の修理をしている者もいる。大きな荷車が斜めに置かれていて、沢山の荷物が載っていた。木箱と、あとは袋だ。何が入っているのだろう。

また、人を運ぶ駕籠《かご》というものも幾つか見た。まえにも見かけたことがあったが、そのときは、家来の者数名を伴《ともな》っていた。だから、金持ちか位《くらい》の高い者だとわかった。そういった付き人のいない駕籠だったので、つまり、普通に一人の人間でも駕籠に乗ることがあるようだ。空《から》ではない。乗っていることは、前後の者の力み方でわかる。

不思議なものだ。一人の人間を運ぶのに、二人の者が力を貸すのである。しかも、その二人は、自分の躰《からだ》も運ばねばならないし、それに加えて、重そうなあの駕籠ももともと運ばなければならないのだ。一人で歩けば簡単なものを、どうしてそんな大層な仕事にしてしまうのか。結局のところ、金を払って仕事を無駄に作っているような気がする。

しかし、そこで船の上の話を思い出した。なるほど、街に仕事があるというのは、こういう道理なのか。すなわち、無駄な仕事を作ることができるような金持ちがいる、というわけか。もっともらしい理屈である。では、その金持ちは、何故金持ちなのだろう、と考えるに、たぶん、人を大勢使って、大きな商売をした結果なのではないか。そうして集めた金を、また大勢に分け与えるために、無駄な仕事まで作らねばならない。人が大勢集まっているところでは、そんな無駄も必要になるのか。

たとえば、料理がそうだ。あんなに無闇矢鱈《むやみやたら》と飾ったり、別々の味付けをしたり、多数の皿に分けて盛りつける必要などない。口から入れて、腹が満たされれば良いのであって、美味《うま》かろうが、少々不味《まず》かろうが、食べてしまったあとにはほとんど違いはないのである。美味い料理を食べたあとは躰の調子が良いとか、刀の振りが違うとか、そういうことはまったくない。ただ一瞬、美味いな、と思うだけだ。そういう思いというのは、実に無駄なものではないか。しかし、宿屋で出るものは、料理人が仕事として作っている。細かい造作《ぞうさ》を加え、綺麗《きれい》な皿にのせ、高い金を取るのだ。口に入れてしまえば、そんな造作もたちまち壊れる。皿などは食べることさえできない。その皿だって、職人が面倒な手順で焼き上げ、色をつけたものにちがいない。あちらこちらに、実は無駄といえる仕事が多々あって、それらに誰かが金を払っている。だからこそ、そういうものを仕事にできる。無駄で回っているのだ。無駄の循環があるから、このように大勢が集まっていられるのだろう。

無駄を重ねて、人が集まり、そのさきに何を目指すのだろう。山奥でひっそりと暮らすことに比べて、どんな利が得られるのだろう。そこが是非とも知りたいところである。

前方から大声で叫びながら、こちらへ駆けてくる者がいた。たちまち近くまで来て、あっという間に後方へ走り去った。最初は何を言っているのかわからなかったが、どうやら「きりあいだ」と言っているようだった。きりあいとは、つまり、刀で斬《き》り合《あ》うことだろうか。それが、彼が走っていった方角で行われるということか。何のために彼は走っているのだろう。まったく意味がわからない。

しかし、大勢が急いで駆けだした。それも、叫んで走り去った男とは逆の方向だった。前方の街の方へ向かって皆が駆けていく。そうか、叫んでいた者は、斬合いを見たのだ。そして、それが恐かったからか、それとも医者でも呼びにいくため急いでいたのか、とにかく、向こうで斬合いがあった、と皆に伝えながら走っていったのだ。

それを聞いて駆けだした者たちは、斬合いが見たいのだろうか。周囲を眺めたところ、恐がって逃げる者はいなかった。

これまでどおりの歩調でそのまま歩いていく。そろそろ腹が減ったので、うどんでも食べようかと考え、道の両側の看板を確かめながら進んでいった。

少し先に、高い建物が見えてきた。寺ではない。今までに見たことのない形の建物だ。もしかしたら、あれが城というものだろうか。もう少し近くへ行って眺めてみたいものだが、道の方角からは少し外れているようだった。だが、いずれ近くまで行けるだろう。うどんのあとで良い。

道幅はさらに広くなり、片側に水路が現れた。そちら側の建物は、すべて橋を渡らないと入ることができない。家の前に川があるようなものだ。これは、なにかと便利なのではないか。しかし、井戸の水ほど綺麗ではないはず。雨が降れば、泥水も混ざるだろう。

人が大勢集まっている。掛け声も上がっていた。珍しい見せ物でもあるのか、と期待したが、そうではなく、これが斬合いだった。人垣から覗《のぞ》き見《み》て、それがわかった。

斬合いという言葉のとおりではない。ただ、二人の侍が刀を抜いて、睨み合っているだけだった。ほとんど動かない。

一人は痩《や》せた中年だ。黒っぽい質素な着物で、背中に小さな荷物を結んでいた。刀を真っ直ぐに相手に向けて構えている。もう一人は、若い小太りの男で、こちらの方が体格も良く、着ているものも立派だった。上段に構え、小刻みに躰を動かしている。出ると見せ、揺さぶりをかけるが、重心の移動が不充分で、本当に出るようには見受けられない。二人とも無言だ。斬合いだと叫んで男が走っていったのは、もうだいぶまえのことである。それからずっとこのように睨み合っているのだろうか。だとしたら、なかなかに慎重なことだ。刀を納めて、引き分けた方が良いのではないか。

掛け声を発しているのは、周りにいる者たちだ。「どうした」とか、「そこだ」とか、無責任なことを言っている。集まっている野次馬は、ほとんどが町人たちで、子供も混ざっていた。侍も数人いたが、止める様子はない。どうしたものか、と思案したが、自分には関わりのないことなので、しばらく見たあと、道の脇を通って、先へ進むことにした。うどんを食べる方が、今の自分には重要だと思えた。

そうして、人垣の反対側へなんとか出ることができた。そのまま離れようとしたのだが、そこに若い大柄《おおがら》の侍が腕組みをして立っていた。これは、なかなかの腕前とすぐにわかった。勝負をしている二人を同時に倒せる力量があるだろう。向こうもこちらに気づき、目が合った。

軽く頭を下げて、脇を通り過ぎようとすると、「待たれよ」と声をかけられる。ほかの者には聞こえない控《ひか》えた声だった。立ち止まり、そちらを向き、「私ですか？」ときいた。

「あ、すまん」彼は片手を広げてみせる。「ちょっと、きいても良いかな？」

「ええ」と頷《うなず》くと、相手はそこでにっこりと笑った。

大男だが身軽そうな仕草《しぐさ》だった。前歯が一本欠けているのが見えた。それくらい笑った顔を見せたのだ。これも、挨拶の一つなのか、と解釈した。侍はこちらへ近づき、声をさらに落として話した。

「真剣の勝負を見ずに、通り過ぎるというのは、いかにも不思議。なにか理由があるのですか？」

それがききたかったことらしい。

「いえ、特に理由はありませんが、うどんを食べたかったので」

「うどん？」

「ご存じないのですか？」

「いや、うどんは知っている」男はそこで息を弾ませた。笑ったようだ。「そうか、うどんか、そう言われれば、うどんの方が食えるな。俺も急に食べたくなった」

「そうですか……。では、ご免」頭を下げて、立ち去ろうとする。

「あ、すまん、すまん」男はこちらへついてくる。「気を悪くされたのか？」

「いえ、そんなことはありません」

「そんなに、うどんが好きか？」

しかたがないので、立ち止まった。相手が何を言いたいのか、よくわからないが、あまり無視しても悪い。丁寧《ていねい》に対応するに越したことはない。面倒なことだが、世間の礼儀というものは、そういうものらしい。

「いえ、うどんがどうしても食べたいというわけでもありません。ただ、あの斬合いを見ているよりは、うーん、そうですね、城も見たいし、もっと面白いものが先にあるように思いました。うどんは、ただの思いつきです」

「なるほど。理解した」男は微笑《ほほえ》んだ顔で頷いた。「かなりの腕前とお見受けしたが、あの二人を放っておくのは、いかがなものだろう？」

「というと？」

「うん、俺も迷っているのだ。このまま放っておけば、怪我人《けがにん》が出る。どちらかが命を落とすかもしれん。こうして悠長な話をしているうちにも……」彼は、人垣を振り返った。「どうしたものかなあ。あの二人、必死になってはいるが、恐いから出られない。相手の力量を見るだけの能はある。惜《お》しいことだ。あるいは、真剣で立ち向かった経験がないのかもしれぬ。やめれば良いのだが、これだけ人が集まっては、もはややめようとも言えぬ」

「どうして斬合いになったのですか？」

「わからん。単なる喧嘩《けんか》だろう」

「喧嘩ならば、刀を抜かねば良かったのに」

「そのとおりだ。もったいないことだ」

「もったいないというのは？　ああ、命がもったいないということですか？」

「そうそう」男はまた笑った。「しょうがないなあ。止めてくるか」

男はそう言うと、さっと身を翻《ひるがえ》し、人込みの中へ分け入っていった。

こうなると、興味がある。そのまま立ち去ることはできず、自分も引き返して、遠巻きに見物をすることにした。

男は、中年の侍の方へ近づき、「助太刀《すけだち》いたす」と声を上げて、刀を抜いたのだ。

これに怯《ひる》み、若い方の侍は下がり、「人の喧嘩に助太刀とは何だ？　おい、卑怯《ひきょう》だぞ」と唾《つば》を飛ばす。

「喧嘩に、卑怯も立派もあるものか」男は大声で応《こた》えた。

助太刀された中年の侍は、ちらちらと横を見て、男の顔を窺《うかが》っているが、無言だった。

「ええい、つまらん。やめだ」若い方がさらに下がり、刀を納めつつ、叫んだ。「命拾いをしたな、老いぼれ。覚えてろよ」

その侍は、逃げるようにして、割れた人垣の間を走り去った。もちろん、二人の侍は追わない。刀を鞘《さや》に納める。

「なんだよ」という声がどこからともなく上がったが、見物人はもう散り始めた。ようやく、中年の侍が、助太刀した男に頭を下げた。言葉はなかったようだ。

二人がこちらへやってきた。

「どうだ、うどんを一緒に食べないか」男が言った。彼は、中年の侍の背中を押している。どうやら、一緒にというのは、三人で、という意味らしい。どうして自分まで誘われるのか、と考えたが、うどんを食べると言い出した責任はある。しかたなくつき合うことになった。

うどん屋はすぐ近くにあった。外の看板には、めしとしか書かれていないのに、うどんを出すようだ。そういう場合もあるのかと少し驚いた。つまり、うどんも飯のうちなのか、という新しい理解である。これは、うどんという言葉よりも、飯という言葉が自分が考えているものとは違う、ということになりそうだ。

「お主《ぬし》、何を考えているのだ?」ときかれた。

「いや、特に言うほどのことではありません」と答えた。うどんと飯のことを考えていたと正直に話しても、きっとろくなことにはならないだろう。自分も賢くなったものである。

この少々強引な男は、チハヤと名乗った。姓は幾つもあるが、まだしっくり来ないので、これといって決めていない、と話した。いかにもいい加減な話である。また、窶《やつ》れた中年の侍は、ヤナギと名乗った。さきほどの喧嘩は言いがかりをつけられたもので不本意ではあったが、それもすべて自分の不注意によるもの、まったく申し訳ない、と頭を下げた。うどん代はヤナギが持つと言ったが、それはチハヤも自分も断った。ヤナギはどう見てもそれほど懐《ふところ》に余裕のあるようには見えなかったからだ。

「うどん代を奢《おご》るのは、お主であろう。うどんを食べようと提案した張本人だからな」チハヤは、こちらを見て言う。「そうだ、名前をきいていないな」

「失礼、私はゼンといいます」

「ゼン？　変わった名だな」

「あの、私がうどん代を奢るのは、ちょっと理屈がわかりませんが……」

「冗談だ」チハヤはこちらの肩をぽんと叩《たた》いて笑った。

奢っても良いか、と考えていたが、あまりに強引なので正直なところを口にしたのだ。冗談とは思わなかった。とても笑えるような冗談ではない。

「ああやって、勝てそうな相手に喧嘩をふっかけて、金を取る輩《やから》がいるのだ。まあ、そこそこには腕に自信がある。あるつもりなのだろう」

「見くびられました」ヤナギがぼそっと呟《つぶや》いた。

「いやいや、刀を抜いてみたところ、これは思いのほか強そうだ、とわかった。それで、にっちもさっちもいかなくなってしまった、というわけだな。あいつも今頃、助かったと思っているはず。だから、奴《やつ》にうどんを奢らせれば良かったのだ。それが道理というものだ」

チハヤは、自分の膝《ひざ》を叩き、声を立てて笑った。ここまで大笑いされると、つられて笑ってしまう。ヤナギも、引きつった顔で少し笑顔になった。自分とチハヤよりも、一回りは年長である。控えめな性格のようだが、顔には苦労の皺《しわ》が多い。目は充血していて、顔色も良くない。まるで病み上がりのようにも見える。長時間刀を構え、気力を使い果たしたためかもしれない。

もしも、チハヤが止めに入らなければ、どうなっていただろう。自分が見たところ、二人は五分五分だった。どちらかが明らかに上手《うわて》とは見えなかった。もちろん、だからこそ睨み合った状態が続いたのだ。こういった場合、やはり疲れが出た方、油断が出た方が分《ぶ》が悪い。ヤナギは命拾いをしたことになるのか。

うどんは、今まで食べたうちで一番美味かった。うどんが特に好きだということはなかったのだが、もしかしたら好きになったかもしれない。そう思った。情けないことであるが、美味いものを食べると、一時《いっとき》でも気分が良くなるのは認めざるをえない。こういったことで気持ちが左右されるようではまずい。慎《つつし》まなければならないようにも感じた。

チハヤは、うどんをあっという間に食べると、自分の代金を置いて店から出ていった。急ぎの用事がある様子だった。その後は、一気に場が静かになった。二人がうどんを啜《すす》る音だけ。これは、なにか話した方が良いのではないか、と思案しているうちに、

「ゼン殿の刀は、珍しいもののようにお見受けしました」とヤナギの方から話しかけてきた。

「そうですか。私は、由緒《ゆいしょ》は知りません。師より授かったものです」

「鞘は新しそうですね。塗りが美しい。その鞘に納めるとしたら、相当のものでしょう」

「刀は、折れなければ、それで良いと思いますが」

「いや失礼。無用なことを……。いえ、この間まで、そういう仕事をしていたので、つい……」

「仕事？　どんな仕事ですか？」

「古いものに値づけをして、整理をする仕事でした。大きなお屋敷に雇われておりました。もともとは勘定役でした。家は傾き、なにかと整理をしなくてはならなくなり、家宝もどんどん手放して凌《しの》いでおりましたが、最後は、この私も暇を出されたというわけです。お恥ずかしい」

「どうして、恥ずかしいのですか？」

その質問には答えてもらえなかった。仕事を辞めさせられたのは、屋敷の主《あるじ》の稼ぎが不足したのが理由であって、ヤナギが恥ずかしがることでもないように感じたのだが。

「もともと、私の師が、そこで勘定役をしておりました。それが、躰の具合が悪くなり、代役として私が呼ばれたのです。師は亡くなりました。その後もしばらく勤めておりましたが、あくまでも代役、いずれは暇を出されるものと覚悟しておりました」

ヤナギは溜息《ためいき》をついた。

「それで、今はどうされているのですか？」

「いや、里に帰る途中です。このすぐ近くです。あと、東へ川を二つほど渡ったところです。妻と子供が待っております」

「ああ、そうですか。それは、帰れば喜ばれるでしょう」

「いや、喜ぶということはありません」

「え、どうしてですか？」

「職を失って戻ってきたのですから。戻ってくるよりも、金を送ってほしい、と言うでしょう」

「そういうものですか？」

「そういうものです」

そうだろうか。たしかに、主人が戻ってきても、稼ぎがなければ、逆に食扶持《くいぶち》が増えるだけ、ともいえる。だが、もともと里でなにか仕事をしていたのではないか。それを再開すれば良いように思えた。そこを尋ねたかったが、あまりに立ち入るのも良くないと考えて黙っていた。

「侍というのは、今は仕事がない」ヤナギは呟くように言った。「百姓《ひやくしよう》や漁師《りようし》の方が良い。結局は、それらの真似事《まねごと》をする。でも、なかなかものにはなりません。腕も知識もないからです。いや、お若い方に、こんな話をしてもしかたのないことですが」

山に籠《こ》もっていれば、侍でも百姓でも同じように思えた。しかし、そんな話をしてもわかってもらえないかもしれない。

「あちらに、立派な建物が見えましたが、あれは城ですか？」だいたいの方角を指さしてきいてみた。話題を変えた方が良いと感じたからだ。

「そうです。私も一度だけ、主人について城内に入ったことがあります。もっとも、蔵のある一角で、城内といってもほんの端でしたが」

「あの高いところは、何をするためのものですか？」

「天守閣《てんしゅかく》ですか。あそこは、まあ、周囲を見渡すためのものですね」

「ああ、では、火《ひ》の見櫓《みやぐら》のような？」

「ええ、そうです。火事を見回るわけではありませんが」

「よくあんな高いものを作りましたね」

「腕の良い棟梁《とうりょう》がいないとできませんね。私も一人知っていますが、それはもう、侍よりも偉いと思えるほど機転の利く人物です」

「大工《だいく》ですか？」

「そうです。大工の頭《かしら》というか、造作《ぞうさく》を取り仕切る者です」

「なるほど」面白い話だと感じた。この男は知識を持っているようだ。さきほどまでは無口だったが、チハヤがいなくなってからはよくしゃべる。

「ゼン殿は、これからどちらへ？」

「そうですね、まずは城を見にいこうと考えています。今日は、この街に泊まるつもりなので、午後はゆっくりできます」

「見ても、外から眺めただけでは、なにもわからないのでは？」

「そうですね。中に入れてもらうことは、できないのですか？」

「それは、ええ、無理というもの」

「そうですか」

　ところが、これが無理でもなかったのである。

うどん代をそれぞれに支払い、店を出たら、馬に乗った立派な身なりの侍と五人もの家来《けらい》たちが立っていた。この家来たちは、皆同じような鎧《よろい》を着ていた。鎧というものは知っていたし、見たこともある。しかし、実際に人が身につけているのに出会うのは初めてだった。とても異様な光景に見えた。

　馬は薄い色で、体格も立派だった。そこに乗っている侍は老年の男で、かぶっているもの、着ているものが立派だ。馬と人間では、立派に見せるものが違っている。こちらをじっと睨んだ。待っていたようだ。

「ヤナギ殿か？」馬の上の侍が尋ねた。

「はい、そうですが」ヤナギは頭を下げた。

「城へ一緒に来てもらいたい」

「え？　城へですか？」

「そう言っておる。耳が悪いのか？」

「いえ、しかし、どういった用件でしょうか？」

「それは、城へ来ればわかる」

「はあ……」ヤナギはまた頭を下げたが、難しい顔をしている。合点《がてん》がいかないようだ。

「そちらの者も、一緒に来い」

「私ですか？」

「そうだ。さきほど、ヤナギ殿を助けたそうだな」

「え？　助けた？」

何の話か、と首を傾《かし》げたが、少し遅れて、ああ、チハヤと間違えているのか、とわかった。

「いえ、私は、そのようなことは……」

「話はあとで聞く。とにかく、ついて参れ」

侍は馬の向きを変えた。名乗ることもなかったし、人に話をするのに、馬から降りないというのが、無礼な感じがしたのだが、そうでもないのだろうか。それくらい、この侍は身分が高いということだろうか。

馬の後ろをついて歩くことになった。道の中央を進む。往来の人は皆、左右に退《しりぞ》き、頭を下げる。馬の両側に一人ずつ家来がつき、残りの者は、我々二人よりも後ろからついてくる。いずれも硬そうな笠《かさ》の形のものを頭にかぶっていたが、振り返って顔を見るとまだ若い。じろりとこちらを見据《みす》えている。今にも刀を抜きそうな殺気もある。鎧は重そうで、こんなものを着て歩いたら疲れるのではないか、と思えた。

「どういうわけでしょうか？」隣を歩くヤナギに小声で尋ねた。

「さあ、私には、心当たりはありません。見当もつきません」

「馬に乗っているのは、誰ですか？　城の殿様ですか？」

「いえ、そうではないが……」ヤナギは首をふった。

「ぼそぼそ話をするな。黙ってついて参れ」馬の上から声が飛んでくる。

黙って歩かないといけない理由を教えてもらいたかった。なにか気に障《さわ》ることでもあったのか。機嫌《きげん》が悪いようだが、人に当たらないでほしいものだ。

しかたがないので、黙って歩いた。通りかかる人々がじろじろとこちらを見ていく。なにか悪いことでもした人間に見えるのではないか。ヤナギの顔を見ると、すまないと言いたげに顔を顰《しか》める。そうか、自分のせいで巻添えになった、と考えているのだ。もしかしたら、そのとおりかもしれない。

城が正面に見えてきた。まず、驚いたのは、街の中なのに沢山の樹が立ち並んでいることだった。それもかなり大きな樹だ。これは、人が植えたものだろう。近くまで来て、楓《かえで》の樹だとわかった。もう緑ではなく、少し色を変え始めて、日の当たる側から黄色くなっていた。その楓の並びの奥は、川というのか池というのか、これも明らかに人が作ったものだった。その水溜めが城の周囲にある。簡単に人が出入りできないようにしているのか、それとも、本物の川と結んで、水路として荷物を運ぶためだろうか。

見たこともない見事な石垣が水の向こう側に立ち上がっている。橋が架けられていて、石垣に挟まれたところに大きな門があった。門番が四人立っていたが、こちらが近づいていくと、大きな扉を開けた。中に、さらに何人かいる。門を開閉することが仕事の人夫らしい。無駄な仕事をしているように思う。

「ドーマ様のおなり」誰かが謳《うた》うように声を上げる。

それが、馬に乗っている侍の名前らしい。帰ってきたことを城の者たちに伝えたようだ。

その後は、石が敷かれた坂道を上っていった。両側を石垣とその上の白い塀に挟まれた道は、幾度か方角を変えた。そして、また大きな門があった。ここにも、門番がいて、さきほどと同じことをする。

城というのは、想像していたものと多少違っている。もっと、戦闘的な砦《とりで》だと想像していたが、そういった雰囲気ではまったくない。今の時代には、そんな戦《いくさ》はない、ということか。

門を潜《くぐ》り抜《ぬ》けると、広い庭に出た。近くに建物があって、そこに出迎えの者が大勢待っていた。外から見えた一番高い建物はここからは見えなかった。二十人ほどが、こちらへ近づいてきて、自分とヤナギを取り囲んだ。ドーマという侍は、ここで馬から降りた。その馬を連れていく役目の者がいて、馬は奥へ引かれていった。ドーマは、家来になにか指示をしたあと、ヤナギの前にやってきた。

「城の中は、帯刀《たいとう》が禁じられている。ここで両名とも刀を預からせていただく」

「何故、城に入るのか、教えてもらえませんか」ヤナギがきいた。もっともなことだ。

「わからぬか？」ドーマがきき返す。

「わかりません」

「そうか。お主が知っていることを尋ねたい。それは、ほかで話されては困ることだ。どうだ、心当たりがあるのではないか？」

ヤナギは黙った。心当たりがあるということだろうか。

ドーマがこちらを向いた。

「お主は、何故、ヤナギ殿を助けようとした？　どういった関わりがあるのか？」

「あの、その方は、私を助けたのではない。ただ、うどんを一緒に食べただけです」ヤナギが言った。

しかし、ドーマはこちらをじっと睨んだままだった。「お主にきいている」

「うどんを一緒に食べたことは本当です」それだけを答えた。

「うん」ドーマは頷く。それから、こちらの腰の刀を見た。「旅の者か？」

「そうです」

「腕に覚えがあるようだな。どこの流派か？」

「いえ、大した者ではありません」

「では、その刀はどうした？　自分の物か？」

「はい。これは、師から譲り受けたものです」

「その師の名は?」

「あの、申し上げるほどのことではないかと」

ドーマはじっとこちらを見据える。目に力があった。刀の腕前どうこうよりも、その押してくるような目が普通ではない。城の侍というものは、なにか流儀が違うのだろうか。

「わかった。とにかく、中で話を聞きたい。すまぬが、刀を預けてくれ」

家来が進み出て、すぐ手前で片膝をついた。ヤナギの様子を見ると、刀を渡しているので、同じようにした。こんなことならば、ついてこなければ良かった。途中で逃げ出すべきだったのだ。門がなければ、今でも走って逃げたかもしれない。困ったことになったな、と思った。

逃げ出すにも、周りは水で囲まれている。深い水は苦手なのだ。ますます困った。

episode 1 : Default sword

A man disgraced himself by not taking revenge on someone who bullied him. You cannot achieve your purpose, if you stop to think how to do it. Do not hesitate, but dash at it. To be killed in revenge is not shameful at all. You will miss the chance if you think you must find some means to kill him. If you are horrified that your opponents are many, you will think of giving up. No matter how many opponents there are, rush at them with determination to cut them all down. That is how to achieve it.

第1話　デフォルト・ソード

何某《なにがし》、喧嘩打返《けんくわうちかへ》しをせぬ故恥《ゆゑはぢ》になりたり。打返しの仕様《しやう》は、踏懸《ふみか》けて切殺《きりころ》さるゝ迄なり。これにて恥にならぬなり。仕果《しおほ》すべしと思ふ故、間に合はず。向《むかふ》は大勢《おほぜい》などと云《い》ひて時を移し、しまり止《や》めになる相談に極《きま》るなり。相手何千人もあれ、片端《かたはし》より撫切《なでぎり》と思ひ定めて、立向《たちむか》ふ迄にて成就なり。多分仕済ますものなり。

1

案内された部屋で、ヤナギと二人で待った。窓はなく、壁の一面は石垣だった。入口の戸は金物の格子《こうし》で、錆《さ》びついていた。あまり綺麗な場所ではない。座るところもなく、二人ともしばらく立っていた。かなり冷える。この部屋は明らかに外よりも寒い。

「なんか、変ではありませんか。もうずいぶん経《た》ちますが、呼びにきませんね」と言うと、ヤナギは突然膝を折り、両手をついて頭を下げる。

「申し訳ない。貴殿《きでん》には、無関係のこと。どうか許してくれ」

「あのぉ……」とにかく、こちらもしゃがんで、彼の手を取った。「謝る必要はありません。特に迷惑を受けたわけでもない。ただ、いったいどうなっているのか、私にはよくわかりません」

「おそらく、ただでここから出ることはできないと思います」

「どうしてですか？」

「私を出したくないのです」

意味がわからない。首を傾げていると、ヤナギは起き上がり、そのままそこに座った。こちらも腰を下ろし、彼に向き合う。

ヤナギは、思うところを説明してくれた。細かい部分は理解できなかったが、つまり、ヤナギが勤めていた家の勘定で、城にとって秘密にしておきたい事柄があったらしい。それを公《おおやけ》にされては困る。だから、ヤナギを城の中に留《とど》めておこうとしたのではないか。どうも、そういう話だった。

「実は、さきほどの喧嘩の相手も、まえの屋敷に関係のある者のようでした。私は知りませんでしたが、そのように名乗ったのです。言いがかりをつけてきたのは、口を封じようとしたのではないか、とも思いました」

「どんなことをご存じなんですか？」きいてみることにした。

「いえ、それは言えません。その家の中で知ったことは、その家の中だけのこと。外で誰にでも話せるものではありません。そう心得ております」

「なるほど。これは失礼しました」

ヤナギの人柄を知っていれば、秘密が漏《も》れる心配など無用に思える。それが、城の者にはわからないということか。どうやって、それを説明すれば良いのだろう。

「ゼン殿を、人違いで連れてきてしまった。そもそも、喧嘩のとき助太刀があったと報告をしたので、このようなことになったわけです。おそらくは、あの者が城に通報したのでしょう」

「ああ、そういうことですか」

ヤナギという人物は、なかなか頭が回るようである。やはり、勘定役を任せられるだけのことはある。きっと算盤《そろばん》も上手なのだろう。そう、算盤という道具も、先日知ったばかりである。

立ち上がって、入口の戸を確かめたところ、外から鍵がかかっているようで、開けられなかった。そういえば、変な音がしたのだ。気づかなかった。この部屋にはほかに出入口はない。閉じ込められたということか。

「話があるというのは、嘘だったのですね。なにもそんな嘘をつくような卑怯な真似をしなくても」

だが、本当の話をしていたら、斬合いになっていたかもしれない。相手は無用な戦いを避《さ》けたのだ。もちろん、自分は戦う気などない。機を見て逃げ出しただろう。

「命を取られるようなことはないと思います」ヤナギは、意外にも落ち着いた口調だった。「侍を殺すことには、抵抗がありましょう。生かしたまま、留めておくのがせいぜいです」

「そういうものですか」

「私が知っていることは、それほど重要なものでもない。まずは、機会を見て、それを説明します。また、誠意を尽くせば、こちらの姿勢もわかってもらえるでしょう。なによりも、ゼン殿が無関係であることは、是が非でも話さなければなりません。調べればわかることです。ここはどうか、しばらく我慢をされるようお願いいたします」

ヤナギはまた丁寧に頭を下げた。

「我慢というか、まあ、そうするよりほかにできませんね」

「貴殿は、なかなかのお人柄とお見受けいたしました。さきほど、師の名をお答えにならなかった。軽はずみに口にすることではない、とお考えなのですね？」

「はい、なんとなくです。あのように横柄《おうへい》に尋ねられると、答えられるものも答えられなくなります」

「私には教えていただけますか？」

「何をですか？」

「どこの流派ですか？」ヤナギは声を落とした。

「そのことですか。私の師は、スズカ・カシュウといいます」

「おお、スズカ流ですか」彼はそこで大きく頷いた。「そうでしたか」

「ご存じなのですか？」

「はい。しかし、名前を知っているだけです。実際に見たことはありません。スズカ流の方にお会いするのも初めてのことです」

「たぶん、そんなに多くないのではないかと」

「私は、ほんの一時期、子供の頃でしたが、スズカ流の一派といわれるところの門下生でした。父が、その道場と縁があり、その関係でご厄介になったのです」

「へえ、そうですか。そんな道場があったのですか。師範は、どのような方ですか？」

「タガミ・トウシュンという名の先生です。今もご壮健です」

「では、その方は、カシュウをご存じなのでしょうね？」

「はい」

それから、自分の身の上の話を簡単にした。まだ小さい頃に預けられ、山の中でカシュウに育てられた、そして、カシュウが死んだあと、山を下り、こうして旅をしているのだと。

ヤナギは、カシュウが都を離れ、どこかの山に籠もったことまでは、そのタガミという師から聞いていた。カシュウの死については、もちろん知らなかった。それは、是非ともタガミという師に伝える必要がある、と言った。

たしかにそのとおりだと自分も思ったが、こんな場所に閉じ込められている今の状況では、すぐにというわけにもいかない。はたして、ここから無事に出られるのだろうか。城というもの、城の侍というものが初めてなので、大いに心配である。

しかし、待っても誰も来ない。こうなると、ヤナギと話をするしかない。さらにきいたところ、タガミは、都でカシュウに剣術を習い、その後、都の近くで指南役をしていたが、その仕事では剣術が上達しないと考え、旅に出たという。十数年の修行を重ねたあと、里に戻り、そこで道場を開いたらしい。年齢は、カシュウとほぼ同じ。ヤナギは、あの方のような剣豪には、いまだ出会ったことがない、と言う。それほどの人物らしい。しかし、そのタガミが師と仰ぐ唯一の者こそ、カシュウだったのである。

ヤナギは、訳あって、その道場へ通うことができなくなった。以来、算盤や読み書きに興味を持ち、剣術には身が入らず、このように中途半端《ちゅうとはんぱ》な侍になってしまった、と彼は語った。妻と十歳になる一人息子がいるという。

寒い中でそんな話をしていたのだが、ようやく、見知らぬ顔の侍がやってきて、部屋を移ってもらいたい、と丁寧な口調で言った。言葉は丁寧なのだが、家来に鍵のかかった戸を開け閉めさせている。扱いは丁寧とはいえない。

「ヤナギ殿は、ドーマ様が待っておられるので、そちらへ行かれよ」侍は右手を示した。奥に石段が見える戸口に、別の侍が立っていた。ヤナギは無言でそちらへ歩いていく。石段を上っていくとき、こちらを一度振り返った。

「では、貴殿はこちらへ」侍は反対側へ向かう。

しかたなく、その侍に従って歩いた。後ろから三人の家来がついてくる。刀は持っていないが、長い棒をそれぞれが持っている。刀を持っていては、敵に奪われることがある、という配慮だろうか。とにかく、抵抗するつもりはない。どうしてこんなことになっているのか、理由を説明してもらいたいものだが、この者たちには、その説明はできないかもしれない。上の者から言われたとおりにしているだけにちがいない。あのドーマという侍に、きちんと問《と》い質《ただ》すのが筋《すじ》だったのだ。あの目に威圧されてしまって、様子を窺っていたのがいけなかった、と今になって思う。

さきほどの場所に比べれば、多少はましな待遇になった。厠《かわや》へも行き、畳のある部屋へ通された。そのまえに水が飲める場所もあった。ただ、やはり最後は、格子の扉が閉まった。鍵をかける音も聞こえた。

高いところに明かり取りの窓がある。蔵の中のような部屋だが、とにかくなにも置かれていない。畳は三枚。壁際に座って眠ろうとしたが、この場所は建物のどの位置だろう、と考えてしまい、なかなか眠れなかった。もう夕刻ではないか、と高窓から入る光の角度を見て思った。

気配に気づいて目が覚めた。眠っていたようだ。こんな状況で眠れるというのは、自分としては上出来である。戸が開いて、人が入ってくる。立ち上がって待ったが、外に出られるようでもない。戸口に侍が立ち、次に、別の者が膳《ぜん》を持って入ってきた。食事のようだ。まったくの無言で、頭を下げるとまた扉を閉めていった。鍵をかけたあとは、中を確かめることもなく、立ち去った。

静かになり、部屋の中央に置かれた膳を見た。汁と握り飯と、僅《わず》かな菜。空腹感はさほどなかったが、腰を下ろし、食べることにした。このように、捕らえておきながら食事は普通に与えるというのが、不思議なことだと思えた。たとえば、これが動物だったら、ありえないことだ。囚《とら》われた方も、出されたものを食べたりはしないはずである。自分でも、素直に食べていることが不思議だった。

人間というのは、最も大事な目の前のものから一時的に目を逸《そ》らすことができるようだ。つまり、目の前のものが今は取り除けないとわかれば、別のものをひとまずは見ることができる。相手にしてみても、捕らえて不自由を強《し》いている者に、丁寧な態度で接することが礼儀になる。考えてみれば、実におかしな行為といわざるをえない。侍というものが、そもそも不可思議な生き物なのだろうか。

握り飯は美味かった。これはただで食わせてもらえたのだろうか、とも考える。そのうち、部屋は暗くなり、明かりもないのでなにも見えなくなってしまった。試しに、格子に近づき、部屋の外を窺ってみたが、そちらも暗い。近くに人の気配はなかった。声を上げて呼べば誰か来るのだろうか。

膳を壁際に片づけ、中央で横になることにした。まだ、高窓は見える。外の方が明るい。晴れていれば月が出るはずなので、それほどの闇《やみ》にはならないだろう。目も慣れてきて、まったくなにも見えないというわけでもなかった。

このままここで一夜を過ごすことになるのか。だとしたら、無料の宿屋だと考えるしかない。飯も出たし、文句は言えない。どうして、このように状況を弁解するのか、とも考えた。自分を落ち着かせようとしているのだろうか。それよりも、この状況から脱する方法を探った方が賢いのではないか。

たとえば、畳を上げて床板を調べてみるべきではないか。逃げられる筋が見つかるかもしれない。天井《てんじょう》はどうだろう。あそこまで登るのは、無理かもしれないが、高窓に飛びつくか、あるいは部屋の隅か、それとも入口の格子に足をかけるか。とにかく、天井は簡単に破れそうではある。

今はそうまでする段階ではない、というのも自分の中ではもっともな道理だった。たしかに、囚われていることはまちがいないものの、さほど苦しめられているとも思えないからだ。そうはいっても、苦しめられてからでは遅いかもしれない。今のうちに活路を見出《みいだ》すべきか。

最初は、ヤナギが戻ってくるものと思っていた。しかし、どうもそうではない。話をしているにしては長すぎる。ドーマとの会見は既に終わり、彼は別の部屋に移されたということか。ここと同じような場所なのか。彼は、自分が人違いであることをドーマに話したはずだ。そういうことを忘れる人間ではない。それでも変化はなかったのだから、自分にも囚われる理由があると解釈すべきだろうか。

否、どう考えてもこんな目に遭わなくてはならない理由はない。向こうの勘違いなのだ。おそらく、自分にも話をする機会が与えられるだろう。今はそれを待つしかない。

暗闇の中に自分一人だけがいるという感覚は、どちらかというと落ち着ける。明るい場所や人の話し声が聞こえるよりもずっと良い。山の夜は静かだった。風がなければ、本当に音がしない。動物や虫の鳴き声も、寒くなれば消えてしまう。生きているものの数が減るのだろう。そういう中では、囲炉裏《いろり》の火が燃える音だけになる。その火も落とせば、もう自分の息だけになる。ときどき、枝が折れて落ちる音が聞こえる。動物が動いたためなのか、そうでなくても枝は枯れていつかは落ちる。夜は、それが遠くまで聞こえるのだ。

あの山の静けさに比べれば、まだまだ数々の音が聞こえてきた。遠くで戸が閉まったり、何を話しているのかはわからないが人の声らしきもの、それから、高窓の近くに鳩《はと》がいるようで、その鳴き声がときどき聞こえた。

眠るでもなく、ぼんやりとしているうちに、足音が近づいてくるのに気づき、起き上がって座して待った。

「お待たせした。ご案内する」という声ののち、鍵が開けられ、扉が開いた。

2

長い道のりを歩いた。一度は庭のような場所に出て、また別の建物に入った。そこで履《は》き物を脱ぐことになり、湯が用意されていた。汚い足で上がるな、という意味かもしれないが、その温《ぬく》もりはありがたかった。

板張りの通路をまた幾らか歩いた。それが途中から畳の通路になり、襖《ふすま》を開けて部屋に入った。今度は、格子の扉もなく、窓のある部屋だった。庭先で松明《たいまつ》が燃えているのが見える。

「しばらく、ここでお待ち下さい。すぐにまたご案内に参ります」通路に立っていた別の侍が穏《おだ》やかな物腰で言った。

なにか変化があったことはまちがいない。明らかにさきほどまでのあしらいとは異なっている。客をもてなすような感じに受け取れた。さては、ヤナギが説明をしてくれた結果、自分が無関係であることが理解されたのか、と想像した。であれば、できるだけ早く、このような場所からは離れたいものである。

どうも自分は、人が大勢集まっているような場所に、いまだ慣れていない。街もそうだし、屋敷などの建物でも同じこと。街には道があって、歩く方角が決まっている。屋敷も壁があり通路や戸がある。いずれも、どこにでも行けるわけではない。勝手に入っていってはいけない場所がある。山や森には、そういうものがなかった。どちらの方向へ進むのも己《おのれ》の勝手であって、危険かどうかという判断があるだけだった。もともと、街に育った人間は、こういった不自由を感じないようだ。彼らは、危険かどうかという判断をしないことこそが、楽な状況だと思っている。無防備に周囲を気にせずに歩いている姿がその証拠で、それは自分を突然襲ってくるものが近くにはいない、という安心な場所だからだ。その安心は、大勢がいるということで作られているように思える。人間だけがこんなに大勢集まっているため、たとえば獣は近づきにくい。逆にいえば、大勢集まっているから、油断をしているようにも見える。

自分は、人間よりも動物に近いのだろうか、とも考えた。だから、このように周りを囲われた場所にいると落ち着かないのか。人の世間というものに慣れることができるだろうか。あるいは、剣の修行を重ねるうちに、人との関わりにも筋が見えてくるのだろうか。カシュウは、都で長く暮らしていたのだ。大勢を相手にしていたのだから、剣の道に相応しくないものとは思えない。むしろ、その逆だ。カシュウは、剣のために山を下りろと言ったのだから。

通路を人が歩いてくる。襖を開けるまえに名前を呼ばれた。返事をすると、それが静かに開いた。案内をする、と言う。さきほどの者とはまた別人だった。まだ若い男で、女のような明るい色の着物を着ている。

彼について歩いた。幅の広い通路に出て、建物の奥へ向かっている。途中で段を少し上がり、襖を開けて部屋に入る。誰もいなかったが、さらに奥へ進んでまた襖を開けた。明るい広い部屋に出た。奥の一段高いところに、金色の屛風《びょうぶ》があって、中央に金色の着物の男が座っていた。両側には、やはり金色の小さな旗が立ち、文字が書かれている。

奇妙な匂いがした。白い煙が漂っているので、どうやら香を焚《た》いているようだ。

案内役の侍が座ったので、その横に同じく座った。その者が頭を下げながら、こちらをちらりと睨むので、同じように頭を下げた。

「この者です。連れて参りました」大きな声で、そう告げる。

この者というのが、自分のことらしい。頭を下げたまましばらく待った。隣の侍は後ろへ下がり、部屋から出ていったようだ。どうしたら良いのかわからず、少し頭を上げて、正面を窺った。段の上にいる男と目が合った。まだ若い。鼻の下に、髭《ひげ》があるが、鯰《なまず》のように細く左右に伸びている。それから、眉毛《まゆげ》がない。顔が見慣れないのは、そのせいだ。どことなく、笑っているような口の形だった。

その右の奥に、女が一人座っている。また、部屋の両側には、それぞれ五人ずつ侍が待機していた。そちらは天井が低く、明かりが届かないのか、暗くて壁がどこまであるのかわからなかった。一番明るいのは、自分がいる場所だ。周りに幾つも小さな火が燃えている。

「もっと近くへ寄れ」正面の男が言った。高い声だった。まだ子供なのか、とも思えるが、それにしては髭がおかしい。

言われるまま、前に少し出た。なにか言うべきかと思ったが、名前は知っているようだし、また、相手の名を尋ねるのも憚《はばか》られた。どうやら、かなり位の高い者のようだ。注意をした方が良いだろう。

「もっと、もっと近くへ。顔が見たい」

立ち上がったわけではなく、膝をつき、頭を下げた姿勢で前へ進み出た。どこまで近づけば良いのかわからない。両側にいる侍よりも正面に近いところまで来た。その者たちが緊張し、ある者は片膝を立てた。刀を持っているのかどうか、よくわからない。おそらく、主人の護衛をするのが役目なのだろう。

もし自分が今、刀を持っていれば、正面の者を斬り倒せる距離まで近づいた。そこに座って顔を少し上げる。顔を見たいと言うのだから、気を利かせたつもりである。

「スズカ流の者と聞いたが」鯰髭が高い声で言う。

ヤナギがドーマに話したのだろう。そのドーマが報告をしたわけか。ドーマよりも、おそらくこの鯰髭の方が位が高いのではないか。部屋がたいそう立派だし、家来の数も多い。それに、着飾った女が近くにいるというのも珍しい。もしかして、この城の主《あるじ》だろうか。ということは、殿様か。どうやってそれを確かめれば良いだろう。

「上様《うえさま》に無礼であろう。自ら名乗られよ」横から誰かが言った。

「私は、ゼンといいます。田舎《いなか》から出てきた者のこと、作法を知りません。どうかお許し下さい」頭を下げた。できるだけゆっくりと話した。相手に合わせたつもりだ。

「いや、名前は既に知っておる。無礼ではない。良いから顔を上げろ」

もう一度頭を上げる。上様というのは、殿様のことだろうか。さきほどの物言いは、そんな感じだった。なるほど、これが殿様というものか。そう思ってみると、どことなく普通とは違う。一番違うのは、眉がないこと。二番めは、鯰の髭だ。

「スズカ・ゼンというのか?」

「姓を名乗ったことはありませんが、私の師がスズカでしたので、そういうことになりましょうか」

「面白いことを言うな。歳はいくつだ?」

「わかりません。いつ生まれたのか、聞いたことがありません」

「ほう……。それは、愉快じゃ」そう言って、口に手を当てた。笑い声を上げたわけではない

が、どうやら笑ったらしい。

「珍しい侍である。スズカの剣とやらを見たいが、見せてくれぬか？」

「剣術のことですか？」

「そうそう」

「今はご覧に入れることはできません」

「どうしてだ？」

「刀がありません」

「ああ、そうかそうか」殿様は今度は声を上げて笑い、手で膝を叩いた。

しかし、ほかには誰一人笑わなかった。さほど面白いことではないはずだ。当たり前ではないか。

「そうよのう。刀がないか……。これは愉快じゃ」まだ笑っている。しかし、急に笑うのをやめて、こちらを睨んだ。「すると、なにか？　刀がその手になくば、剣は見せられぬものなのか？」

この質問には驚いた。真剣な眼差《まなざ》しも鋭かった。馬鹿ではない。笑って相手を油断させる、そういう技ではないかとも思えた。不意をつかれた形になったが、頭を巡らせて考えた。

「失礼しました。刀がなくても剣は使えます。ただ、このようなところでお見せするものではないと心得ております」

「刀がなくとも剣が使える？　うーん、見せるものではない、というのはもっともな理屈じゃな。おいそれと見せていたら、いざというときに不利になろう、うん、それはわかる。誰か、この者の刀を持って参れ」

「恐れながら申し上げます。それは……」左の筆頭の男が頭を下げて応えた。

「理屈はわかっておる。決まりは決まり。必要であれば必要。いらぬときはいらぬ。良いから、持って参れ」

その男が別の男に目配せし、一人が部屋から出ていった。刀を取りにいったようだ。刀を返してくれるのならば、なにかお礼に見せても良いか、とも考える。しかし、やはりそもそも見せるような珍しさはない。相手の期待がどのようなもので、どの程度なのかもわからない。

「汚い部屋に待たせたそうだな。すまなかった。人違いだったようだ」殿様は、こちらを見て目を細める。どうも、顔がどのような感情の表れなのか、見て取れない。さすがに普通の人間ではない、ということか。

「刀は返す。ほかに、なにか欲しいものはないか?」

「いえ、ありません。すぐに帰ってもよろしいですか?」

「いや、それは困る。剣を見せてくれるのではないのか」

「剣は、人を相手にするものです。人を斬るのが剣。見せろと言われましても……」

「誰か、ここにおる者を斬ってみよ」

「いや、そんなわけにはいきません」

「何故だ？」

「人を斬るには、斬るだけの理由が必要です」

「わしが見たいというのは、理由にならんのか？」

「申し訳ありませんが、それはなりません。己の理由でなければ、刀は抜けません」

「上様」後ろにいた女が小声で呼んだ。

「何だ？」殿様が振り返る。

「あまりご無理を言うのもいかがなものかと」女が口を隠して、そう言った。

「そうか……。しかし、是非とも見たいものじゃ」

「申し上げます」右にいた家来が前に出て頭を下げる。

「ん、何だ？」

「明日、武芸の試合がございます。そこでスズカ殿に、ご披露《ひろう》いただいてはいかがでしょうか？」

「そうか。明日だったか。この頃あまり見ておらんが、続いているのか」

「はい。ドーマ様が熱心に人を集めておられます。優れた者を見つけるためと常々……」

「わかったわかった。説明は良い」殿様はまたこちらを向く。「というわけだ。明日、試合をしてくれぬか？」

「試合ですか。あまりそのようなものは、気が進みませんが……」

そこまで聞くと、殿様の顔は険《けわ》しくなり、みるみる真っ赤になった。

「あの、わかりました。お引き受けしましょう」思わず答えてしまった。

そう答えないと刀も返してもらえないように思えたからだ。

「そうかそうか」殿様は、また目尻を下げて笑った。「それは楽しみじゃ。明日に楽しみがあるというのは、この夜も楽しいぞ。良いことじゃ」

さきほどの者が刀を持って戻ってきた。殿様に確認をしたのち、こちらへ来る。自分のすぐ目の前に、刀が置かれた。まちがいなく自分のものだ。

「城の中では、帯刀は禁止されているのですか？」

「はい。建前としては、そうです」それを持ってきた侍が答えた。

「ありがとうございます」殿様に向かって頭を下げる。そして、自分の刀を左手で摑《つか》んだ。「これで失礼をしてもよろしいでしょうか？」

「ん？　どこへ行くのか？」殿様がきいた。

「いえ、どこか、その、宿を探します」

「それならば、城の部屋を使えば良い。ああ、酒か？　もちろん用意させよう」

「いえ、酒は飲みません」

「とにかく、わざわざ城外へ出ることもなかろう」

そこまで言われると、断る理由を思いつかなかった。気が進まないというのが正直なところだが、それでは角が立つだろう。難しいものである。

「わかりました。では、お世話になります。よろしくお願いいたします」

「うん。なかなかの者に見える。その腕が本物ならば、場合によっては、召《め》し抱《かか》えても良いぞ」

召し抱えるという意味がよくわからなかったが、家来になれということだろうか。黙っていると、

「お主《ぬし》は、どこかで仕えたことはないのか？」とさらにきかれた。

「あ、はい。つい最近まで山の中で生活しておりましたので。このように、人が多い場所に出たことはありませんでした」

「山で何をしていたのだ？」

「食べるものを穫り、暖を取るものを集めて……」

「剣の修行か？」

「それも、はい、いたしました」

「それもとは、また、面白いな。そうか、二の次か」

「そうです。師と二人だけで生活しておりましたので、やらねばならぬことが沢山ありました」

「食べるものなど、買えば良いではないか」

「いえ、その、山ではそのようなことはできません」

「何故できんのだ？」殿様は、後ろを振り返った。

「売る者がおらぬからでしょう?」女が答える。

「はい、そのとおりです」そちらに向かって頷く。

「おお、そうか、なるほどな。それはまた、困ったところだな」殿様は、口を少し開けて何度も頷いた。大袈裟《おおげさ》な仕草である。こちらを向いて奇妙な笑みを浮かべた。「とにかく、久し振りに面白い話を聞いた。礼を言うぞ。ああ、ゆっくりするが良い。腹は減っておらぬか?」

「既にいただきました」

「この者を丁重《ていちょう》にもてなすように」殿様は横の者に言うと、立ち上がった。そして、横の暗い方へ歩いていく。女も立ち上がり、その場を去った。挨拶というものもなく、あっけない。

「スズカ殿、ではご案内いたします」後ろから声がかかった。襖を少し開けて、さきほどの男が座っている。

どうやら、この部屋を出ても良さそうな雰囲気だった。部屋にいる者たちに頭を下げてから、刀を持って後方へ下がった。全員がじっとこちらを睨んでいる視線だった。無言だったし、重苦しい感じである。しかし、叱《しか》られるようなこともなく、部屋を出ることができたので、少しほっとした。

刀が戻ったし、もう閉じ込められることもなさそうだとわかり、とりあえずは安心である。ただ、城から出られるわけではないし、明日のことも気が重い。

3

風呂《ふろ》に入ることができた。何日か振りだった。一度に数人で入れるほど広かったが、やや熱すぎるように感じた。それから、まただいぶ歩いて新しい部屋に案内された。一人で使うには広いし、明かりが部屋の角に四つ灯《とも》っていた。座布団《ざぶとん》があったので、そこに座ったが、すぐに通路で声がして、三人の女たちが膳を運んできた。酒も持ってきた。いらないと断ったはずだが、と言ったが、誰も答えない。そのような応対は自分の仕事ではない、という知らぬ顔である。その者たちがお辞儀をして出ていくとき、また一人別の女が現れ、入れ替わりに部屋に入った。襖を閉め、こちらを向いた。膳を運んできた女とは着物が違う。髪飾りが明かりを反射して煌《きら》めいた。

「イトと申します」手をついてお辞儀をする。

この場合は名乗るべきなのか、と迷ったが、たぶんそんな必要はないだろうと考え、軽く頭を下げた。

彼女はすぐ近くまで寄ってきて、膳の盃《さかずき》を両手に取り、こちらへそれを突き出した。

「いや、酒は飲まないのです」と答える。

「さようですか……」目を見開き、驚いた顔をする。「どうぞ、召し上がって下さい」

野菜と果物らしいものがあった。酒の肴《さかな》のようだが、とりあえず箸《はし》を手にして、これは食べられそうだというものを口へ運んだ。思ったよりも甘く、少し驚いた。

「お口に合いませんか？」イトが小首を傾げてきいた。

「いや、そんなことはありません。美味《おい》しい」

「では、あとでもっと持ってこさせましょう」

「いや、そんなに食べられません。夕食は既に済ませているので。それに、もう夜も遅いですし」

「お疲れですか？　床《とこ》の用意をさせましょうか？」

「そうですね」風呂にも入ったので、気持ちは良い。このまま寝ても良いなと考えた。

「誰か」と女が囁《ささや》くように言った。すぐに襖が開く。そこに頭を下げた姿勢の女がいた。「床の用意を」とイトが言うと、さらに頭を下げたのち、顔を上げずに、襖を閉めた。

別のものを食べた。今度は塩辛い。漬け物のようだが、酒の香りがする。大根だろうか、元の野菜は何かわからない。それくらい味が違っている。イトがじっとこちらを見つめるので、目を逸らし、また別のものを箸に取った。口に含むと、果物だとわかった。今までで一番美味かった。しかし、そんなことを口にしようものなら、もっと沢山持ってきますと言われそうなので、黙っていた。

「さきほど、お殿様に会いましたが、そのとき、一緒にいた女の人は誰ですか？」なにか話をした方が良いだろう、と考えて、イトにきいてみた。

「奥方様ですか？　さて、どなただったか、私は存じません」

「奥方にしては、その、落ち着いておられました。お殿様よりもずっと歳上かと」

「あ、では、クク様ですね。上様のお姉上様です」

「そうですか。そうは見えませんでしたが」

殿様とはまるで似ていなかったからだ。それに、歳は親子ほども離れているのではないか。むしろ殿様の母君ではないかと考えたほどだった。

イトは近くへ膝を寄せた。耳打ちするような格好をするので、そちらへ頭を近づけると、「お姉上様とは表向きのことで、実は奥方様です。このお城は、クク様が城主といってもよろしいのです」と言う。

「へえ、そうなんですか」

「でも、クク様がわざわざお会いになったとは、とても珍しいことと存じます」

そこまで話して、イトはこちらの顔を食い入るように見た。今までで一番近い。顔に白いものを塗っているのがわかった。口にも紅を塗っているようだ。三味線《しゃみせん》を弾《ひ》きそうな化粧だな、と連想した。

「どういうことでしょうか？」珍しいという意味がわからなかったので、きいてみた。

しばらくじっとこちらを見据えていたが、また耳許《みみもと》に口を近づける。

「貴方様《あなたさま》にご興味があったのです。どこかでご覧になったのでしょう」

ますます意味がわからない。

女が三人やってきて、お辞儀をしてから奥の部屋へ入っていった。そこで床の支度《したく》をしているようだった。間の襖が閉められたので、音しか聞こえない。ただ、すぐに出てきて、無言でまた頭を下げてから通路へ出ていった。奥の部屋は明かりがなく、暗かった。暗いままで作業をしたようだ。

「お床ができました。お酒も飲まずに休まれるのですか?」

「ええ。もう食べるものはいりません。残して申し訳ない」

「何をおっしゃるやら」小声で言い、イトは口を少し窄《すぼ》める。

刀を持って、奥の部屋へ移った。イトがついてきて、「明かりはどういたしましょうか?」ときいたので、「いりません」と答えた。

部屋の奥に丸い窓があった。紙が張られている。そちら側は通路ではないかと想像した。部屋の周囲をいちおう確かめ、布団の傍《そば》に刀を置く。イトが襖を閉めたのでさらに暗くなった。しかし、イトは部屋から出たわけではない。そこに立っている。

「いや、もう寝ます」と告げる。

イトは膝をつき、お辞儀をした。これで出ていくものと思っていたが、彼女は部屋の奥へ行く。そこで背中を向け、また膝を折る。しばらく見ていたが、動かない。

「何をしているのですか?」

「お待ち下さいませ」

そう言われると待つしかない。しかし、帯を解いたようなので、これはまずいと気づいた。

「イトさん、ちょっとお話があります」布団の上で座った。

「何でしょうか?」

「着物を脱ごうとしているのですね?」

「はい」

「あの、私は、もう寝ますので、その、もう貴女《あなた》がここにいる必要はありません」

「え?」

「気を悪くしないで下さい。旅で疲れています。それに、明日は剣術の試合をしなければなりません」

「でも……」

「お役目は、もう充分です」

「私はまだなにもしておりません」

「えっと、話をしてくれました」

「話? なにか、お気に召さないことがあったのですね?」

「そんなことはありません。また、明日、お願いします」

「何をですか?」

「いや、それは、私もわかりません。食事の支度とか、布団の片づけとか」

「それは私の仕事ではありません」

「では、また話をしましょう」

「いつですか？」

「明日です。いつでもけっこうです」

「承知しました。では、失礼いたします」イトは頭を下げた。帯を持って、隣の部屋へ出ていった。彼女はこちらを見なかった。

襖が閉まって、部屋は真っ暗になった。隣でイトが着物を整えている音がした。なにか溜息のように速い息遣《いきづか》いも聞こえる。怒っているのではないか。

布団に入ることにした。

しばらく、じっとしていた。隣の部屋が静かになったが、かといって、通路へ出ていったような気配もない。イトはまだそこにいるようだ。ときどき、微《かす》かな息が聞こえた。

「イトさん、どうしたのですか？」布団の中からきいてみた。

返事はなかった。しかし、畳を擦《こす》る音がしたあと、襖が少しだけ開いた。こちらは横になって布団をかぶっている。隣の部屋は明るく、彼女は影にしか見えなかった。

「なにもしておりません。ここにおります」イトはそう答えた。その声が震えているのがわかった。

「泣いているのですか？　どうしてですか？」

「入っても、よろしいですか？」

「かまいませんよ」

イトは部屋に入った。襖を閉めたが、完全にではなく、指が入るほど僅かに開けたままにした。真っ暗にならないようにしたつもりだろうか。それとも、すぐに出ていくという気持ちを表したのかもしれない。

やや近づいたところで、彼女は手をついてお辞儀をした。

「ここにいさせていただけないでしょうか？　静かにしております。お休みのお邪魔はいたしません」

「ここにというのは、この部屋のことですか？」

「あちらの部屋でもかまいません」彼女はまた息を震わせた。手を頰《ほお》に当てる。

「泣いているのは、何故ですか？」

「申し訳ありません。お役目を果たさず戻れば叱られます。それが悲しいのです」

「ああ、そういうことですか。では、そうですね、ここにいてもかまいません。私も実は嘘をつきました。疲れているわけではありません。今日は半日も動かず、休んでいたのです」

「私を嫌われたのですね。嘘の理由をおっしゃったのは、お優しいからと存じます」

「それも違います。貴女のことを嫌ったわけではありません」

「では、どういうことでしょうか？」

「どういうことと言われても、うーん、私は、剣の修行をする身です。そのことが第一です。それ以外のことには、できるだけ関わりたくない。そうするように、師にも教えられました」

「お坊様のようにですか？」

「ああ、そうかもしれません」

「わかりました。泣いたのは、私が至らないからです。恥ずかしいことです。本当に申し訳ありません」

「イトさんは、この城にいつからいるのですか？」

「十のときからです」

「今は、いくつですか？」

「十七になります」

「では、もう七年もいるんですね。そのまえは、どちらに？　この近くですか？」

「いえ、だいぶ遠くです。よくはわかりませんが、子供のときに連れてこられました。父は宿屋を営んでおりましたが、私が小さいときに死にました。それで、そのあとは、母と二人で旅をしました」

「宿屋はどうなったのですか？」

「わかりません。たぶん、ほかの人に取られたのだと思います。お金を借りていたのです」

「お母上は？」

「里に戻ったと聞いております」

「イトさんは、一緒に戻らなかったのですか？」

「はい。戻りたいとは思いません。知った者もおりませんし。母と別れるときにも、もう親子のことは忘れるようにと言われました」

「そうですか。そう言われたら、すっかり忘れられるものですか？」

「いいえ……」イトは下を向いた。袖《そで》を頬に当てた。「あの、申し訳ありません。また……」

「あ、そんなつもりで話したわけでは……」

「いいえ、本当に、申し訳ありません」

「私は、母というものを知りません。知らないから、会いたいとも思わない。でも、もし知っていたら、やはり会いたいと思うものではないですか？」

「会いたいと思います。はい、そのとおりです」

「では、会いにいけば良い」

「そうですね。でも、母はもう私のことなど忘れているでしょう。そんな気がします。いえ、それが悪いとは思いません。でも、そのとき、自分が惨《みじ》めになるように思います。だから、やはり会わないのが良いと考えてしまうのです」

イトの話には道理があった。なかなか考えのしっかりとした人のようだ。

イトの名を呼ぶ声が聞こえた。通路からだった。イトは立ち上がり、襖を開けて隣の部屋に出た。さらに通路側の襖の近くに行く。

「何ですか？　お客様はお休みです」

襖が開く音がした。小声で会話があったようだ。「え？」というイトの声しか聞こえなかった。襖が一度閉じられ、イトがこちらへ戻ってきた。

「スズカ様、クク様がお会いしたいそうです。ご案内すると、使いの者が参っております」

「今からですか？」

「そのようです」

4

別の建物へ向かった。途中に丸い石を敷き詰めた庭があって、歩くと奇妙な音がした。満月がかなり高い位置まで上っている。前を歩く女は、提灯《ちょうちん》を持っていた。その建物は、城の中にあるのに、普通の屋敷のように見えた。縁《えん》を歩き、渡り廊下でまた別の棟に移る。その先に明るい部屋が見えてきた。外まで漏れ出るほど光に溢《あふ》れているのだ。

近づくと戸が両側に開き、辺りはさらに光に包まれた。一段上がって入り、畳の上を進む。案内の女が膝をつき、前へどうぞ、と手招きをした。

正面の段に、煌びやかな着物が見えた。赤と金と銀、それに紫。白く光る提灯のようなものが綺麗な配置で並んでいる。普通の明かりとはずいぶん違う。見たこともない形だった。ちょうど人の頭くらいの大きさで、さらに左右に小さな球体が突き出ている。竹で編んだものに紙が張ってあるようだ。

さきほど見た顔だった。ククという名の女。イトによれば、殿様の姉であり、奥方だという。その話はもちろん聞かなかったことにした方が差障《さしさわ》りがない。イトのためにもその方が良いだろう。座して、頭を下げた。こういう作法も、だいたい身についてきたように思える。

「面《おもて》を上げなさい」ククが言った。

顔を上げて、彼女を見た。さきほどよりも半分くらい距離が短い。向こうもじっとこちらを見据えている。

「ゼンというのは、誰が名づけたのか」いきなり質問だった。

「はい。それは私にはわかりません。物心がついたときより、その名で呼ばれております」

「誰が、呼んだのか?」

「私の師です。山で、二人だけで暮らしておりました。剣術を習った師で、スズカ・カシュウといいます」

「スズカ・カシュウ殿が山に入ったとは聞いている。それは、遠方のこと。東のまた東のこと、というが」

「そうです。遠方です。私は、東から来ました」

「カシュウ殿は、亡くなったのか?」

「はい」

「なにか、譲り受けたものはないか?」

「この刀を」

「それ以外には?」

「幾らかの金を」

「ほかには?」

「いえ……、特には」

「我が身のことは、聞いておらぬのか?」

「どんなことですか?」

「何故カシュウに預けられた? どこから来た?」

「知りません。聞いておりません」

「なにか、大事にしている物があろう。印があるはず」

「いいえ、なにも」

「子を預けるならば、そういう印となるものを、ともに渡すはず」

「心当たりがありません」

「そうか。しかし、都へ行けと言われたのだな?」

「いえ、そうではありません。山を下りろと命じられただけです。都へ向かっているというわけでもなく、旅の当てはありません」

「では、都へなど行かず、ここに留まれば良い」

「いえ、旅はしたいと思っています。多くのものを見て、学びたいと思います」

「何を学ぶ?」

「世間のことをなにも知りません。何を学べば良いのかも、これからのことです。それに、剣術の修行もしたいと思います。師と仰げるような方を探しています」

「剣に秀でた者は、この近辺にも大勢いる。しかし、会って学べるようなものか? 手合わせをするということか?」

「それもあります」

「明日の試合にも、腕に覚えのある者が来よう。良い機会ではないか」

「ああ、はい……」

「気が進まぬ顔だが」

「はい」と答えてから、どう説明すれば良いのか考えた。

剣の上達のためには、他者と刀を交えることが最も有効だろう。しかしそれは、殿様の前で腕前を披露することとは違うはずだ。何がどう違うのか、自問した。

「どうしたのだ?」クククが首を傾げた。「何故、黙っている?」

「どう説明をすれば良いのか考えています。自分の気持ちを正しく言葉にすることに、まだ慣れていませんので」

「おお、そうか……」彼女はそこで少し笑った。「うん、よくよく考えて答えるが良い」

「はい。正直に申し上げますが、剣術は見せ物ではありません。相手と自分の二人だけの間で、気と技によって刀を交えるのです。その結果、もし命があれば、自分の剣に得るものがあります。しかし、ほかの者が見ても、なにも得られません。得ようとして見れば、僅かに零《こぼ》れるほどならば得られることもありましょう。ですが、基本的には殺し合いです。見物して楽しむようなものでは、本来ありません。むしろ、見苦しいものかと」

「なるほど。そういうことか。もっともな話だ」

「ありがとうございます」

「だが、殿には、やはり見せるのが礼儀ではないか？　さきほど約束をしたように見受けられたが、そうではなかったか？」

「約束をしたと思われても、しかたがありません。たしかに、そのような物言いをしました。なにかはご覧に入れることが礼儀かとも思い、今も迷っています」

「そう難しく考えることもあるまい。試合というのは、木刀《ぼくとう》だ。命を取られるわけでもない。スズカの剣の型というものがあるのではないか。それをご覧に入れれば、殿は満足されよう」

「はい」

「ヤナギという侍も、試合に臨むことになったと聞いた」

「え？　ヤナギ殿がですか？　まさか……。どうしてですか？」

「いや、事情は詳しくは知らぬ。街で喧嘩があったそうな。その決着を試合でつけることになった、というように聞いたが」

「そうなんですか」

ヤナギが試合に出るという話には驚いた。何故そのようなことになったのか、不思議でならない。会えるならば、話がしたいと思ったが、今それを申し出るには場が悪い。試合のまえに彼に会えるだろうか。そもそも、ドーマとの会見はどうだったのか。自分が解放されたことからして、きちんと話が通じたものだと考えていた。それと、彼が試合に出る話は、どのようにつながるのか。

木刀だと聞いたこともあり、少なくともヤナギのことは最悪ではない、と考えようとした。街では真剣を向け合っていたのだから、その決着を木刀でというのは、ドーマの配慮なのか、それはそれで悪い裁《さば》きとも思えない。喧嘩の相手が城に関係のある者だったのか。それらしいことをヤナギも話していたが……。

そんなことを考えている間、ククは黙っていた。ただ、じっとこちらを見据えている。

「面影《おもかげ》がな……」彼女はそう呟いた。

「は？　何でしょうか？」

「いや、良い。明日が楽しみだ。また話がしたい」

「どんな話をでしょうか？」

「なんでも良い」そう言うと、口に手を当て、仰《の》け反《ぞ》るようにして笑った。

会見はそれで終わり、来たときと同じ女に案内されて部屋まで戻った。イトが待っていた。襖を閉めると、「お茶をいかがでしょうか？」ときいた。

「あ、では、いただきます」と答えると、部屋を出ていき、すぐに戻ってきた。お茶を持ってきたわけではない。誰かに伝えにいったようだ。

「いかがでしたか？」座って膝に手を置いてイトが尋ねた。

「いや、これといって、なにも」

「そうですか。とても珍しいことですので、何があったのか、と案じておりましたが」

「珍しいというのは？」

「クク様が、お客様に会われることがです」

「そうですか。しかし、さきほども……」

「ええ、なにかスズカ様に、ご縁がおありなのでは？」

「縁？　私にですか？　いえ、そのようなことは」

通路に人が来た。イトが応えると、女が入ってきて、茶を置いた。一人分だけだ。女が出ていってから、「イトさんは、飲まないのですか？」と尋ねると、「なんということを」と笑われた。理由はわからない。城では女は茶を飲まない仕来《しきた》りでもあるのか。

茶を飲んでいる間は、イトはなにも話さなかった。ただ、静かに座ってこちらを見つめている。少し笑っているような表情も変わらない。さきほどの泣いた顔とはもう別人のようだった。

5

欄間《らんま》から光が漏れていた。四角い天井を見上げている。柔らかい布団で寝ていた。そうか、ここは城の中か、と思い出した。まず、刀を確かめた。部屋に誰かいるような気配があったが、そうではない。隣の部屋にイトがいる。彼女はずっと起きていたのだろうか。起き上がって隣の部屋へ出ていくと、イトはきちんと座っていた。

「おはようございます」お辞儀をしてから、こちらを見上げ、微笑んだ。

「起きていたのですか?」

「そう申し上げたいところですが、何度かうとうとと」

「いや、しかし、横にならなかったのですね?」

「夜の門番も同じこと。眠らないのが仕事の者は、大勢おります。あの、朝餉《あさげ》の支度をさせて参ります」

イトは部屋から出ていった。通路に別の女がいたので、厠がどこかきこうとすると、「どうぞこちらへ」と案内してくれた。そのあと、湯で顔を拭《ふ》いた。

部屋に戻ると、イトが座っていて、ほかの者たちが膳を運んでくるところだった。たちまち朝飯のようだ。

邪魔をしては悪いと思い、通路に立って、空を眺めていた。手前の庭は狭く、すぐに塀《へい》が迫っている。塀の向こうにまた屋根が見える。そのまた向こうには高い石垣があって、その上に建物が見えた。しかし、そこでもまだ城の中心ではない。そちらの方角であることはわかったが、直接は見えなかった。

空は眩《まぶ》しいほど晴れ渡っている。雲は高いところにどうにか見える程度だった。どこかで太鼓を打っているのが聞こえた。なにかの合図だろうか。

支度が終わったようなので、部屋に入り、腰を下ろした。イトがお茶を淹《い》れている。膳が三つ。皿も沢山並んでいる。湯気《ゆげ》が上がっているものもあった。朝から大変なご馳走《ちそう》だ。

「普段は、剣の稽古《けいこ》をしてからいただくのですが……。そこの庭先でやっても良いものでしょうか？」

「稽古ですか？　ええ、よろしいと思います。でも、お一人で？」

「そうです。刀を抜いても叱られませんか？」

「大丈夫です」

「では……」

「お茶はあとで淹れ直します」

「いえ、冷めた茶の方が好きです」

刀を持ち、履き物に足を入れ、庭に下りた。息を整えるのに、しばらく時間がかかった。それから、ゆっくりと刀を抜いた。斜め下に向けて、構えた。切っ先が地面に届く、やや手前だ。そして、地から、刀を通して伝わってくるものを受け止める。

鼓動とともに、それが躰を巡り、ここで息を長く吐《は》くと、それらがまた周囲に霧となって戻っていく。

重さを感じ、その後に、重さがなくなる。

一瞬、白い草原《くさはら》が見えた。

止めていた息を戻し、刀を鞘に納めた。

そうか、今日は試合をするのだ、と思い出す。今まで忘れていたのは、面白いことだ。自分は、自分では測れない。測れないところがあった方が面白い。

ふっと息を吐き、首をぐるりと回してから、縁に戻り、腰掛ける。履き物を脱いでから、部屋に上がった。

「稽古は、いかがなさいましたか？　やはり、お食事をされますか？」

「稽古は終わりました」

「え？　今のが稽古ですか？　刀を抜いて、中身を確かめられたのかと思いましたが」

「ああ、それは良いことを言われました。そのとおり、中身を確かめたのです」

イトが差し出した茶を手にした。まだ充分に熱かった。

「駄目だ、まだ冷めていませんね」

「まあ、子供のようなことをおっしゃいます」イトが笑った。

食べている間は、イトは黙っていた。そういうのも、彼女の仕事のようだ。人に見られて食事をするのは落ち着かないものだ。彼女も食べれば良いのに、とも思うが、こんなことにいちいち気を遣っていては、世の中は渡っていけないということが、だんだんわかってきた。それぞれがそれぞれに、自分の役目を持っていて、自身、それとも自分のいる場所の流儀に従っているのだ。

宿屋で食べるものとはまた違った、珍しい味のするものが多かった。幾つかは、何をどのようにして作ったものか、イトに尋ねた。彼女は、丁寧に教えてくれた。料理を作ることはないそうだが、そういう知識は持っているようだ。若いのに大したものである。もっとも、七年もここにいるのだから、自然に覚えるものかもしれない。

「スズカ様は、どこか、その、普通の方とは違ったところがございます」

「私は、田舎者ですので」

「いえ、そんなふうには見えません。まず、お話しになることが変わっております」

「そうですか」

「でも、あの、なんと申し上げて良いのか、とても、お偉い方のようです。あ、いえ、威張《いば》っているというのでは、もちろんありません。そういう意味ではないのです。その、何でしょうか……」イトは目を上に向ける。「まるで、その、神様が雲の上から降りていらっしゃったような、そう、そんな感じなのです」

「ああ、仙人みたいな？」

「センニン？　それは何でしょうか？」

「いや、私も知りません。老人で山にいる神様みたいな人のことです。そういう話を聞いただけで、実物を見たことはありません」

「でも、スズカ様はお若いではありませんか」

「神様だったら、姿くらい変えられましょう」

「ああ……」イトは口を開け、そのあと大きく頷いた。「そうですね、きっと、そうですね。そうだわ。そのとおりです。貴方様は、そういう方なのですね？」

「違います。私は人間です」

「なんだか、人間というには……」

「何ですか？」

「もっと、尊い方のように感じるのです」

「イトさん、眠くないですか？　夢を見ているような顔ですよ」

「え？」イトは頬に手を当てた。「あ、顔が赤くなっていますか？　恥ずかしい。あの……」イトは両手をついて、頭を下げた。「私は、これで下がらせていただきます。あの……」顔を上げてこちらを見た。「今夜は、こちらにお泊まりになるのでしょうか？」

「いいえ、そんなつもりはありませんが……」

「そうですか。でも、またお城にいらっしゃることがありましょう？」

「さあ、どうでしょうか」

「もし、いらっしゃった折りには、是非、私の名をお告げ下さい。イトと申します。覚えておいて下さい」

「はい、わかりました」

「大変、楽しゅうございました」

「え、何がですか？」

「ご武運をお祈りしております。どうもありがとうございました。それでは、失礼いたします」

イトはもう一度長いお辞儀をしてから、部屋を出ていった。今度来たときに、彼女の名を言うことが、つまり彼女の仕事の成果となるのだろう。そう解釈ができた。

膳を片づけにきた者に、これからどうすれば良いのか、と尋ねたところ、別の者を呼びにいった。次は侍がやってきて、まだしばらく時間があるので、ゆっくりと休まれるのがよろしい、と言った。

そこで、皆が出ていったあと、部屋の中央で横になって、ぼんやりと天井を眺めているうちに、また少し眠ってしまった。

次に目が覚めたときには、また太鼓が鳴っていた。

6

複雑な心境というか、自分の中に矛盾《むじゅん》した気持ちがあった。一方では、武芸者に相対《あいたい》し、試合をしてみたい。そういった機会は、滅多《めった》にあるものではない。まだまだ知らない剣があるはずだ。それを知るだけでも価値があるだろう。また他方、このような場所で、大勢が集まっているところへ出ていくことに抵抗があった。剣は見せ物ではない。それは確かなことだ。本来は自分の身を守る、自分を生かすための技である。たとえば、本領ともいえる部分は、公開するべきではない。刀だって、鞘に納まっているからこそ、それを持つ者を高めるのである。

日が高くなった頃、案内役が迎えにきたので、刀を持ってついていった。真剣は使わないはずだが、部屋に置いておくわけにもいかない。持っていって良いかと尋ねると、かまわない、との返答だったからだ。

周囲三方が壁に囲まれた庭に出た。壁に近いところには、地面に苔《こけ》が生《は》えている。それ以外は踏み固めた土だった。門からここへ入ったのだが、正面の建物に幅の広い縁があって、そこに腰掛けが並べられていた。半分ほどに、既に侍が座っている。年寄りが多い。右手の奥には大きな太鼓。また、左手には高い竿《さお》が立てられ、長い布が何本も垂れ下がっていた。そちら側の壁に沿って、手前に茣蓙《ござ》が敷かれている。姿勢良く座っている者が何人かいたが、その中にヤナギの顔が見えた。

ヤナギもこちらを見た。軽く頷いたようだ。特に困った様子の顔でもないので、多少は安心した。納得の上でこの場に来た、ということか。

自分もそちらへ行くものと思っていたが、案内役は、真っ直ぐに進み、建物の方へ導いた。そこで、縁に上がれと促《うなが》される。これには少し驚く。なにか特別扱いされているようだ。

しかし、拒否するわけにもいかない。縁に上がり、そこにいる侍たちに頭を下げた。案内役が示した腰掛けに座る。右も左もまだ誰も座っていない。中央に近い位置だった。

ドーマが通路の奥から現れた。自分の前まで来て、頭を軽く下げた。なにか言葉があると思ったが、無言だった。間違えて捕らえたことについては、釈明もない。彼にしてみれば、自分の仕事をしただけで責任はない、ということかもしれないが。

対面の壁に門があって、そこから自分も入ってきたわけだが、その後も何人かが、姿を現した。明らかに城の侍ではない出立《いでた》ちの者が多い。知った顔もあった。昨日、ヤナギと喧嘩をした若い侍だ。門から入るなり、ヤナギの方を睨んだが、ヤナギは目を合わさないようにしていた。二人はすぐ近くに座ったが、言葉を交《か》わすこともなかった。この場で喧嘩を再開することもできないだろう。

莫蓙に座っている者は、十名ほどになった。ヤナギが一番年配に見える。彼以外は、体格の良い者が多く、気合いの入った顔で、皆鋭い目つきだった。ここで、剣の腕を認められ、城で雇われることを期待しているのだろう。

戦がない世の中になったが、侍の数は減らない。城を運営する人数は、戦に必要な人数よりもずっと少ないはずだ。かつて大戦《おおいくさ》があったときには、侍だけでは数が足りず、百姓、漁師、職人まで駆り出されたと聞いている。そのときに侍になった者もいるらしい。しかし、戦がなければ、大勢の侍が侍として生活できなくなる。今はそういう時代なのだ。刀を持ってはいるものの、実際に使う機会など滅多にあるものではない。武芸は、己の鍛錬に重きが置かれ、人を倒すことを第一としなくなったとの話も聞いた。

自分は、まだそのあたりのことがよくわかっていない。己の鍛錬は当然必要なことだが、しかし刀は人を殺す道具だ。己を守る、己が生きるとは、つまり己を倒そうとする相手を斬ることだ。さらに、この解釈を広げれば、己以外の者を守るために、敵と見なされる者を斬ることが正当化される。それは、正義のためという理由で語られるものだ。

ただ、カシュウが教えてくれたところでは、正義とは、本来は各々《おのおの》にあるものであり、腹が空いて生きるために人の畠の作物を食うのは、その者の正義だという。また、戦では、国の正義のために大勢の命を引換えにした。その場合も、どちらの国にも、やはりその国の正義があったのだ。

結局のところ、どこまで剣に頼れば良いのかという、その境がわからない。自分に不都合な者を斬り殺していけば、どうなるのか？　すべてを自分の正義と疑うことなく生きられるものだろうか。どこかに迷いが生まれるような気がするのは、何故なのか。それはやはり、生きた者を殺すという惨《むご》さにある。それは、人を斬ったときに、手応えとして感じるものだ。竹を切ったときにはない手応えが、己の腕に残る。それによって、だんだん自分の心が重くなるようにさえ感じるのである。

太鼓が打ち鳴らされる。

奥から何人かが現れた。やがて、殿様が入ってくる。また、それに続いてククが現れた。二人とも、ほかにない色遣いの装いだった。腰掛けていた侍たちが立ち上がり、後ろに下がって平身低頭するので、自分もそれを真似た。殿様は中央の腰掛けに着く。そのすぐ横にククが座った。腰掛けは後ろにいる従者が最初は支えていたが、その者も後ろへ下がった。皆も腰掛けに戻ったので、また座ることにした。両側には知らない侍が難しい顔で前を向いている。話しかけられるような雰囲気ではない。

「良い空だ」殿様が言った。「始めて良い」

皆が頭を下げる。また太鼓が一つ打たれた。

「上様、スズカ殿のことを」ククが小声で告げる。

「そうだった。客人がいる。ドーマ、紹介を」

「はい」ドーマが立ち上がり、こちらを向いて答えた。「スズカ流のゼン殿といわれる武芸者で、昨日この街を訪れられたので、お城にご案内をいたしました。スズカ流とは、将軍家指南役スズカ・カシュウによる、世にも珍しい剣術と聞いております。是非、ゼン殿にその秘技を披露していただきたいと存じます」

顔を前に出して、ドーマをよく見ようとしたが、間に殿様やククがいるので、見えにくい。秘技とは困った言い方だ、とは思ったが黙っていた。

隣にいる侍が、こちらを向いて頭を下げた。反対側にいた侍もなにか言いたそうに、こちらを見る。しかたがないので、前を真っ直ぐに向くしかない。

「では、始め」ドーマが言う。それを聞いて、太鼓が三度続けて打たれた。

名前を呼ばれ、二人の侍が庭の中央に出ようとする。途中で木刀を手渡された。正対し、膝をつく。懐から出した襷《たすき》を掛け、一人は加えて鉢巻《はちまき》きもした。中央に立つ者が合図をすると、木刀を持って前に出て、一礼する。そのまま試合が始まった。

両者とも大きな声を発する。間合いをしだいに詰め、木刀の先が接触する。足取りは軽い。このような試合というものに慣れているようだ。だが、どうも違う。これは、道場で見る竹刀の打合いと同じもので、剣術とは隔《へだ》たりがある。

鍔迫合《つばぜりあ》いもあった。真剣では恐くてあそこまで立ち入れないだろう。いずれも、そこそこの腕前だ。それはすぐにわかった。片方が離れ際《ぎわ》に相手の小手を打った。打たれた方が、そこで木刀を捨て、「参った」と言って蹲《うずくま》った。

「それまで」と中央にいた者が告げる。そこで太鼓が二度打ち鳴らされた。

両者とも一礼をして、元の場所へ下がった。途中で言葉を交わしたようでもあった。もしかして、知合いなのではないか。たった今自分を打ち負かした者と、落ち着いて話ができるとは、不思議である。

二組めも、ほとんど同様だった。面《めん》が開いているのに、面は打たない。最後は、胴に緩く木刀の先が届いた。それをやけに痛がって、木刀を投げて降参をする。

ああ、そうか、やはりこれは見せ物なのだ、とわかった。

「この試合というのは、毎月行われているのですか？」と左隣の侍に尋ねると、

「武芸会のことですか。はい、月に一度行われています」と答える。

「毎月、このように人が集まるのですね」

「普段は、一組か二組です。本日は殿がいらっしゃるので、いつもよりも人数が多いのです」

それは奇妙な話だと思った。殿様が見ることが何故、城の外の参加者に事前にわかるのか。つまりは、賑《にぎ》わいを見せるために、人を集めたということではないのか。今の二組の試合は、お互いに知った者どうしの芝居にちがいない。とても真剣に勝負をしているようには見えなかったのだ。

三組めで、ヤナギの名前が呼ばれた。もう一人は、やはりあの喧嘩の相手だった。ヤナギはこちらを見ない。木刀を手渡され、それを不安げに一度振った。相手は、自信のありそうな顔で、口元が笑っているようにも見える。

「この者たち、昨日城下の往来にて喧嘩をし、大勢の見るなか刀を抜いて立ち向かったものなり。これに相違ないか?」

中央の者が尋ねると、二人は頷いた。

「互いに不満、無念があろう。ここで正々堂々と決着をつけよ」

そういうわけか、と思ったが、しかし、不満があるのは、若者の方だけではないか、とも思えた。喧嘩をふっかけた側だからだ。それにしても、ヤナギの人柄から、彼がこのような機会を望んでいるとは、とても考えられない。

この試合は、明らかに今までの二組とは違っていた。木刀とはいえ、それを向け合った瞬間に殺気が迸《ほとばし》り、呼吸を止めているため声は出ず、緊迫した小刻みな応酬が始まった。若者の方は、たしかに力がありそうだ。それを頼りにした構えと握り。一方のヤナギは、無駄な動きをせず、じっと機会を待っている構えに見えた。入れ違いの一撃を狙《ねら》っているのであろう。上背《うわぜい》で劣るヤナギには、その勝機しかない。

ようするに、街道であった睨み合いに近い状態になった。若い方も攻めあぐねている。しかし、ヤナギの足の運びに一瞬の躓《つまず》きがあったとき、若い侍は掛け声とともに前に出た。ヤナギは斜めに躱を避《よ》けつつ、刺し違えるように前に出た。これは実に見事な間だった。

若い侍の木刀は、ヤナギの肩を掠《かす》り、力余ってそのまま地面を先で叩く。一方、ヤナギの木刀は、振った途中から躱の動きと一致して横から突っ込み、相手の脇腹に当たって抜けた。

脇腹を片手で押さえて、若い侍は振り返った。「くそう!」と濁《にご》った声で喚《わめ》く。

「待たれよ!」そう叫んでいた。知らぬうちに立ち上がっていた。試合をしている二人も止まる。中央の者がようやく手を上げ、「待て」と遅れて告げた。

皆がこちらを見ている。

「いかがなされましたか?」隣の侍がきいた。

「今の胴打ちで、明らかに勝負はあった。何故止めないのですか?」そう答えていた。

差し出がましいことをしてしまった、と気づいたときには手遅れである。頭に血が上っていたようだ。殿様の方を意識して頭を下げ、とりあえず腰を下ろした。

「私にはわからなかったが、胴に当たったのか?」隣の侍が言った。庭の中央にいる侍にきいたようだ。

「当たったが、しかし、弱いと思い、止めなかった」その侍が答えた。「いかがいたしましょうか?」

ドーマが立ち上がって、前に進み出て、こちらを向いた。今度は顔が見える。

「ゼン殿、今一度ご説明を」顎《あご》を上げた顔でそう言った。気に入らないようだ。

「はい」答えて立ち上がる。「もし木刀ではなく真剣ならば、今の一撃で致命傷。あの者は、もう戦えなくなっています」

「しかし、これはあくまでも、木刀の試合。本人は痛くも痒《かゆ》くもないという顔ではないか」

そうだろうか、相当痛そうだったではないか。

「ただ今は木刀を持っていますが、これはあくまでも剣術。刀のつもりで見極めるべきかと」思ったことを話した。「そうでないと、木刀では力の強い者が有利になりましょう。それでは、剣の技を競うことになりません」

「そのとおりよの」殿様が言った。

それを聞いて、ドーマがしぶしぶ頷いた。

ヤナギはほっとした顔で一礼する。その試合はそれで終わりになり、二人は莫蓙に戻った。相手の侍は、顔を顰《しか》め、不満そうな様子だ。あまり質《たち》の良い者とは思えない。やはり、喧嘩も一方的にふっかけたものだろう。ただ、ドーマが、相手の肩を持ったように見えたのは気のせいだろうか。昨日も、ドーマが、ヤナギを連れにやってきた。あの侍とドーマが通じているようにも思える。喧嘩でヤナギに加勢した者がいたことがドーマの耳に入ったのも、そのためにちがいない。ただそれが、とんだ人違いだったわけだ。

ヤナギとあの者をここで再び戦わせたのも、ドーマの裁きなのではないか。ヤナギは、なにか理由があって引き受けざるをえなかったのかもしれない。

四組めは、両者ともまだ子供といって良い侍で、ほとんど稽古に近いものだった。お互いに教えられたとおり、型を見せたにすぎない。どちらが勝つのかも決まっているようだった。

五組めは、一組めと二組めの勝者どうしが戦った。これは、多少は見るものがあった。少なくとも、いずれもかなりの上級者だったし、双方が勝とうとして意気込んでいた。けれども、最後はあっさり片方が諦《あきら》めた。綺麗な試合に見えたが、今一つ、際どいところで互いの本領が発揮されていない。

本当の剣の勝負というのは、双方の力が拮抗《きっこう》しているとき、考えの間に合わない、咄嗟《とっさ》の返しで決着がつくことが多い。それは、いわば死に物狂いの一打であって、打とうと思って打った刀の筋ではない。逆にいえば、死に物狂いにならなければ勝てない。何故なら、落ち着いているときよりも、死に物狂いの方が僅かに速いからだ。ところが、それは剣の道を始めた頃のこと。最初は、死に物狂いが有利と信じ、己をその気持ちへ持っていこうとする。だが、あるときから、そうではなくなる。

自分の経験でいえば、それは七年ほどまえのことだった。あるときから、死に物狂いよりも速い振りができるようになった。それは、静かな心から発する、澄んだ一打だ。自然に、刀を振るのではなく、手を振るだけ、ただ、躰を前に出すだけ、それどころか、前に出ようと思うだけ。その一撃が、最も速いことに気づく。

死に物狂いでは遅くなることを知るのである。これを知った者は、剣の道では一段高いところへ到達するだろう。その者は、刀を構えただけでわかる。死に物狂いではなく、心を澄ませようとするためだ。

最後の二人は、おそらく、そういった剣を持っているはずだ。しかし、やはり木刀の試合では、相手を倒す一撃の速さは出せない。いくら木刀で練習をしても、刀の一振りは、まったく別ものなのだ。

「あの勝者は、城の道場の師範代の一人です」隣の侍が教えてくれた。「いかがですか？　スズカ殿の目には、どの程度に見えますかな」

「綺麗な筋だと思います」そう答えておいた。

ただ、自分が戦いたいとは思わなかった。戦っても得るものがないからだ。

ドーマが、殿様の脇へ寄り、なにか話をしていた。こちらをちらりと見る。どうも嫌な予感がした。殿様にスズカ流を見せる、と約束をしたが、それはいったいどういう具合に見せれば良いものか、まだ迷っていた。

「ゼン殿」ドーマが呼んだ。「ただ今の試合の勝者と、お手合わせをしていただけないか」

立ち上がって、殿様の方を向く。片膝をつき、頭を下げた。

「申し訳ありません。昨夜はあのように安請合《やすうけあ》いいたしましたが、スズカの剣は、このような木刀の打合いでお見せできるものではありません。どうか、お許しいただきたいと存じます」

「なんと……」ドーマが一歩前に出た。「この場に及んで、怖《お》じ気《け》づいたと言われますぞ」

「はい、怖じ気づいたと思っていただいてかまいません」ドーマを睨み返し、簡単に答える。

殿様は、口を開け、首を傾げた。額に皺があった。眉を顰《ひそ》めているのかもしれないが、眉がないのでそういう顔になるのだろう。横にいるククが、こちらをじっと見据え、小さく首をふっているように見えた。

「試合をしないと言うのか?」殿様がきいた。「それでは、試合に負けたことになるが、良いのか?」

「はい、負けたことになりましょう」

「何故だ? 何故、負けても良いのか? 武士の恥ではないか」殿様が顎を上げる。怒っているようだ。まずいかもしれない。

「スズカの剣は、相手の刀に当たらぬと聞いたことがある」ドーマが言った。「なるほど、戦わず逃げ出すならば、刀は当たらぬ道理である。なんとも、奇妙な剣もあったものだ」

何人かが笑った。殿様も、多少穏やかな顔に戻った。可笑《おか》しかったのかもしれない。これには、むしろ助かった。

「興醒《きょうざ》めじゃ」殿様は溜息をついた。「ああ、よいよい。無駄に戦わぬは、この太平の世にむしろ適しておるわ。良いではないか」

「さようでございます」ククが言った。「さすがは、上様」

殿様は、それで笑顔になる。一気に機嫌が直ったようだった。

「恐れながら申し上げます」庭の端で声が上がった。ヤナギと試合をした若い侍だった。

7

「俺は、実は侍ではありません。この街の火消しです。さきほどの試合、俺は負けておりません。刀の流儀は知りません。勝負は勝つか負けるかです。木刀で戦えば、木刀で相手を倒すのが勝ち。そうではありませんか？」

「何を言い出すか。無礼であるぞ」ドーマが一喝した。

「いえ、ドーマ様、お許し下さい。俺は、侍になりたい。そのために稽古をしてきました。侍と勝負をして倒せば、侍として召し抱えていただけますか？」

「火消しは、槌《つち》を持っておれば良い」隣にいた侍が叫んだ。

「そこの侍は、昨日、俺たちの喧嘩を避けて通った。見ていたぞ」火消しは、こちらを指さし、唾を飛ばしてまくしたてる。「しかも、大男の侍をけしかけて、そっちの老いぼれに加担させたんだ」

何を言っているのか、よくわからなかったが、どうやら、チハヤをけしかけたのが自分だと主張しているらしい。

「ゼン殿、黙っておられるが、そのとおりかな？」ドーマがきいた。

「その場にいたのは確かです。喧嘩を避けて通ったのも、そのとおり。そこで、大男の侍と初めて会いました。話しかけてきて、喧嘩を止めた方が良いだろうか、と私に尋ねました。しかし、私はどちらとも答えていません。その侍は、決心がついたらしく、自ら仲裁に入ったのです」

「嘘だ。仲裁ではない！　助太刀だと言った」

それは、たしかにそのとおりだった。しかし、チハヤは、嘘をついて仲裁に入ったのだ。それが最も効果があると考えたからだろう。適切な行動だったと思う。ただ、相手の男が怒っているのも、もっともだと思えてきた。

「もともと、三人は知合いだった。卑怯ではないか。侍のすることか？　俺は一人だ。ここへ下りてきて、勝負しろ！」

あれこれ理屈をつけているが、単なる言いがかりである。困ったものだ。

殿様がこちらを見た。

「あのように言っておるが、どうする？」隣の侍がきいた。殿様の代わりにきいたのかもしれない。「この試合も受けぬとなれば、あの男の勝ちだ。勝てば、侍として城で召し抱えることになるのか。これはまた、迷惑な話ではないか」

「そうですね」頷いた。その理屈ももっともである。「困りました」

「木刀でなければ、立合いを見せてくれるか？」殿様がきいた。これには、驚いた。

「刀を使うということですか？」

殿様は、目を細めて頷く。

「真剣では、あの者が怪我をすることになります」

「もとよりその覚悟だ。いざ！」その男は前に出て、持っていた刀に手をかけた。

「その刀、抜いてはならん」ドーマが怒鳴《どな》った。「上様の前だぞ」

殿様は表情を変えず、まだこちらを見ていた。さすがに肝《きも》が据わっている。ククもこちらを見ていた。

しかたなく、立ち上がった。この期《ご》に及んではいたしかたないか。

「わかりました。刀を抜いてもよろしいですか？　許可をいただきたい」

「結構。存分に」殿様は、今までで一番の笑顔になった。

縁から下りていく。相手は、じっとこちらを睨んでいたが、数歩後ろへ下がった。

「ゼンと申します」男に対してお辞儀をした。「ヤナギ殿とは、昨日、うどんを一緒に食べた。それだけの関係です。また、もう一人いた侍も、あのとき初めて会った。喧嘩を止めるために、ヤナギ殿に加勢したように見せたまでのこと。もし、あのまま剣を交えていたら、貴方は命がなかったでしょう。今日の試合が、それを示しています」

「何を言ってやがる」男は笑った。「理屈が先に立つのが侍か。今さら、どうでも良いわ！」

名前を尋ねようかと思っていた。さきほど、名を呼ばれたはずだが、聞き逃してしまった。侍でなくとも、それが礼儀だろうと考えた。しかし、男はもう刀を抜いた。今にも出てくる気配だった。

力の強いことは確かそうだ。二の腕が太い。刀の扱いも慣れているようだった。足の位置を見れば、重心がどこにあるのかよくわかる。無駄に動くが、重心が動かないのでは、意味がない。

こちらは、まだ刀を抜いていない。

しんと静まり返った。さすがに、真剣となれば誰もが息を呑《の》む、ということだろう。相手の先に、ヤナギの顔が見えた。心配そうな表情である。

叫び声を上げ、男が刀を縦と横に振った。前に出る勢いはない。息をするため、後ろへ下がる。

次は突いて出てくる。横へ避《よ》けた。

刀を下から振り上げた。力強いのだが、大きく回りすぎて遅い。

少し姿勢を低くして待った。

次は、左から来る。

地面に手をついて、頭を下げる。刀が上を通る。

土を摑み、それを相手に投げた。

「くそぉ」刀を振りかぶって出てくるところへ、下から飛び込んだ。

男の刀が振り下ろされる。

その腕を肩で押し上げ、右手首を左手で摑む。同時に相手の脇差しを右手で逆手《さかて》に抜く。

男は、刀が振れず、膝を折る。

脇差しを返して、男の顎に突き当てた。

幸い、顎を貫《つらぬ》くまえに、男が刀を放した。右手首を捻《ひね》り、骨を折る。男は回転し、地面に肩から落ちた。しかし、その動きをさらに追い、脇差しを首に再び当てた。

男の顔がすぐ近くにあった。目を見開き、息を止めている。

「何故、刀を手放した？」

「ま、参った」

「それは、殺せということか？」

「違う」

「侍ならば、刀を放すな！」

首に当てた刀の先から血が流れ始めていた。

「許してくれ」

男から離れた。落ちている刀を拾い上げ、男のところへ戻って、それを手渡す。

「持て」

「え？」

もう一度、男から離れ、そこで、柄《つか》に手をかける。

「それでは、勝負をしよう」そう言って、刀を抜いた。「これより、スズカの剣をご覧に入れる」

斜め横に構える。男は、刀を左手に持って再び立ち上がった。

そうだ、それでこそ侍だ。思わず嬉しくなった。笑ったかもしれない。

来い！

だが、
相手は、また刀を手放した。地面に蹲《うずくま》り、躰を震わせる。泣き声を上げる。

「か、勘弁してくれ」

刀を片手に持ったまま、建物の方へ向く。

「どなたか、この哀れな者に助太刀する方はおられぬか？　スズカの剣をご覧に入れよう。誰でも良い。何人でも良い。さあ、斬りにこられよ」

静まり返ったままで、誰も声を出さなかった。

しばらく待ったが、咳払《せきばら》いしか聞こえない。

「いらっしゃらないのか。ドーマ様、いかがか？」

「いや、とくと拝見いたした。見事であった」

そこで、拍手をする者があった。

「拍手など無用。剣に見事はない。ひとたび抜けば、敵を斬る。それだけです」

刀を鞘に納め、殿様に一礼した。

「私は、これで失礼いたします。よろしいでしょうか？」

「どこへ行く？」殿様がきいた。

「決めておりませんが、とにかく、城からは出たいと思います」

「何故、城から出たいのじゃ？　もう少しここにおってもよかろう」

「城の外には、私が学べるものがあります。私よりも、もっともっと強い剣があります。それを探さなければなりません」

「この太平の世に、そんな強い剣が必要か？」殿様は首を傾げる。

「いいえ、たぶん、必要ではありません。ですから、城の中にはいらぬものでしょう。世の中ではなく、私に必要なのです」

8

帰りの支度をするために、一度部屋に戻った。案内されて建物から出ていくと、ヤナギが待っていた。こちらを見て少し微笑んだ。ほっとしている顔である。

「私のせいで、申し訳ありませんでした」近づいていくと、深々と頭を下げる。

「いえ、ヤナギ殿のせいではありません」

門の手前に、女が一人立って待っている。知らない顔だ。

「スズカ様、言付《ことづ》けがございます」女はそう言うと、前に出て膝を落とし、両手で白い紙を差し出した。

表にはなにも書かれていないが、文《ふみ》のようだ。

「どなたからですか?」

「のちほどお読みいただきたい、とのことです」

女は一礼して下がった。文は懐に入れて、そのまま門を潜《くぐ》った。案内役はここまでだった。まだ、城外ではないが、二人だけになった。

「ヤナギ殿の剣は、スズカ流だとわかりました。同じではないが、似ているものがあった。あそこで、あの一打が繰り出せるのは素晴らしい」

「とんでもない。必死でなにもわかりませんでした。単なるまぐれです。もう一度やれと言われてもできません。それよりも、ゼン殿の強さには感服いたしました。身のこなしがまるで違う。動くときは飛ぶような軽さなのに、一度地につけば、まるで根が生えているがごとく不動。才がなければ到達できない境地とお見受けしました」

「私も、いつも必死です。だから、いつもやりすぎてしまう。剣を振ると、もう相手を殺すことだけになる。これは、修行が足りないせいだと思います」

大きな門が近づいてきた。門番が太鼓を打った。門《かんぬき》を外し、大きな扉が開けられる。門を出たところは、橋だ。その橋も、一番近いところは太い縄が斜め上に張られている。昨日は気づかなかったが、この部分だけ橋を持ち上げることができるようだ。これほどの用心をしなければならないのは、どんな戦を想定してのことだろう。この城を取ろうと攻め入るような者があるのだろうか。

橋を渡り、両側の水面を眺めた。水鳥がいる。魚もいるようだ。

「これから、いかがなさいますか？」ヤナギが尋ねた。

「私は、これといって当てはありませんが、ヤナギ殿は、どちらへ？」

「里には、お世話になっている知人を訪ねます。明日には、里へ帰るつもりです」

「里には、タガミ様がいらっしゃるのですね?」それは、昨日きいたヤナギの師の名である。

「え？　ええ、そうです。いえ、もう十数年会っておりませんが、まだいらっしゃるはずです」

「是非、お目にかかりたいと思います。明日、一緒についていってもよろしいでしょうか？」

タガミは、スズカ流の一派の師範だという。ヤナギの素晴らしい刀捌《かたなさば》きを見たからには、是非とも会わねばならないと考えていた。

「あまり人に会われない方です。その、かつてはそうでもなかったのですが、今はそのようだという話を耳にしております」

「ヤナギ殿の家に近いのですね？」

「ええ、それはそうですが」

「途中まで、ご案内いただくだけでけっこうです」

「そうですか。わかりました。いや、ゼン殿であれば、お会いになるかもしれません」

明日の正午に昨日のうどん屋の前で落ち合う約束をして、ヤナギとは別れた。

さて、そうなると、一日の間この街を見物して回るか、と考える。今まで見たことがない珍しいものがあるかもしれない。

広い街道を戻っていく。さすがに城下のためか、侍が多いようだ。商売も盛んで、いろいろな店が軒を連ねている。そろそろ履き物を直す必要があると考えていたので、履き物屋に入ろうか、と店先で中の様子を窺っていると、遠くから高い声が聞こえてくる。

「ゼンさーん」街道をノギが近づいてきた。三味線を背負っているので、散歩ではない。旅の格好である。

近くまで来て、大きく息をする。そんなに走ったようには見えなかったが、荷物が重いのだろうか。

「どうしたんです？」

「どうしたんですじゃないよ」片手を振って肩を叩こうとするが、途中で手を引っ込めた。「今頃は次の宿場だろうって思ってましたよ。良かったぁ、まだこの街だったんですね。ああ、急いで出てきて、損したわぁ」

ノギとは、一緒に旅をしているわけではないが、だいたい同じ宿場に泊まることが多い。数日まえにも会った。峠の付近で、彼女が遅れたのだろう。

「同じ道を歩いていても、一つ宿場が前後すれば、もう顔を見ることがない。不思議なものですね」

「何言ってるのさ。とんちんかんなこと言わないの。はぁ……」また溜息をつく。辺りを見回した。それから、にっこりと微笑んで顔を近づける。「ねえねえ、どこにお泊まりですか？」

「これから決めるところです」

「そう、じゃあ、一緒に……。あれ、でも、昨日はどちらに？」

「ああ、お城に」

「お城？　お城って、あそこ？」彼女は指をさす。

「ええ」

「あらま、凄《すご》いじゃないですか。どうやって入ったんです？」

「えっと、まあ、いいじゃないですか」

「何ですか、その口振り。あ、綺麗なお姫様がいっぱいいたでしょう？」

「あ、ええ、まあ」

「あらら、ゼンさんも、この頃、ちょっとあれなんじゃないですか？」

「あれって、何ですか？」

「えっとぉ、まあ、いいじゃないですか」ノギは笑った。機嫌が良さそうだ。

しばらく二人で歩き、団子を食べることになった。もう太陽は高い位置にある。店の中ではなく、往来に台が並べられている。柳の樹の枝が届きそうな場所だった。そこで、茶を飲み、団子を食べた。

「そうか、まだ、ゼンさん、この街だったのね」

一人で呟いている。こういう物言いには、返事のしようがないので黙っていた。

「ここね、稼げそうだから、もっとゆっくりしたかったんですよ。良かった良かったぁ」ノギがうんうんと頷いている。「昨日泊まった宿は、駄目だった。あれは、とんだ見当違いでね。今日は、目をつけているところがあるんです。あそこにしましょう。ね、良いでしょう？」

あそこと言われても、どこのことなのかわからない。

「私は、どこでもかまいません」

「そうね……、お城ですか。ご馳走とか、食べたんでしょうね。お姫様に囲まれて」

「囲まれはしませんでしたが、ご馳走は食べました」

「ねえ、何でお城に？　あ、もしかして、剣術の試合？」

「あ、そうです」

「聞きましたよ。昨日のお客さんが話してました。毎月の武芸会が明日あるんだって。そこに、ゼンさん、出たんですか？」

「ええ、まあ」

「凄いじゃないの」

「凄くありませんでした」

「そう？　でも、出られるっていうのが凄いですよ。そうなんですか。さすが、ゼンさんですよ。もちろん、勝ったんですよね？」

「勝ったというのか……」

「もしかして、お姫様も見ているんですか？」

「えっと、ああ、そうですね」

「そりゃ、気合いが入りますね」

「どうしてですか？」

「あとで、ちやほやされました？」

「え？」

「それって、今朝のことですか？　ああ、じゃあ、お疲れでしょうね。そりゃあ、ゆっくりと休まなきゃ」

「今、休んでいます」

「剣よりも、お姫様でお疲れなのでしょう？」

「あ、そういえば……」

「嘘、本当に？」

　懐から文を取り出した。

「わ、何ですか、それ」

「見ないで下さい」彼女から離れ、台の端に座り直した。

紙の中に、また紙があった。それを広げる。日にちが記され、瑞香院《ずいこういん》にてお待ち下さい、と書かれていた。差出人はククである。朱の印もあった。

「うわぁ、恋文？　やだ、なんてことでしょう」離れたところで、ノギが呟いている。

「今日は、何日ですか？」

「え？」ノギはしばらく考えてから、答えた。

「瑞香院というのは、どこか知っていますか？」

「ズイコーイン。知らないよ、そんなの。知ってても教えないよぅ」

ちょうど、店の者が出てきたので、尋ねてみると、山に入ったところにある寺だという。半日ほどかかるらしい。そこに九日後に来いという文だった。そこで何があるのかは、書かれていない。

九日後とは、しばらく、さきである。

明日、ヤナギとともに、タガミ・トウシュンを訪ねることになるが、また戻ってきても余裕があるだろう。大丈夫そうだ。そんな算段をしながら、文を懐に仕舞い、ノギのところへ戻って、湯呑みを手に取った。

「あれ？」お茶が入っていない。まだあったはずだが。

ノギを見ると、目を遠くへ逸らし、笑いを堪《こら》えているような横顔だった。

「私のお茶を飲んだのですか？」

「あぁら、知りませんよ。それより、よござんすね。山のお寺で逢引《あいびき》ですか？」

「アイビキ？　弓を引くことと何の関係が？」

「また、わけのわからないことを言ってはぐらかす。お姫様とですか？　よろしいじゃないですかぁ。ということは、しばらくここにいることになりますね。いいんですよ。私は、商売に打ち込みますから。もうねぇ、そんな色恋沙汰《ざた》なんか、可笑しくってやってられませんよう、この歳になったらねぇ。ええ、ええ、そうですとも。ねえ、ちょっと、おねえさぁん、お茶……。お茶のお代わりを持ってきて下さいな。熱いやつですよ」

ノギはそれから、こちらを向いて、「べえぇっだ」と言って舌を出した。もう何度かこれを見ているのだが、いまだに意味がわからない。きいても教えてもらえないのである。

episode 2 : Trick sword

Mori Mombey's son had a fight with someone and came back injured. "What happened to your opponent, my son?" he said. "I cut him down." was the reply. "I see. And did you finish him off?" "Yes, of course," said the son.

"You did well," said Mombey. "You need have no regret. Sooner or later you will be sentenced to death. Let me act as your second now rather than be dispatched by another. Get yourself ready here." Mombey assisted his son in committing *seppuku*.

第2話　トリック・ソード

門《もん》兵《べ》衛《ゑ》嫡子《ちゃくし》何某《なにがし》喧嘩《けんくわ》いたし、手負ひ候《さふらふ》て参り候に付《つき》、「相手を何と致し候や。」と尋ね候《さふら》へば、切伏《きりふ》せ候由《よし》申し候。「止《とゞ》めをさし候や。」と尋ね候へば、「成程止めもさし候」由申し候。その時、門兵衛申し候は、「よく仕舞ひ候へば、この上存じ残す事はあるまじく候。只今《ただいま》遁《のが》れ候ても、いづれ切腹《せつぷく》仕《つかま》る事に候。冷《ひえ》腹《ばら》を切り、人手《ひとで》に懸《かゝ》らんよりは、今親の手に懸り候へ。」と申し、即時に介錯《かいしやく》仕り候由。

1

宿のことは、ノギに任せた。名前とだいたいの場所だけきいておく。彼女は、これから客を見つけるのだと話していた。ノギは、酒の席で三味線を弾く。それが仕事だ。そういうものに金を出すのが、風流な遊びというものらしい。風流とは、実は何のことかわからない。ただ、言葉でそう聞いただけだ。しかも、ノギ自身の口から聞いたので、本当のところはわからない。冗談を真顔で言う人だからだ。

しかし、彼女は根は正直者である。それはよくわかっている。今のところ、人間にとって最も大切なことは、この正直さだと自分は考える。それは、ある特定の相手に対する正直さではなく、もっと広く周囲の皆に、また己に対し、そして、自分の生き方にも及ぶ正直さだ。

剣には、正直さがよく表れる。素直な筋を走る刀は速い。迷いがないからだろう。もし迷うとしたら、それはどこかに不信がある。誤魔化《ごまか》しがある。相手に対してなんらかの誤魔化しをするのは、勝負にはときに必要かもしれないが、そちらを本意と考えてばかりいると、結局は自分が誤魔化されていることと同じになる。そういう者の刀は、いつも迷い、常に無駄な動きをするようだ。これは、人間という動物に見られる傾向で、ほとんど誰にでも多かれ少なかれある。

街道から少し入ったところに、立派な寺があると聞いたので、そこを訪ねることにした。途中、畠が広がる場所があった。畠と森の境目辺りには、たいてい大きな鳥が翼を広げて浮いている。ほとんど羽ばたかないのに、ああして浮かんでいられるのが不思議だ。地面を走る小さな動物を狙っている。森より畠へ出てくるのを待っているのだ。樹が生い茂る場所では、獲物を捕らえにくいからだろう。

獲物を見つけると、鳥は即座に翼を畳み、一直線に落ちていく。そのときの速さは、実に凄《すさ》まじい。地面に激突する、という刹那《せつな》に、大きな翼を広げる。そのときに初めて音が聞こえる。地面にいる動物も、この音に気づく。しかし、もうそのときには、大きな脚の爪《つめ》に捕らえられている。

そのあと、鳥はその獲物を持ち上げ、ゆうゆうと羽ばたいて、姿を消すのだ。どこで、それを食べているのか、見たことはない。かつて、山で生活していたときには、鹿の子を連れ去る大鳥を見たことがあった。重くて高く飛べないのか、地面すれすれに飛んで、崖《がけ》からさらに低い方へ連れ去った。

どんな動物でも同じだが、獲物を捕らえる構えは、その形が美しい。躰のどの部分も無駄な動きをしない。ただ相手を捕らえる、相手を倒す、その一撃にすべてが働いているからだ。

人間には迷いというものがあって、それが動作の無駄になって表れる。カシュウは、そうなるのは考えるからだ、と言った。考えなければ、迷わないと。けれども、考えないことは、獲物に向かうことよりも、むしろ難しい。いまだに、その無心というものが自分には訪れない。どうすれば、考えないでいられるのか、と考えてしまうのだ。

寺の門を潜ると、境内《けいだい》に何人か先客があった。名所なのかもしれない。正面の大きな屋根の建物で、中を覗いている者が多い。手を合わせている者も見えた。掃除をしている僧侶《そうりょ》がいたので、庭を見ても良いか、と尋ねると、庭といわず、建物のどこでも、勝手に入っていただけます、と答える。まるで、商人のような愛想《あいそう》の良さだった。

仏の像をちらりと眺めてから、建物の右手の奥へ入った。池があり、小さな島へ橋が架けられていた。何のために橋が必要なのか、と思い、そこを渡ってみたが、島にはなにもなかった。風景を眺めるか、魚釣りをするくらいしかない。しかも、池は非常に浅く、丸い石が底に敷かれていた。橋などなくても、島には簡単に渡れそうだ。無駄な橋だなと思う。否、そもそも、この島が無駄だ。そこまで考えて、そうか、池も島も、作られたもので、もともと自然にあったのではない、ということに気づいた。

橋が無駄だという以前に、池や島が無駄で、それを言うならば、この寺がそもそも無駄だ。このような建物がなくても、誰も困らない。仏の像も、いったい何の飾りなのか、自分にはまったく理解できない。僧侶は、人に仏の道を教え、正しく導くことが仕事だと聞いたが、それに、このような立派な建物や、金の仏像がどう役立つのかが、わからないのである。

寺も僧侶も、特に毛嫌いしているわけではない。僧侶にも立派な人間がいることは知っている。ただ、一番の不思議は、あの念仏というもの。最初は、呪文《じゅもん》の類《たぐい》かと思ったが、どうもそうではないらしい。つまり、唱えたところで、不思議なことが起こるわけでもない。祭りのときの歌のようなものらしい。みんなで声を揃《そろ》えて念仏を唱えることさえあるという。

しばらく歩くと、平たい庭に出た。鐘があった。石垣で高くしたところに屋根が作られ、その中に鐘が吊《つ》るされているのだ。大きなものである。運ぶのが大変だっただろう。どのような音がするのか。撞《つ》いてみたいところだが、余計なことをして叱られるのも面白くないので、我慢をした。そのうち誰かが鳴らすかもしれない。

渡り廊下の軒下に、木魚が吊るされているのも見えた。鯉《こい》だろうか。人と同じくらい大きい。それも叩いてみたくなったが、やはり我慢した。

こういう我慢というのは、正直ではないな、とも思う。正直に、素直に、自分がしたいことをそのままますることはできない。それは森の中でも同じだった。声を出したくても、静かにしていなければならないときがある。獲物をとるときも、また大きな獣がいるときも、そうだ。食べたくても、なんでも食べられるものではない。気をつけなければならないことが多い。人が多い里や街では、今度は、周りの人間に気を遣う。襲ってくるような動物はいないし、足を取られるような沼もない。それでも、同じような危険が違う形で仕掛けられているのだ。

知らないと、罠《わな》にはまってしまうことだってある。人が人に仕掛ける罠だから、見た目ではわからない。親しげに近づいてくる者を、むやみに信じてはいけない。かといって、誰彼なく全部を疑っていては、また息苦しい。それでは山を下りた意味がなくなってしまう。

庭の端は、そのまま森になっていた。どこまでがこの寺の庭なのか、柵《さく》のようなものは見当たらない。かなり広いのか、それとも境がないのか。本堂の裏手へ回り、林の中を進むと、微かな気配に気づいた。

立ち止まり、振り返ったが、誰の姿もない。息を潜《ひそ》めたが、なにも聞こえない。気のせいだったか、と息をしたとき、左の樹の陰に、誰かがいることがわかった。しばらく、そのままじっと待ったが、出てこない。誰なのかはわかった。

「ナナシか」と尋ねると、

「はい」と返事が返ってくる。

明るいところに現れたのは、初めてのことだった。

「顔が見たい」そちらへ近づいた。

「どうか、そのままで」片手を出して広げる。黒い手袋をしているようだ。

「何の用事か？」

「クク殿の文にあったとおり、九日後に瑞香院へいらっしゃいますか？」

「うん、行くつもりだが」

「わかりました」

「何があるのか、知っているのか?」

「知っておりますが、申せません」

「罠ではないのか?」

「それは大丈夫かと」

「そうか、それだけでも、聞いた価値はあるな」

「これから、どちらへ?」

「今日はどこへも行かない。明日は……」説明しようと思ったが、既にナナシはいなかった。気配が消えている。

ナナシの手に見えたのは、葉のついた折れ枝だった。そもそも、そこにいたのではなさそうだ。そういえば、声がどことなく方角が違って聞こえた。

何者なのか、とまた考える。ときどき現れて、わけのわからないことを言うが、無駄なことではなさそうなので、油断ができない。顔も姿も見せない。どうやら敵ではない、ということはわかっている。自分のことをよく知っている人物ということもまちがいないのだが。

ククの文の内容をどうして知っていたのだろう。あの柳の茶屋で、ノギと話をするのを聞かれたのか。いや、話には、ククの名は出ていない。文を見たのか。柳の上に隠れていたというのか。そんなはずはない。となれば、城で、ククが文を書くときに、既に読んだのか。ナナシならば、城の中に忍び込むことは容易《たやす》いだろう。もしそうなら、城のことをもっとききたかった。どうも、いつも落ち着いて話ができない。

2

その寺では、結局建物の中には入らなかった。また街道へ戻り、店を見ることにした。履き物屋へももう一度行くつもりだった。表通りは、宿屋が多い。そう、質屋もあった。中に入ってみたかったが、預けるものもないし、金に困っているわけでもない。ただ、店の様子が外から見えないので、以前に入ったところと同じかどうか確かめたかっただけだ。

表通りから入る細い脇道にも小さな看板が出ていることに気づき、その一本に入ってみることにした。四、五軒ほど奥に、甲冑《かっちゅう》という文字の看板があった。戦で使う防具のことだ。飾ってあるものを見たことはあるし、また剣の稽古で用いる胴の防具も知っているが、戦に用いる実物を見たのは、昨日が初めてだった。一度も触ったことがないし、まして売っている店があるとは思わなかった。さすがに城下の街だけある。

引き戸を開けて中に入った。店の半分は土間で、そこで職人が作業をしていた。

「何です？　修理ですか？　それとも誂《あつら》えですか？」その職人がきいた。年寄りというわけでもないが、もちろん歳上だ。ぶっきらぼうな口調だった。

「お店の人ですか？」ときいてみる。

ないか、とも思う。

「ああ、一人しかいない。何です？　用件は」

せっかちな性格のようだ。商売人らしくない。しかし、作るのが本業ならばしかたがないか、とも思う。

「いえ、ちょっと見たかっただけです。駄目ですか？」

「いいよ。見たかったら、そっちへ上がって、その戸の奥だ。勝手に見ていきな」

「ありがとう」

履き物を脱ぎ、板の間に上がる。戸を引き開けると、左右の壁に二組ずつ兜《かぶと》と鎧《よろい》が置かれていた。飾り物のように派手なものと、実用的な質素なものがある。あるいは、侍の位によって違うのかもしれない。

近づいてみると、金物だけでできているのではなさそうだった。躰の動きの支障にならないように柔らかくしなければならないし、また重くては不利になる。夏の戦であれば、長く着用しても暑くならないものが望まれるだろう。考えてみると、これはなかなかに難しいものだ。

そもそも、このようなものを身につけて、はたして有利だろうか？　自分の場合で考えると、まったくの無駄に思えてならない。いくら防備をしていても、隙《すき》はある。たとえ刀の刃が肉を斬らなくても、当たれば衝撃がある。手や足に当たれば骨が折れるかもしれない。また、そうでなくとも下から掬《すく》われれば、倒されよう。倒れれば、首を突かれる。顔を覆っても目のために穴がある。そこを突かれるだろう。

もし、相手がこれを着ていたら、どうやって倒すか、と考えたが、あまりにも隙が多いことがわかった。それほど有利とは思えない。

だいいち、本当に刀を食い止めることができるのだろうか。兜から首へ垂れ下がった鎖のような部分を触ってみた。これくらいは刀で突き通せそうな気がする。

ほかのものも、基本的な部分は同じだった。飾りは、金銀の光りもので、これは戦いの役に立つわけではない。ただ、目立つだけだ。目立つことが有利とは思えない。

戸が開いて、土間にいた男が顔を覗かせた。

「どうだい？」

「いや、こんなに近くで見るのは初めてなので、とても面白い。これは、重いでしょうね？」

「軽くはない。この頃は、弱くてもいいから、とにかく軽くしてくれって、みんなが言う。戦なんかないからな」

「今でも、買いにくる侍がいるのですか？」

「そりゃあいるさ。だから、商売になるんだ。何ていうんだ。ああ、どこかで練習をするんだよ」

「何の練習ですか？」

「戦の練習。そのときに使う。城勤めになれば、甲冑は一揃い支度をするのが常識だ。それよりも、元服《げんぷく》のときにもう誂える家も多い。着けることはあっても、実戦じゃない。飾っているだけだから、雛人形《ひなにんぎょう》のようなものだ」

「ヒナ人形って、どんな人形ですか？」

「面倒臭いお客だな」

「あ、いえ、すいません。面倒ついでに、これが何でできているのか、教えてもらえませんか？」ちょうど目の前にあった、鎧の硬そうな部分を触った。「金物ではありませんね」

「それは、木や竹に漆《うるし》を塗り重ねて、牛の革を貼《は》る。それにまた漆を塗る」

「これで、刀が防げますか？」

「当たり前だ。でなければ意味がない。その被《かぶ》り物のところは、鉄が表面に張ってある。刀で切ろうったって、傷一つつかない」

「傷がつかない？　そんなに硬いのですか」

「矛盾といってな、この世に一番の矛《ほこ》と、またこの世に一番の盾《たて》があるわけだ」

「その話は知っています」

「え？　ああ、そうか……」

「傷がつかないということはないでしょう、いくらなんでも」

「嘘だというのか？」

「じゃあ、刀で切っても良いですか？」腰の刀の鞘を持ち上げて見せる。

「待て、もし傷がついたら、どうするんだ」

「傷はつかないと言ったじゃないですか」

「そうは言ったが、もしものときは困る。買ってもらえるのか？」

「それは困ります。すみません。やめておきます」

「うん、物わかりが良いな。どうだ、お茶でも飲むか？」

「え？」

「ちょうど、一服しようと思っていたところだ。ついでだから、飲んでいきな」

「あ、では、いただきます」

男は、奥の部屋へ入っていった。兜にもう一度触れてみる。絶対に刀で切れると思えた。傷がつかないというのは、商売の口上《こうじょう》なのではないか。

しばらく待っていると、奥から呼ばれたので、そちらへ入った。木で囲われた、やや高い囲炉裏のようなところで、湯気が上がっている。男は、手に細長いものを持ち、口から白い煙を吐き出した。

「何ですか、それは。湯気ですか？」

「え？」

「口から煙のようなものを」

「キセルのことか？」

「キセル？」

「草を燃やして、吸っているんだ」

「薬ですか？」

「まあ、そんなもんだ。ほれ、お茶」

既に、湯呑みにお茶が入っていた。

「いただきます」頭を下げて、それを手にした。

「この街の人じゃないな。城の武芸会に来たのかね？」

「旅の途中です。武芸会に来たわけではありません」

「その鞘は綺麗だな。ちょっと見せてもらえるか」茶を飲みながら、男は言う。

刀を差し出すと、首の手拭《てぬぐ》いで両手を擦ってから受け取った。

「ああ、これは、良いものだ。見事な塗りだ。どうやってこんな色を出すんだろうなあ。いつ頃のものかね？」

「いえ、知りません」

「昔の方が良いものを作った。たぶん、唐《から》の技だろうね。今どきじゃあ、こんなものは見かけない。都に行ったって、ないだろうよ」

「都に行ったことがあるんですか？」

「ない。この街から出たこともない。だが、俺の師匠が都の出だった。大戦《おおいくさ》があった頃には、刀を作る者も、鎧兜を作る者も、そりゃあもう、いっぱい、捨てるほどいたんだ」

「そうでしょうね。ああ、そうか、ああいう鎧は、戦のためだけにあるものなのですね？」

「そう。戦がなければ、使い道はない」

「ああいうのを着て、道を歩いている侍がいたら変ですよね」

「え？　おお、そうだな、そりゃあ傑作だ」男は笑った。

このまえ、そういう姿を見た、と言いたかったが、黙っていた。

「相手が一人か二人で、定まっていれば、身軽な方が有利でしょう。三人いても、やっぱり鎧がない方が、戦いやすいように思えます」

「鎧ってのはな。有利不利というよりも、安心して戦える、つまり、気持ちに着せるものだ。戦に行くのが恐いから、これを着て、みんなに大丈夫だと思わせる。自分も大丈夫だと思い込む。そういう役目のものさ」

「そういうものですか」

「戦だと、大勢がいっぺんに戦うだろう？　どこから槍《やり》が来るか、矢が来るか、わからん。狙ったものではなく、たまたま当たることもあるらしい。そんな場所に出向くわけだから、やはり、それなりのものが必要になるってわけだな」

「そうか、飛び道具に対しては、役に立つかもしれませんね。鉄砲《てっぽう》はどうですか？　鎧で防げますか？」

「さあ。試したことはない。そういえば、鉄砲用の盾があるな。あれは金物だからうんと重い。鎧は、どうかな。わからん。鉄砲を持ってきてくれんと、試すこともできん」

「鉄砲は、鎧では防げないかもしれませんね。弾は小さいから、隙間を通るかもしれません」

「鉄砲を見たことがあるかね？」

「あります」

「鉄砲とやり合うときは、どうするんだ？」

「逃げます」

「え？」男は変な顔をしたが、少し遅れて笑った。

3

甲冑屋でお茶をご馳走になったあと、履き物屋に寄った。履き物を直してもらうつもりだったが、新しいものを買った方が得だと諭《さと》され、買ってしまった。古いものの方が履き慣れているから良いと自分では思っていた。足が痛くならなければ良いが。

その後は、独楽《こま》を並べている店があって、小さな独楽を一つ買った。それを懐に入れて、夕刻近くに宿に着いた。

宿は街道に面した大きな建物で、ひときわ立派だった。ちょうど脇道がすぐ横にあって、奥へずっと建物が続いているのが見えた。幾つも部屋があるのか、それとも宿屋以外になにか商売をしているのか。店の名は、ニシキ屋という。

入口の近くにノギが待っていた。

「あら、ようやくに……。どこへ行っていたんですか？」近づいてきて、お辞儀をした。「お帰りなさいませ」それから、奥へ向かって声を上げる。「お客様が到着されましたよぅ」

「はいはい、いらっしゃいませ」若い女が出てきた。

「大事な方ですからね。お気遣い、お願いしますよ」ノギが言う。

「かしこまりました。どうぞこちらへ、ただ今お湯をお持ちいたしますから」

土間の腰掛けに座った。

「あら、履き物が新しいじゃないですか」ノギがすぐ前に来て、膝を折った。「買ったんですか？」

「ええ、そこで」

「そういえば、さっきも草履屋の前にいましたね。ふうん、なんか、ちょっと年寄り臭いと思いますよ」

「そうですか」

「私が選んであげましたのに」

湯が運ばれてきたので、足を洗い、通路に上がった。さらに階段を上がり、部屋は二階だった。宿の者が案内してくれたのではなく、それを制して、ノギが導いた。

部屋に入り、腰を下ろした。ノギも近くに座る。

「私は隣の部屋です」

「そうですか」

そこで、ノギはふふふと笑う。

「なにか、面白いことでも？」

「でも、ちょっと、今からお仕事がありますから、戻ってくるのは、少し遅くなるかもしれませんよ」

「かまいませんよ、べつに」

「お一人でお食事をなさって下さいね」

「あ、ええ……」それが普通だと思うが。

「あ、残念そうな顔」

「誰がですか？」

「はあ、なんか、幸せですねぇ」ノギは胸に手を当てる。「良い夢が見られますよ」

何の話をしているのか、全然わからない。この人はだいたいそうなのである。おおむね、自分で考えていることが、世の中の実際よりも優先しているのだろう。それは、けっこう幸せな状態かもしれない。

ノギが襖を開けて出ていこうとしたとき、大きな足音を立てて近づいてくる者があった。

「おお、なんだ、その部屋か」と大きな声だけが聞こえる。聞き覚えがあった。

「あ、違うんですよ」ノギはそこで襖を閉めた。「私の部屋じゃないんです。はい、今からそちらへ行こうとしていましたのに。せっかちなんだからぁ」

「いや、まだ早い。俺は、友達に会いにきたんだ。ここへやってきたと聞いたんでね」

「なんだ。お友達？」

「ゼンという侍だ」

「あらま、あ、へぇぇ……、それはまた奇遇。今、間違えて入った部屋が、その方でしたよ」

「お、そうか、ああ、じゃあ、また、のちほどな。ほかにも、綺麗所《きれいどころ》が呼んであるからな」

「へえ、豪勢なことですねぇ」

男がさらに近づく足音のあと、「ご免」と声がかかった。返事をするよりも早く襖が開いた。昨日の侍、チハヤである。「おお、ゼン殿、こちらであったか。またお会いできるとは思わなかった」

昨日の今日ではないか、と思ったが、黙ってお辞儀をする。

「ヤナギ殿と道でばったり会ってな、お主がまだこの街にいることを聞いたんだ。座ってもいいか？」

「どうぞ……」

「俺も、ここに泊まることにした。いやいや、ききたいことが沢山ある。武芸会に出たそうじゃないか。ヤナギ殿が言っていたぞ。見事な剣であったと。うん、見たかったな。実は、俺もその武芸会に出るつもりでいたんだ。まったく、こういうときにかぎって、へまをするものだな。参った参った」チハヤはそう言って、ははは と大声で笑う。「いやぁ、お主がスズカ流とはな。是非とも、一度手合わせをしてもらいたいものだ。うん、刀が当たらんというな。あれ？ これは誰に聞いたんだったかな。たしか、そんな話を……、そう、だいぶまえのことだな。噂話をしている奴らがいたんだ。あれは、本当の話か？」

「さあ、どうでしょうか」あまりに調子が良いので、少しとぼけてみた。

「そうそう、そんな軽はずみに言えるものではないわな。そのとおり。失礼した。あ、それよりも、そうそう、武芸会はどんな具合だった？ なあ、話してくれ、頼む」

ヤナギが、喧嘩の相手と試合をして、見事に打ち負かした話を簡潔に説明した。

「なんと……、驚いたな。そんなこと、ヤナギ殿は言わなかったぞ。そうか、それでは、少々失礼なことをしたかもしれんな」

なるほど。喧嘩の仲裁をチハヤがしたのは、ヤナギに分がないと考えてのことだったわけだ。

「いえ、真剣で相対《あいたい》すれば、どちらかが大怪我をしたかもしれません。あの仲裁は、正しい判断だったと思います」

「おお、そう言ってくれると、気持ちが軽くなるわ。お主は、口数は少ないが、よくわかっておるな。うん、若いのに落ち着いているし。見習いたいものだ。俺は、こんなふうだから、どうも軽んじられてな、大いに損をしているのだ」

自分は口数が少ないだろうか。そうは思わない。つい余計なことを言ってしまう。それがまずいと常々考えているところだった。

「武芸会は、あとは、城の侍たちが何人か、見せ物の立合いをしただけです。殿様に見せるためでしょう」

「そうか……。行けば良かったな。腕を認められて、仕官が叶《かな》えば幸いと考えているのだがな」

「チハヤ殿は、今はどのような仕事をされているのですか？」

「俺か。うん、仕事というほどのものではないが、まあ、取《と》り柄《え》といえば、これしかないわけで……」そう言ってチハヤは、刀の柄を叩く。「ときどき請け負うことがある、といった程度かな。しかし、ありがたいことに、金に困るようなことはない。まあ、ここは田舎とは違う。街では商人たちが侍を雇いたがるんだ。それくらい、大事なものがあるってことだろうな。百両を守るためならば、一両くらいは出そう、という理屈だ。もう少し分けてもらいたいものだが、そこは、うん、駆引きが難しい」

「そうですか。だから、宴会などができるのですね」

「宴会？　ああ、話を聞いていたのか。あれは違う、俺は自分の金を、そんな無駄には使わない。金をばらまくのは商人たちだ。たまたま、その席に呼ばれているだけだ。ああ、さっきの女、お主、知合いか？」

「ええ、顔見知りです」

「そうか、嘘ばかりつくな、女というのは」チハヤは振り返った。「昨夜も別の宴会でな、あいつの三味線を聴いたんだ。それでかどうか知らんが、気分が良くなってしまって、酒をたらふく飲んだ。武芸会に出られなかったのは、寝過ごしたからでな、面目ないことだ。しかしなあ、お主やヤナギ殿が出るとは思わなかった。昨日、そんな話、しなかったじゃないか、うどんを食ったとき」

「昨日のあのときは、二人ともそんなつもりはなかったのです。いえ、私は、ずっと出る気などなかった。ヤナギ殿も、きっとそうだと思います」

「ふうん、よくわからんな」

「いろいろ、その、事情があって……」

「まあ、いいさ……。しかし、次の武芸会は来月か。しばらくさきだ。待ち遠しいなあ」

「チハヤ殿は、武芸会に出られたことがあるのですか?」この街に長くいるような口振りなので、もしかして既に参加したことがあるのではないか、と思ったのだ。

「いやあ、それがな。理由があって、今まで出られなかったんだ。よくぞ、きいてくれた。俺の剣の師がな、あんなものには出てはならん、出たら破門だ、と言う。もう、けっこうな歳でな、はっきり言ったら、よぼよぼなんだが、しかし、師は師。やはり言いつけに背くわけにはいかん。出たい気持ちは山々だったが、ぐっと我慢をしておったというわけだ。まあ、これが、もう何年になるか……」チハヤは天井を見上げ、ふうっと息を吐いた。「無言流といってな、無駄口をたたかない。ただ黙って刀を振る。うん、そういう教えだったな」

無駄口をたたかない？　それは意外である。

「それが、どうして、気持ちが変わったのですか？」

「え？」

「いえ、武芸会に出ようとしたのは、何故ですか？」

「半月ほどまえに、その師が死んだんだ」チハヤは、あっさりと答える。「であるから、もう義理はない」

「でも、亡くなられても、師の言いつけを守るべきなのでは？」

「どうしてだ？」

「いえ、そう言われてみると、私もよくはわかりませんが」

「俺は、死んだ人間というのは、もうどこにもいない、と考えているんだ。あの世というものはない。墓にいるわけでもない。戦のあった近くでは、夜な夜なおかしなものが出るという噂だが、俺は、この目で見たことがない。夜に墓場へ行ったこともあるが、狐《きつね》も出なかった」

「それは、私もそのとおりかと思いますが」

「であればだ、たとえ尊敬する師であっても、死んでしまったものは、もうすべてご破算ではないか。その人間の顔を立てるということが、そもそもおかしい」

「そうでしょうか」

「お主は、なにか死んだ人間の言いつけを、今でも守っているのか？」

「あ、はい、そうです」

「よおく考えてみろ。もしその言いつけが正しいと思うなら、それで良い。しかし、疑問に思うならば、気にすることはない。生きている自分の考えを取るべきだ。お、変だな、なんでこんな真面目《まじめ》くさった話になったんだ？　あ、俺はもう行く。あとで、一人くらい女を連れてきてやろうか？」

「あ、いえ、けっこうです」

「ん？　誰かと約束でもあるのか？　正直に言えよ」

「誰とも約束はしていません」

「あ、もしかして、さっきの、あれか？」

「あれ？」

「三味線屋だよ。都から来たと言っていた。ありゃ、見た目よりも年増《としま》だぞ。悪いことは言わん。やめておけって」

「やめるもなにも、全然、なにも……」

「本当か？」

「本当です」

「そうか。お主、いくつだ？」顔を近づけ、大きな目でじっと見られた。「いや、まあいいか、そんなことは。悪かった。じゃあ、これで……。明日、また話そう」

「え、何をですか?」

「これだ」と言って、片手に持った刀を少し持ち上げる。

チハヤは、そのまま出ていった。どんどんと通路を歩いていく音がしばらく聞こえた。

何だろう。刀の話をしたいのだろうか。

チハヤの言った、死んだ者に対して義理はない、という話はしばらく頭に残った。それは、驚くようなことではなかった。つまり、自分もそれを考えたことがたしかにあったからだ。

教えはすべて、カシュウから受けた。子供だった自分は、カシュウが恐かった。カシュウに叱られること、カシュウの機嫌を損《そこ》ねることは、絶対に避けなければならない。なにしろ、自分のほかにはカシュウただ一人しかいない。大人は彼だけだ。もし、カシュウがいなくなれば、それは自分の死に直結している。そういう環境に生きてきたのだから、カシュウの指示は、それが正しいのか間違っているのか、という疑問を挟むべきものにはなりえなかった。自分には合わない、自分は苦手だ、と思えても、とにかくは受け入れるしかなかった。自分を変えてでも、無理をしてでも、従うべきものだったのだ。

カシュウの言うことは、そのときは、変だ、わからない、と感じても、結局は正しいことがあとになってわかる。そういうことが多々あった。したがって、その経験を積み重ねるうち、つまり自分が大人になるにつれて、ますます師の言葉は重みを増したのだ。自分がその場であれこれ理屈で考えるよりも、カシュウの言葉が示すものの方が正しい。それは、カシュウの方がずっと長く生きているし、ずっと剣の道の高みに達していたから当然のことだった。

自分にとっては絶対的な存在だったカシュウだが、山を下りて、この世間の広さと人間の多さを知った今でも、やはりカシュウはまだ自分の大きな目標の一つだ。この広い世間でも、カシュウを知っている者が意外に多かったこともある。また、カシュウから教えられた剣が、ここでも充分に通用することもわかった。そういった新しい経験を加えても、カシュウの教えはまったく錆びつくことがない。彼の人格もほころびるようなことがない。むしろその逆だった。そんなに凄い人間に、自分は育てられたのか、という思いを、今のところは重ねている。

だから、チハヤの口から出た言葉は、自分には素直に受け入れられないものだった。理屈はわかる。正しいとは思わないが、間違っているとも断言できない。今の自分には、そんな選択がまだないということが、自分の手足が自分で動かせるのと同じくらい、まちがいない感覚としてあるためだ。そういうことだ、と頷くしかない。

何故、理屈というものがあるのか、とも考えた。理屈があると、それが正しいと思えてしまうのは何故だろう？　間違っていることにも、間違っている理屈がある。理屈というのは、何だろうか？

たぶん、動物には理屈というものがないのではないか。樹や石にも理屈はない。理屈とは、人間が考えたものだ。人間が考えて、人間に教え、人間の間で広まったものだ。もし理屈がなかったら、世の中の秩序というものがなくなってしまう。力の強い者が、弱い者を威《おど》し、殺し合って食べ物を奪い合い、老いて衰えれば、即座に蹴落《けお》とされる。そういう動物の群《むれ》のように生きることになるだろう。

そうではなく、正しいものを決め、あるべき生き方として、理屈を作ったのだ。それを子供に教え、みんなで守っている。子供に教えるのは、老いたときに蹴落とされないようにするためかもしれないが、とにかく、女や子供を守ったり、偉い人間に頭を下げたり、人のものを盗《と》らないことにしたり、卑怯な真似をしないように決めたのだ。悪いことをすれば、罰せられるという決まりも作って、秩序というものを広めたのだ。だからこそ、山や森から出て、大勢で一緒に暮らせるようになった。力を合わせて畠を開いたり、水を引いたりもできるようになったわけだ。

ああ、そうか。今考えているように、この言葉というものが、その理屈を支えているのだな、と気づいた。人間は、言葉を話す。言葉がなければ、やはり動物の群と同じになるだろう。言葉がなければ理屈がなくなり、秩序というものも成されない。

しかし、剣には言葉はない。

そうだ。自分は言葉で考えすぎる。カシュウに言われたことで、どうしてもまだ納得がいかないのが、これだった。考えるな、と教えられたのだが、自分は、考えなければ剣が構えられない。どう攻めるのか、と考えなければ、攻める糸口が見えない。考えないで、どうやって戦うのか。

もしかして、あれは、言葉で考えるな、という意味だったのか。

そこが、まだよくわからない。

いつかわかるものなのか。それとも、人それぞれに違う剣というものがあるのだろうか。

無言流という名を思い出す。ものを言わないというのは、言葉にしない、言葉で考えない、に通じるものがある。そのチハヤの道場も訪ねてみようか、と思った。

4

食事は部屋で一人で食べた。一人で食べる方が、どちらかというと自分は嬉しい。窓を開けていたが、風が冷たくなってきたので閉めた。それまでは、往来の人の声が聞こえていた。宿の中でも、ときどき笑い声が上がっているようだ。賑やかなことである。山では、枝葉の間を風が抜ける音がいつも聞こえた。風がない静かな夜には、この季節であれば虫が鳴いた。街ではそういう音はないけれど、人々の声が同じようなものかもしれない。夜遅くまで止《や》まないようだ。

城の中の方が静かだったな、と思い出す。あの城内だけで生活をするのは、退屈なものだろう。かといって、毎日外を出歩いていたのでは、城に籠《こ》もる意味がない。殿様というのは、子供のときから殿様になることが決まっているらしい。そういうふうに育てられるのだ。取巻きが多く、なにもかも家来や従者がやってくれる。一人で食事をする機会などきっとないだろう。一人で山道を歩くこともないだろう。常に周囲の期待どおりの振舞《ふるま》いをしなければならない。堅苦しい生活なのではないか。

月が出ていたので、外に出ることにした。どこかで、剣の稽古をしよう。どうも、今朝の試合の感触がまだ腕に残っていて、鬱陶《うっとう》しい気持ちがあった。ああいうのは、もうご免だな、と何度も思ったのだが、なかなか吹っ切れない。刀を抜いて、きちんと振り直した方が良いだろう、と変な理屈も考えた。

通路へ出て、階段を下りていくと、奥の部屋からか、三味線の音に合わせ手拍子が打たれ、笑い声が上がっている。ノギの三味線のようだ。別の女の高い声も聞こえる。チハヤもいるのだろうか。しかし、彼のあの大声は聞こえなかった。

宿の者には、散歩だと告げて、玄関から表に出た。戸はまだ開け放たれたままだった。こういうところも、街ならではかもしれない。往来にも、依然人が多い。けっこう寒くなっているのに、こんな時刻からどこへ行こうというのか。もちろん、自分も同じである。

人気《ひとけ》がない場所を探してしばらく歩いた。脇道へ入ったが、どの店にも明かりが灯り、方々《ほうぼう》から人の声が聞こえてくる。仕事を終えて帰るところか、道具を担いで歩く職人たちともすれ違った。まるで、まだ夕刻のような雰囲気である。

ようやく、少し寂しい場所に出た。枯れ草で覆われた土手があって、そこを上っていくと、大きな甕《かめ》が幾つか並んでいる。軽く叩いてみたが、中は空のようだ。傾いているが、屋根もある。

その横に、ちょっとした広さの平地があった。周囲を窺ったが、どの家からも離れているし、近くに道もない。ここならば、人に見られる心配もないだろう。

先へ確かめにいくと、奥は墓場だった。なるほど、だから人が近寄らないのか。

平地の中央に戻り、まず東の空に上がった月を見た。心を静かにして、呼吸を整える。

敵がいないときに抜く刀は、自らを清めるものだ。

静かに鞘から抜き、真上に立て、月の光を刃に当ててみる。

息を細く吐く。

ゆっくりと、足の位置をずらし、切っ先は頭の後ろへ。

振り下ろして、風を切る。

前に出て、腰を落とし、逆を向く。刀は後ろから、斜めに出る。

僅かに二度振っただけで、もう今朝のことは断ち切れた。

己の剣は、ここにあるのだ。

そう……。

立ち向かおう。

いつも、命を懸けて、ただ剣を振れば良い。

生きているから、恐くなる。

しかし、剣を持てば、もはや生きた心地は消える。

だから、恐くない。

止めていた息を戻す。

背後に気配を感じた。墓の方だ。

誰かいるのか。

静かに刀を納めた。

そのままの姿勢で動かずに待った。

近づいてくる音が聞こえた。息も聞こえる。子供か？

そっと振り返ってみたが、姿は見えない。まさか幽霊というわけでもないだろう。

「隠れていてもわかる。出てきなさい」

しばらく静かだったが、やがて、一人、頭を上げた。

「恐がることはない。何をしているのか？」

「見ていただけ」答が返ってくる。高い声だが、男の子のようだ。「何をしていたの？」

同じ質問を返された。

「剣の稽古をしていた」

「幽霊と戦っているんじゃないの？」

「いや、違う」

「なんだ……」

「幽霊がいるのか？」

「いるよ」

「そうか、もし出てきたら、この刀で斬ってやろう」

「幽霊には、刀は通じないと思うよ」

「こちらへ出てきなさい」

「本当に幽霊じゃない？」

「幽霊を見たことがあるのか？」

「ないけど……」そう言いながら、子供がこちらへ寄ってきた。

十歳くらいだろうか。痩せた少年だった。着ているものからして、商人の子供だろうか。貧しい感じではない。

「こんな時刻に、一人で？」

「うん」

「叱られるんじゃないか？」

「叱られるけど、殴られるわけじゃないから、謝ればいい」

「幽霊を見にきたのか？」

「そう。姉ちゃんが行ってみろって言うんだ。男だったら、行けるはずだって」

「そうか。それは、姉さんがいけないな。でも、べつに恐くなかっただろう？」

「うん、でも、侍がいるとは思わなかった。びっくりした」

「幽霊よりも、人間の方が恐い」

「そうなの？」

「恐い人もいるから、気をつけた方がいい」道の方へ戻ることにした。「家はどちらだ？」

「そっち」

「じゃあ、一緒に行こう。家は何をしている？」

「宿屋」

「なんだ、そうか。もしかして、ニシキ屋？」

「違う。あそこに泊まっているの？」

「そうだよ」

「あくどい店だよ」

「あくどい？　どうして？」

「知らないけど、あくどい人たちが集まっているんだ」

「そうか。あくどいって、どういう意味かな？」

「悪いってことじゃない？」

「だったら、悪いと言えばいい」

「そうだね。ねえ、剣の稽古って、何をするの？　ただ、刀を振るだけ？」

「うん。自分でもまだよくわからない」

「わからないのに、やっているの？」

「そう。そのうちわかるかもしれない」

「ふうん。あ、あそこが家」子供が指をさした。

「テツ」と呼ぶ声がそちらから聞こえた。暗がりに少女が立っている。

「あ、姉ちゃんだ」少年はそちらへ走っていった。

大きな建物の裏口のようである。表は街道沿いになるのだろうか。宿屋かどうかは、こちらからではわからなかった。

「馬鹿、どこへ行ってたの？　心配して捜してたんだから」

「お墓だよ」

「嘘を言うんじゃないの」

「本当だって、あのお侍さんにきいてみて」

少女がこちらを見た。心配そうな顔だ。片手を軽く上げると、ぺこんとお辞儀をする。それほど悪い姉でもなさそうだ。

「誰なの、あの人」

「知らない」

子供たちの会話を聞きながら、その場を離れた。

自分には、兄弟というものはいない。否、わからない。いるのかもしれないが、いないも同然だ。それどころか、父も母もいない。父というのは、つまり、カシュウがそれに近い。たぶん、あのような存在だろうと想像する。母というのは、よくわからない。女と血のつながりがあるということ自体が、どうにも不思議でならない。

兄弟というのは、同じ腹から生まれた者のことだ。小さいときから一緒にいれば、友達よりも近しい関係になるのは想像できる。しかし、聞いた話では、兄弟でも争って、ときには殺し合うことがあるという。侍にとっては、兄弟も他人も同じだということかもしれない。

表通りに戻った。少し離れたところに、宿屋らしきものがあった。あそこだろうか、と見ていると、なにやら大勢の者たちがぞろぞろと出てくる。十人、いや二十人ほどいる。号令をかけている者もいた。こちらへ来る。

喧《やかま》しい音を立てている。何だ、あれは。

道の脇の陰に入り、やり過ごした。

目の前を通り過ぎるとき、ようやく正体がわかった。鎧を着た者たちだった。これは、兵というのだろうか。暗くてよく見えないが、顔も面で覆っている。目だけを出しているのだ。そういう兜なのかもしれない。また、ほぼ全員が槍を持っていた。背中に小さな旗を立てている者もいた。小走りに街道を去っていく。城の方向だ。

街を守る夜警のような部隊だろうか。鎧の者を見るのは、ドーマが連れていた家来に続いて二度めである。夜警といえば、武芸会のときに、あの男は火消しだと言っていた。火事のときに家を壊す仕事のことだ。それを連想した。

宿の部屋に戻った。既に布団が敷かれていた。まだ寝るつもりはなかったが、することもなく、横になった。さきほどよりは、ずっと気分も良かった。剣を振ったことと、それに子供と話をしたことと、どちらも薬のように効いたようだ。

あくどい宿屋に泊まっていたが、特に不便はなかった。料理も美味かったし、部屋も布団も綺麗だ。風呂は入らなかったが、城の風呂が良すぎたから、あれほどではないだろう。

そのまま眠ってしまった。目を覚ましたのは、隣の部屋で物音がしたからだった。ノギが戻ってきたようだ。窓を少し開けてみると、まだ暗かったものの、僅かに東の空が白んでいる。明け方のようだ。とても冷えている。街道を歩く人影もさすがにない。

寝直そうとしたが、目が冴《さ》えてしまった。しかたなく、厠《かわや》へ行くことにする。途中で下駄《げた》を履いたが、その下駄が冷たかった。これは、あくどい下駄だと思った。

戻ってくる途中、人の声が近づいてきた。通路の角で出会ったのは、チハヤだった。後ろに女が二人いる。

「おお？　なんだ、お主かぁ、ははは」チハヤは笑った。「おお、おお、良い所で会ったな。いやあ、良いというわけでもないか。うん、べつに用事はないんだ」

「おはようございます」いちおう挨拶をした。

「おはよう？　何を寝ぼけたことを。まだ夜だぞ」

酒を飲んでいるようだ。声が大きいのはもともとだが、やや口調が遅い。それに声が濁っている。目が虚《うつ》ろで、半分しか開いていなかった。

「風呂か？」

「いえ、違います」

「ええ風呂じゃったわぁ。お主も入ってこい」

「今、入れるんですか？」

「俺が入るって言ったらな、慌てて湯を沸かし直しておったわさ。なあ、入ってこいって。あ、一人で寂しかったら、この女に背中を流してもらえ」

「いや、そんな必要はありません」女の方を見てきいた。「本当に入れるんですか？」

「ええ、どうぞ。今、ちょうど良い湯ですよ」

「じゃあ、入ってこようかな」

「そうしろそうしろ。じゃあな。また、あとで話そう」

「え、何をですか？」

「これだ」チハヤは、片手の小指を立てて示した。

そのまま、またあのどんどんという足音を残して、奥へ行ってしまった。今まで起きていて、これから寝るのだろうか。それでは、昼頃まで寝てしまうことになる。昨日もそれで武芸会に出られなかったわけだ。節度というものに欠ける生き方ではあるが、まあ、そういうことをするのも、人の勝手というものか。

そのあと、宿屋の者にきいて風呂場へ行き、一人で静かに湯に浸かった。風呂自体は、思ったとおり城のものほどではなかったが、湯は良かった。つまり良い温かさだったし、外が寒かったこともあって、よけいに気持ち良く感じた。自分としては長く入っていた方だと思う。だいたい、風呂はいつも短い。湯に一度浸かれば、それで充分だと考えている。こんなに気持ちが良いのは初めてではないか。朝風呂は初めてではなかったが、やはり季節が良かったのか。

部屋に戻っても、まだ躰が温かく、しばらく窓を少し開けて、空が明るく変化する様を眺めていた。朱色の空が、火のように輝くのが綺麗だった。家の陰になって、地面はまだ暗いのに、屋根や樹など高いところは横から照らされて眩しいくらいになった。

5

朝食も一人で食べた。ノギは寝ているようだった。少し早いとは思ったが、辺りをぐるりと歩いて時間を潰せば良いと考え、出かけることにした。部屋を出るときは、何故か音を立てないように、静かに通路に出た。盗人《ぬすっと》のような行動である。ノギが起きてしまうと、また話につき合わなければならないからだ。

宿屋の者には、もしかしたら今夜は戻らないかもしれない、と話し、さきに宿賃を払うと申し出たが、帰っていらっしゃるのなら、そのときでかまいませんよ、と笑顔で言われた。良い宿屋ではないか、どこがあくどいのだろう。

街道を少し歩き、昨夜眺めた辺りへ行くと、ヒロノ屋という宿屋があった。ここから鎧の一群が出てきたように見えた。裏が、昨夜通った墓場への道になるようだ。あの少年の家はここか、と思った。店先で掃除をしていた若い女が頭を下げたが、少年の姉ではない。もう少し幼かったはずである。

それから一度脇道に逸れ、裏へ回った。昨夜の墓場をもう一度見たかったのだが、どうも道はそちらへは行かず、結局また街道へ戻ってしまった。諦めて、城の方角へ歩くことにする。既に、往来の人は多くなっている。荷車を押して大きな荷物を運ぶ者たちもいたし、小脇になにやら抱えて走る者もあった。これから仕事が始まるという時刻なのだ。

早朝に入った風呂がまだ気持ち良さを持続させていた。着物が新しいのと同じような感じだった。そうか、躰も着物のようなものかもしれないな、と考える。昨日の甲冑屋ではないが、人間の躰も、心を守る鎧のようなものだ。肉を切らせて骨を切る、という言葉もある。これなどは、肉が鎧だということか。

あれこれ眺めて歩いているうちに、約束の場所まで来てしまった。まだ、一時ほども早いのではないか。しかし、そこには既にヤナギが立っていた。

「おはようございます。まだ、時刻が早いと思いましたが」近づいていき、頭を下げる。

「そうですね。でも、早く来て良かった。今から行けば、昼頃には到着できましょう」

今来た道を、また戻ることになった。二人で東へ向かう。

泊まっているニシキ屋の前を通りかかった。二階の窓が気になったが、どの部屋なのかはわからない。

「ここに泊まりました」

「ああ、ニシキ屋ですか」ヤナギはそこで声を落とす。「街で一番大きな宿屋なんですが、最近、乗っ取られたそうです」

「乗っ取られたって、どういう意味ですか？」

「つまり、主人が替わったわけです。まえの主人が借金を作って、それが返せなくなったので、店をそっくり差し出すしかなかったわけですね。働いている者たちは、そのままらしいですが、主人だけが新しくなって、まえの一家は出ていかざるをえなくなった、という話です」

「そういうのを、乗っ取られたっていうのですか。でも、借金をして返せなくなったのならば、しかたがありませんね」

「この頃は、高利のあくどい金貸しがいるんですよ。半分は騙《だま》されたようなものです」

「そうなんですか」それは、あくどいといえるか。

「昨日会った知人から聞いたのです。なんでも、その新しい主人というのは、城の侍に金を握らせて、いろいろ独占しているといいます。地方から城へ来た者が泊まるときも、ニシキ屋が指定される。商人の会合や宴会も、独占しているそうです」

「金を握らせるというのは、どういう意味ですか？」

「つまり、なにかを決める権限のある侍に裏で金を渡して、商売に有利なように融通してもらうわけです。渡した金よりも、もっと儲かる見込みがあるからです」

「それはいけないことなんですか？」

「いや、程度の問題ですね」

「こうしてくれるなら、これだけあげましょう、というのは、普通のことではありませんか。つまり、お互いに利のあるものを交換するのだから、商売のうちのように思いますが」

「ええ、それが普通の仕事、つまり個人の営みであれば、問題はないのです。しかし、公の役職にある者は、本来その人間ができること以上の権限を、一時的に任されているわけです。公のもので、特に政《まつりごと》には、そういった役目が沢山あります。となると、そういう役職の者は、皆に等しく接する必要がある。ある特定の者に便宜《べんぎ》を図ったのでは、任された権限を悪用したことに等しいのです。正しい者を差し置いて、金を沢山持ってきた者の言うことを聞くことになります。ときには、明らかに罪になるようなことを許したり、逆に、まったく罪のない者を捕らえて牢《ろう》に入れることだってできてしまう。そういう権限が金によって左右されていては、世の秩序が乱れます」

「なるほど。では、それはしてはいけないことになっているのですね？」

「そうです。そう定められています。しかし、実情はそうではない。裏でこっそり取引をすれば、取り締まることも難しい。ただ、大きな金が動くことがあるので、度が過ぎると、表からもわかるようになりますね。私のまえの仕事は、ある家の勘定を取り仕切ることでした。帳簿をつけるわけですが、そこには書けないような、裏の金がけっこうありました。多かれ少なかれ、どこでもやっていることだとは思います」

「そうですか。商人というのは、金を稼ぐのが戦だから、それくらいのことは考えるでしょうね。戦だって、正々堂々と戦うばかりではありません。相手の裏をつくことだってあったでしょう」

「うーん、奇襲とは少し違いますね。奇襲は、あくまでも作戦です。金で権力を買うという行為は、奇策ではなく、これを許すと、世の中が誤った道へ進んでしまうということなのです。たとえば、子供どうしが相撲《すもう》をとるとき、金持ちの子供が行司《ぎょうじ》に金を渡して、自分に軍配《ぐんばい》を上げろと言うようなものです。そんなことがまかり通ったら、もう誰も相撲をとりたくなくなる。見るのも嫌になるでしょう？」

「それは、たしかにそうですね」

「だから、あらかじめ、そんなことはやめておこうと考えた。それを許さないことが、世のためになるからです。ただ、問題は、それを決めたのも侍で、また権限を持っているのも侍で、たいていは、金は商人から侍へ贈られ、侍がなにか便宜を図ることになる点です。つまり、商人が悪いのではなく、やはり金をもらって、不正を働く侍が悪いのです。侍が、自らが決めた正義を貫いて金を受け取らなければ、商人もそんな真似をしなくなるはずです。逆にいえば、金で動くほど侍は弱いものだ、と商人になめられているわけですね。戦がなくなって、天下が安定しました。金を集めた商人たちの力が増しています。金でなんでも動くとわかれば、金を持っている者が一番偉いことになる。それでは、正しい世にはなりません」

「難しいお話ですね。その、ヤナギ殿が言われる、正しい世とは、どんな世のことですか？」

「それは、侍だけではなく、皆が不安なく暮らせる世のことです。第一に、やはり戦がないこと、それから、弱い者、貧しい者、困っている者、病人、怪我人を助ける、そういう仕組みを作ることですね。それには、まず富が一部の者に集中することがないようにしなければなりません。できるだけ皆で分かち合うのです」

「なるほど、なんだか、それは極楽《ごくらく》みたいな感じがします。この世で、そんなことが可能でしょうか？　生まれついてのものがあります。たとえば、侍の子は侍、百姓の子は百姓です。貧しい者は、たぶん一生貧しいのではないでしょうか」

「ある程度はしかたがないと思います。そもそも、親があって子が生まれる。ここに既に上下があります。親は子よりも偉いという。雇い主と召し抱えられた者も、やはり上下があります。ただ、子供は成長して親になります。雇われていた者も、いつかは親方になって、人を使う立場になれる。それと同じように、一介の人間が、城の主《あるじ》になっても良いはずなのです。その者にその才があり、義があれば、それができるはずです。現に、もともと侍は、貴族の家来でしたが、今では天下は侍のものです。侍がもともと偉かったわけではありません」

「そうなんですか。貴族というのは、侍ではないのですか？」

「何でしょうね」ヤナギはそこで少し笑った。「ゼン殿は、侍と百姓は、違う種類の生き物だと思いますか？」

「いえ、そんなことはないでしょうね。同じ人間です。違いがあるようには見えません。人間には、男と女の二種類しかないように思います」

「どこかで、誰かが決めたことなんですよね。生まれとか、血筋とか、そういうもので、人が違うものになるというのは、私は大きな間違いだ、と考えています」

「その間違いを正すと、しかし、困ったことになりませんか？　なものになれるとしたら、誰も百姓などしないのでは？」　みんなが侍になるでしょう」

　ヤナギと話しながら歩いた。船にも乗った。このような難しい話をしながら船に乗ったことは、今まで経験がない。いろいろ考えることがあった。その後もまた、話しながら歩いた。風景など眺めている場合ではなかった。道をすれ違う人もあったが、あまり注意を向けることもなかった。それくらい、話が面白かったのだ。

　このほか、どうして昨日、武芸会で喧嘩の決着をつけることになったのか、その経緯もヤナギの口から聞くことができた。

火消しと言っていたあの男は、城の者ではないが、ドーマの手下のような人間だった。ヤナギに喧嘩を売ったのも、また、その喧嘩を理由にドーマがヤナギを城へ連れていくことも、どうやら全部仕組まれたことだったらしい。チハヤが喧嘩を止めたために、計画どおりにいかなくなったが、それでも無理にヤナギを城へ引き連れた。

ヤナギが以前に勤めていた家が、城と関係があった。商人が裏でドーマに金を渡すときに、直接では疑いがかかるため、ある侍を通して行っていた。それがヤナギが働いていた家の主だったという。したがって、そこの勘定役だったヤナギは、家の帳簿をつける関係で、その金の出入りを知っていた。ドーマは、ヤナギが知っていることを心配し、仕事を辞めたヤナギの動向を気にしていた、というわけだ。

ヤナギは、自分はかつて仕えた家の恥を晒《さら》すようなことは絶対にしない、とドーマに話したという。ドーマは、ヤナギに城で働かないか、と持ちかけた。自分の手下にして、目の届く所に置く方が安全だと考えたのだろう。ヤナギは、里に帰る約束があり、返事を保留したという。ドーマは、喧嘩の決着を武芸会でつけることを条件に、ヤナギの保留を受け入れた。ドーマにしてみれば、ヤナギを威して、その場で返事を聞きたかったわけだが、意外にも、ヤナギは武芸会に出ることを承諾した。それであのようなことになったわけである。

ドーマは、ヤナギは剣術などできないと見定めたのだろう。それは、自分もそうだったかもしれない。まさか、あのような見事な剣の腕をヤナギが持っているとは想像していなかった。自分に見る目がないということだ、と大いに反省したのである。一昨日《おととい》、街で見たあの喧嘩では、ヤナギの強さは微塵《みじん》も見られなかった。

ヤナギは不思議な男だ、と思った。

世のあり方にもしっかりとした考えを持っている。勘定役というのは、金の出入りを司る仕事だが、商人のように細かい金の計算もするという。そのうえ、あのようなしっかりとした刀捌《かたなさば》きもできる。無口そうに見えたが、話しだすと淀《よど》みなく言葉が続く。しかも、理屈が通っている。才があるのは確かなことだが、幾つもに秀でているというよりは、八方に対して欠けるものがない、といった方が当たっている。

もちろん、ずっと話をしていたわけではない。街道から逸れ、山の方へ向かって上り始めた頃には、黙って歩くことが多くなった。話すことがなくなったというわけではなく、自分は考えたくなったのかもしれない。また、街道では一度通ったところを戻ったわけだが、山への道は初めてだったので、周囲を眺めるのにも忙しくなった。畠があれば、あれは何が穫れるのか、と尋ね、建物が見えれば、何をするためのものかをきいた。ヤナギは、知識が豊富で、どんな質問にも答えてくれた。彼の里なのだから当然かもしれないが、侍ならば、普通は畠の作物など気にも留めないのではないか。

秋空は高く、明るい。田の稲は既に刈られていた。森はまだ緑だが、これから色を変えるだろう。幾つか里を通ったが、山が近づき、小川に架かる質素な丸太橋を渡ったところが、目的の里だった。まだ正午より少し早い。休むこともなく、いつもより速い足取りでここまで来た。ヤナギの歩調に合わせたからだ。

「あそこで水が飲めます。ちょっと休みましょう」ヤナギが言った。

道の脇に地蔵が、人の背丈ほどの小さな屋根の下に立っていた。その背後の斜面を下ったところに、竹の樋《とい》が作られている。ずっと山の方から続いているようだ。水がそこで落ち、その後は溝を流れていく。

ヤナギは、その水を手で掬い、口に含んだ。顔も洗った。

「冷たいですよ」と言われて、自分も手で受けてみる。懐かしい山の水である。ちょうど喉《のど》も渇いていたので飲んでみると、実に気持ち良かった。

「あの辺りの集落が、一番大きい」ヤナギは指をさす。「私は、子供の頃は、向こうの山を上がった辺りにおりました。毎日、山へ入って、柴《しば》を集めたものです。あと、茸《きのこ》をよく採った」

自分が育った山ほど険しくはない。里に近い低い山々である。

「タガミ様は、どちらに？」

「道場は、もうすぐそこです。あちらの森に神社がありますが、その隣になります」

「こんなところで道場を開いたのですか。侍がそんなに多いとは思えませんが」

道場とは、もともとは侍の子が通うものだ。侍は、城のある街に集中している。したがって、そういう街に道場は多いはず。田舎で道場を開く場合には、侍以外の者にも剣を教えることになるし、剣以外に、読み書きを教えるところも多いと聞く。田舎の侍には、それくらいしか侍らしい仕事はない、というのが実情だろう。できれば、百姓や職人の真似はしたくない、かといってなにもしなければ生活に困る、ということである。

「道場など、おそらく先生にとっては、どうでも良かったのだと思います。ただ、隠居して静かに過ごそうと思われた。ところが、村の者が道場を開いてくれ、と先生にお願いしたのです」

「カシュウも山に籠もりました。同じですね」

「ああ、そうですね。やはり元は同じ流派。そういう思想なのでは」

「思想？　どういう思想ですか？」

「先生にお会いになれば、わかると思います」

「会っていただけるでしょうか？」

「どうしてですか？」

「突然のことで、気を悪くされないかと」

なんとなく、そう感じたのだ。このようなところに引き籠もっている人物ならば、客を嫌うのではないかと。それも、カシュウから想像したことだった。

「大丈夫でしょう。ゼン殿であれば」

「え？」

「私が、貴方のことをきちんと話しますので」

6

道すがら聞いたタガミの剣とは、まさにヤナギの剣そのものだった。つまり、ヤナギは、子供の頃に習った剣を忠実に今も実践しているのだ。言葉の表現は違っていたが、カシュウの教えと共通する部分が多かった。

まず、無理に戦うな。戦いを避《さ》けることが最も優れた剣である。それは、相手の刀を避《よ》けることと同じだ。まさに、相手の刀を、自分の刀で受け止めることがない、スズカ流の神髄である。

カシュウとタガミは、ともに若い頃に同じ師についた。その後、カシュウは独立して自らスズカ流を起こす。タガミは、そのときに一人、カシュウについてきたという。しかし、スズカ流を名乗ることは、カシュウが許していない。したがって、道場には流派がなく、どこにも看板がない。ただ、スズカの流れを引く剣であると教えられただけだという。

もし、そうであれば、タガミ流と名乗れば良かったのではないか、と思えた。しかし、それをしなかったことが、タガミという人物の姿勢を表しているようにも思えた。それは、ヤナギの謙虚さにも現れている精神だといえる。そのあたりも、本人に会えば明らかとなるだろう。

神社を横に見て通り過ぎ、道場の門の前まで来た。たしかに表札はない。名前はどこにも書かれていない。ここが道場だともわからない。単なる屋敷にしか見えない。建物は古く、相当傷《いた》んでいるようだった。庭では伸びきった雑草が枯れている。手入れがされている様子はない。玄関の戸を開け、ヤナギがさきに入った。通路の途中にいた老人がこちらを見る。雑巾《ぞうきん》掛《が》けをしていたようだ。立ち上がることもなく、躰を起こし振り返った姿勢である。

「おお」ヤナギを見て、老人は声を上げた。目を見開き、近づいてくる。腰がだいぶ曲がっている。玄関先に膝をつき、深々と頭を下げた。その者が顔を上げるまで、ヤナギは待っていた。

「お久しぶりです」ヤナギはそう言い、お辞儀をする。

老人がこちらを見たので、自分も頭を下げ、名乗った。この人が、タガミ・トウシュンだろうか。

「いや、この者は、耳が聞こえない。言葉を話すこともできないのです」ヤナギが振り返って言う。「先生のお世話をしている者です」

ヤナギに案内されて、通路を進み、道場に入った。黒光りする床板を鳴らして、正面に近づく。

「では、少々こちらでお待ち下さい。タガミ先生に会って、ゼン殿のことをお話ししてきます」

「よろしくお願いします」

ヤナギは、もう一つある戸から出ていった。

道場は、あまり使われている様子ではない。しかし、掃除は行き届いている。壁に吊るされたものもなく、竹刀や木刀などの道具も見当たらない。道場ではない部屋にも見える。一段高い床もなく、もちろん畳もない。敷物もなかった。

ほぼ中央に座って待つことにした。しばらくすると、静かな足音ののち、戸が開き、さきほどの老人が入ってきた。盆を持っていて、湯呑みを一つ運んでくる。

近くまで来てお辞儀をし、湯呑みを自分の前に置いたので、こちらも頭を下げる。耳が聞こえないのでは、なにも話せない。表情も変えず、無言でまた部屋から出ていこうとする。ヤナギが知っているのだから、もう長くここにいる人間ということだ。それほどの歳とも思えないが、顔には皺が多く、髪はほとんど白い。五十は越えているだろうか。そんなふうに考えた。

座り直したとき、床の板が軋《きし》んだ。戸口に立って背を向けていた老人が、こちらを振り返った。しかし、すぐに向き直り、戸を開けて出ていった。音に反応したように見えた。耳が聞こえるのではないか。

しかし、そのような詮索《せんさく》をしてもしかたがない。なにか事情があるのかもしれない。

その後も、だいぶ待たされたので、いろいろなことを考えた。

自分もこのような道場で剣を習っていたら、少し違っていたかもしれない。道場では、師との一対一ではない。同門の者たちがいて、先輩や後輩もいる。そういう友達ができただろう。想像するだけでも、それは楽しいことだと感じた。剣術のことで、話ができるのが師だけではない、というのは初心の者にとって非常に大きいはず。悩んだことを話せるかもしれない。自分には、そういったことがなかったのだ。

悩みは多々あった。師には言えないことも多かった。師しかいないのだから、誰にも話すことはない。一人で山に入ったとき、ただ言葉にして、ときには声を出して、話すことがあった。誰も聞いてくれなくても、それだけで少し安らかになれる気がした。たぶん、神とか仏とか、あるいは山の霊とか、それとも仙人か、そういったものがどこかで聞いているのではないか、と考えたのだろう。よく覚えていないが、幼い頃はその類のものがいるにちがいないと信じていた。だが、大人になるほど、そのどれもが実在しないことを確信した。

結局、自分の言葉は自分が聞くしかない、とわかったのである。

そのときには、それが特別なことだとは考えなかった。そういうものだと普通に思った。大勢の人間がいつも話し合い、同じ屋根の下にいて、家を出てもすぐに別の家の者の顔を見る、というような状況を想像しなかったわけではないが、それと自分の立場を比較することまでは頭が回らなかった。今考えれば、あれはきっと、皆が言う「寂しい」という気持ちなのだろう。しかし、そのときには、寂しさなど知らなかった。寂しくない状態がないのだから、寂しさが見えない。それは、山の中にいれば、山が何かわからないのと同じことだった。山を下りて、初めて自分がいた山を見ることができたのだ。

カシュウもタガミも、街を離れた。カシュウは、あんな山奥に籠もった。たまたま自分が引き取られたが、そうでなければ、ただ一人で生きるつもりだったのだ。賑やかさを知った者が、何故、寂しさを求めるのか。これは、カシュウが生きているうちにきくべきだったが、もちろん、その頃には発想もしなかった疑問である。

賑やかさも寂しさも、重要なことではない。己はどこにあっても一人だ。ただ、大勢が集まるところには、才のある者、志のある者が集まるという。やはり、自分は優れた剣をこの目で見てみたい。その願望が強い。今、こうしてタガミに面会しようとしているのも、彼の剣が見たいからだ。

当然、会うだけでは物足りないことになるだろう。なにも真剣で勝負をするつもりはない。なんとか、刀を構え、向き合うだけでも、できないものだろうか。それだけでも、剣の凄さというものは充分に感じられるからだ。

その後も長い時間待たされた。格子窓から見える日の位置でわかる。風も出てきたようだ。今日は、街へは戻れないかもしれない。この里のどこかに泊めてもらえるところがあるだろうか、と考えた。もちろん、馬屋《うまや》でも良い。風さえ防げれば、まだこの季節ならば大丈夫だろう。

タガミは、出かけていて、家にいないのかもしれない。ヤナギは師を捜しにいったのではないか。

茶がまだ半分ほど残っていたが、とうに冷たくなっていた。あまり長く座っていたので、一度立ち上がることにした。窓の方へ行き、外を覗いた。すぐ近くに小さな畠がある。垣根の内だから、この道場のものだろう。だとすると、あの男が手入れをしているのだろうか。今はなにもないが、綺麗に耕されている。右の方には、小屋が見えた。物入れか、それとも離れか。遠くから子供の声が届く。それ以外には、鳥が鳴く声。街に比べると、聞こえてくる音がまるで違っている。風の匂いも違っている。

なんの気配もなく、戸が開いたので、驚いた。慌てて、さきほどの場所に戻り、座った。戸口に立つ男が見えた。頭を下げて待った。男は、道場に入り、上座に腰を下ろした。

「タガミです」低い声で言った。

「ゼンと申します。スズカ・カシュウに育てられました。ヤナギ殿に無理を言い、是非先生にお目にかかりたいと、こちらまで参りました」そう言って顔を上げた。

びっくりした。

そこに座っているのは、ヤナギだったのだ。

じっと、こちらを睨むように見ている。

「あの、ヤナギ殿、どうしたのですか？　タガミ先生は、いらっしゃらないのですか？」

「私が、タガミです」同じ声で繰り返す。たしかに、ヤナギの声とは違っていた。

「あ、あの、失礼しました。いえ、どういうことでしょうか？　私には、ヤナギ殿に見えます。これは、なにかの……、何というのか……」

「悪戯《いたずら》かと？」相手は、まったく笑わない。目つきは鋭く、気配がヤナギとはまったく異なっている。「似ているように見えますか？　しかし、ヤナギと私は違う」

「は、はい。どうも、失礼しました。私の見間違いです」

「スズカ・カシュウ殿は亡くなった、と聞きました」

「はい、そうです。それで、私は山を下りて、このように旅をしております。あの、どうかお願いいいたします、タガミ流の剣を見せていただけないでしょうか」

取り乱していたと思う。一気に自分の希望を述べてしまった。もう少し、話をすることがあったはずだが、目の前に座っているのが、どうしてもヤナギに見えるせいで、もう事情は話してあり、重複するようなことを長々と説明しにくい、と感じてしまったのだろう。とにかく手をつき、頭を下げた。お願いするしかない。

「ヤナギから聞いたと思いますが、タガミ流というものはありません。私の流儀は、相手を倒す剣ではない。ただ、負けないというだけです。攻められれば、後退し、突かれれば、避《よ》ける。柔らかく、折れない。剣の道を主張することもない。強くあろうと思わない。できるだけ弱く、貧しく、隠れ、逃れ、忍ぶ。貧にして失わず、震え戦《おのの》き、躊躇《ちゅうちょ》し、狼狽《ろうばい》して、ただ、相手の剣のみを躱《かわ》し、凌《しの》ぐ。優れたところ、立派なところはない。ご覧に入れるほどのものではありません」

流れるように届く声に、その言葉の響きに、感じるものがあった。まさしくヤナギの剣だ。武芸会で見たあれは、けっして偶然ではない。

ここでようやく気づいた。ヤナギは、わざとあのように振る舞っていたのだと。

もう一度、目の前を見た。そこに座っているタガミをじっと見た。

無言の時間が流れ、やはり、ヤナギにちがいないという確信を取り戻した。それと同時に、鳥肌が立つほど恐ろしさを感じた。心が一気に凍《こお》ったようだった。だが、躰は、その凍った心を温《あたた》めようとむしろ熱を持った。額から汗が流れる。それなのに、背筋は寒かった。

なんということだ。

何故、ヤナギは、そんな真似ができたのか。あの喧嘩のときも、相手に合わせて弱く振る舞って見せたのか。それが、タガミの剣なのか。けれど、武芸会では、ほんの一瞬だけ、まぐれで当たったかのように、相手を退《ひ》かせる一撃を繰り出した。相手を倒してもなお、自らの力量を表に出さない。そんなことが可能だというのか。

「いかがされたか?」ヤナギが、否、タガミがきいた。

「是非とも、お手合わせを……。お願いいたします」

「そう。貴殿には、才がある。それも、ヤナギから詳しく聞きました。カシュウ殿が見込まれただけのことはある。もう弟子は取らないと言われていた。その決心を破る価値が、貴殿にはあった。残念なことに、貴殿の剣が完成するのを見ずに亡くなられたとは……、無念であったろう。貴殿はもっと強くならねばなりません。私の剣ではなく、己の剣をもって磨かれるように」

駄目だということだろうか。じっと目を見続けた。

「なんとか、お手合わせを……」

タガミは、すっと立ち上がった。刀を持っていない。

自分も立ち上がった。

「よろしい。刀を抜かれよ」

「しかし、先生は……」

「私を斬りなさい」

「そんなわけにはいきません」

「手合わせをしたいと言ったではないか」

「刀が必要ないと言われるのですか？」

「貴殿には必要だろう」

まさか、そんなことができるのか。

一礼する。

息を整え、ゆっくりと刀を抜き、
斜め下に構えた。

タガミは、半身《はんみ》になって、立っている。

それはまるで、天井から吊られているような、不思議な格好だった。

案山子《かかし》のようでもある。床に足がついているようには見えない。

足の位置を少し変え、腰を下げ、刀を前方に向ける。

だが、相手に殺気というものはない。

それどころか、人間にさえ見えない。

刀を振って出れば、簡単に斬れるだろう。

いつでも斬れる。
しかし、人間を斬るのではない。
布か、旗か、そんな、ただ靡《なび》くものに刀を振るように思われた。
タガミの着物だけが宙に浮き、人間の生身はそこにはないように見える。
重さがない。脚を見ても、重心の位置などまるでわからない。
幽霊か。
苦しくなり、息を吐いた。
「いかがなされた。さあ、斬ってみなさい」
刀を振れば、あの着物がただ纏《まと》いつくだけではないか。
こんなことがあるのか。
目を凝《こ》らす。
タガミは、ほとんど動かない。
動かないのに、宙に浮いたように、揺らめいてさえ見える。
風があるのか。
下から掬《すく》い上《あ》げて、刀を振った。
タガミは動かない。
切っ先が掠《かす》るほど近かったはずだ。この間合いが測れるのか。

もはや、生きたものではない。そう思えてきた。
冷たい風が感じられる。
窓から入る空気さえ、もうこの世のものとは思えなかった。
これも、タガミの術のうちか。
こちらの躰は熱くなり、流れる汗がわかった。
しかたがない。どこかに隙があるはず。見極めて、突いて出よう。
ところが、どこもかしこも、すべてが隙だった。
刀を振っても、手応えがない、そんな予感がしてしまう。
刀をまた振ってみた。少し前に出る。
掠ったと思ったが、空を切った。
後ろへ下がったようには見えなかった。
再び、刀を返し、前に出た。
当たらない。タガミは動いているのか。
本当に、敵はそこにいるのか。
見えるが、いない。そんなことがあるだろうか。
落ち着け。
これは、まやかしだ。

そうだ、相手を見てはいけない。

影を見ろ。

床に落ちた影を。

そのとき、タガミが近づいてきた。

ふっと、風に乗って布が舞うように、目の前へ。

刀を振ろうとしたが、遅かった。

胸に衝撃を受け、後方へ飛ばされる。

床の上を滑り、後ろの壁まで。

背中が当たって、そこで止まった。

刀を握ったままだった。

尻餅《しりもち》をつき、脚を投げ出した格好である。

しかし、目は、相手から一時も離さなかった。

タガミの姿勢が一瞬だけしっかりと見えた。片手を前に真っ直ぐに伸ばしたのだ。片膝を前で曲げ、もう一方の脚は後ろに伸びきっていた。体重をかけ、伸ばした腕と、広げた手が、胸を直撃した。

刀は、まったくタガミに触れていない。どうすり抜けて、飛び込んだのか。

タガミは、姿勢を戻し、また揺れるように立った。

凄い。

何だ、これは……。

刀を手放し、両手をつき、平身する。

「参りました。どうもありがとうございました」

「わかりましたか？」

「え？　何がですか？　いえ、私にはなにもわかりませんでした。いったい、どうしたら、そんな技が繰り出せるのでしょうか？」

「私が尋ねたのは、貴殿自身のことです」

「私の、何がですか？」

「己の弱さが、わかりましたか？」

また手をついて、頭を下げる。

涙が溢《あふ》れ出《で》た。

「わかりました。本当に、ありがとうございました」

「まずは、己の弱さを知ること。すべての基本は、そこにあります。それがわからない者に、己の剣を求めることはできません」

両手をついた床を見ながら、泣くしかなかった。何がこみ上げてくるのか、自分でもわからなかった。ただ、喉から、つぎつぎと震えた息が出た。床が涙で濡れるほどだった。

悲しいのか。

それとも、悔《くや》しいのか。

否、いずれも違う。

嬉しいのか。

おそらく、それが一番近い。

心が震えている。ただ、ただ震えていた。

タガミは、上座に戻ってそこにまた腰を下ろした。自分も慌てて立ち上がり、刀を納めた。そして、タガミの正面の位置に進み出る。今も脚が震えているのがわかった。

「寒くなりました。また冬が来ますね」タガミが優しい口調で言った。その声は、ヤナギのものに近かった。窓の方へ視線を向け、茜色《あかねいろ》の光を見ている。その顔に、その光が届くように思えた。

「先生、私はどうすれば良いでしょうか？　このまま旅を続けるのか、それとも、しばらくの間、先生に従って、学んだ方が良いでしょうか？」

「私から学べるものは、なにもありません」

「そんなことはありません。たった今、私は学びました」

「何を学びましたか？」

「いえ、それは、言葉では表せないものです。素晴らしい体験をしました。素晴らしい剣を拝見しました」

「そう思うだけのことです」

「思うだけのこと？」

「夢を見るのと同じ。経験などしても、頭で考えることと大差はない。たとえば、見るのと触るのと、何が違いますか？　それは目で捉《とら》えるのと、手で感じるのと、その違いでしかない。いずれも、ただ、己がそう思っただけのことです」

「では、どうすれば良いのですか？」

「学ぶものは、己の外にあるのではない。貴殿の内にあるものを探しなさい」

「内にあるもの、ですか？」

「そうです。それは、見ることができない。また、触れることもできません。しかし、己の内から生まれるものだけが、貴殿の剣を助ける。貴殿の剣を築く。それは、考えるのではなく、感じることしかできません。常に、己を感じるしかない」

「わかりません。どうすれば、それを感じることができますか？」

「そのように、己の外に向かって求めることの逆。問うのではなく、心を澄ませ、なにも見ず、なにも聞かず、ただ感じるのです。お見受けしたところ、貴殿は強くなりたいとお考えだ。強くなりたいと求めている。求めるものは、遠くにあると思っておられる。だから、目を凝らし、遠くを見る。山を眺め、空を眺め、どこにそれがあるだろうと探しておられる。しかし、そういうことではない。もっと近くにそれはありましょう。見ることができないほど、近くに」

「しかし、カシュウは、私に山を下りるように言いました。剣を極めるには、多くの剣を見なければならない。強いものを見なければ、強くはなれない。そういうことだと信じていましたが、これは間違いだったのでしょうか？」

「間違いではない。私が今話したことが、正しいわけでもない。そのように、あるものが正しく、あるものが間違いだといった明らかな区別はありません。木を刻んで、仏の像を造ってみればよろしい。木のどこを削るのが正しいでしょうかな？　どこを削れば間違いですか？　剣に求められるものは、強さですか？　正しさですか？　それとも、もっと別のものですか？　そのように求めることで、それが一つだと思い込んでしまう。しかし、なにものも一つではない。すべてを見て、あらゆる面から捉え、近くから、遠くから、見据えて、眺めて、そのときどきで修正し、あちらを削っては、こちらを削ってみる。そのうちにだんだんと、己のもの、己が考えるものに近づいてきます。仏の像を彫る者は、最初にこの形のみ、と決めているわけではない。そのように決めつけた作業では、魂は入らない。それぞれの木を見て、そのときどきの風を感じ、そして、なによりも己を窺い、ただ手にしたものに刃を当て、刻むのです。刻むことでしか、形は見えてこない。己の内から現れるものとは、そのような日々の作業によって、僅かずつ近づくものでしかない。あそこだと目指して、到達できるものではない。失うのは容易《たやす》いが、求めるには求め続けるほかはなく、しかも、ただ近づくという感覚があるだけです。おわかりになりますか?」

「はい。いえ……、その、よくはわかりませんが……」

「そう。よくわからない。私も、わからない。こうして話していることは、昨日とは違っている気がする。たった今言ったことにすら、既に相反していることがある。しかし、矛盾するものも含めて、すべてが正しく、またすべてが間違っているのです。だから、納得をしたら即座に疑う。勝ったと思えば、それは負けたこと。負ければ、勝ったも同然。ただ、一つ言えることは、剣に生きることの楽しさです」

「楽しさ?」

「さて、今日はこちらに泊まっていかれるのがよろしい。支度をさせましょう。面倒を見るあの男は、耳が聞こえない。無礼があるかもしれぬが、お許しいただきたい。文字も読めぬので、難しいことを伝えることができない。不便なこと、ご承知置き下さい」

「いえ、ありがたいことです。ご厄介になります」手をついてお辞儀をした。

7

別の部屋に通され、そこで待つと、ヤナギが戻ってきた。何故タガミではなくヤナギだと思ったのかというと、着ているもの、持っている荷物や刀、そういった類のものからである。

しかし、とにかく平身し、また頭を下げた。

「どうでしたか？」座りながら、ヤナギはきいた。まちがいなくヤナギの親しげな口調であった。

「はい。ありがとうございました。ヤナギ様のおかげです。素晴らしいものを見せていただきました。心に刻むべき言葉も、沢山いただきました。どのようにしてこの感謝を示せば良いのかわかりません。あの……、なにか私にできることがあれば」

「いやいや、お気遣いなく」ヤナギは片手を広げて笑った。「私も、久し振りに道場に来られて懐かしい。しばらくはここにおります」

「あのぉ……。失礼ながら、何故、ヤナギ様とタガミ様の二人なのでしょうか？」

「いや、質問の意味がわかりませんが」

こちらも、どう尋ねて良いのかわからない。続く言葉が出てこなかった。

「ゼン殿の中には、ゼン殿しか、おられませんか？」逆に、ヤナギに尋ねられた。

「え？」

老人が現れ、盆に酒らしきものをのせてきた。歪《ゆが》んだ形の湯呑みも二つあった。

「私は、酒は……」

「いや、これは酒というほどのものではない。果物で作ったものです。この辺りは、桃が穫れる。その汁です」

老人が酌《しゃく》をしてくれる。口に近づけてみると、たしかに酒の香りではなかった。一口飲み、甘さに驚いた。

「これは、初めての味です」感想を言う。「大変美味しい」

「珍しいもので、作っても少量ゆえ、この村から出ていくことはない。村人だけが飲んでいるのです。私は子供のときからこれが好きで、遠く離れて生活をしていると、これが飲みたくてしかたなくなります」

胸が熱くなったので、酒であることはまちがいないようだった。タガミに会えたことで、まだ気持ちが高ぶっていたけれど、それをそっくり包み込むような優しい円《まろ》やかさだった。

老人が部屋から出ていった。どこからか良い香りも漂ってくる。食事の支度をしているようだ。

「今の方は、耳が聞こえないそうですが、さきほど道場で、私が座り直した音に気づいて振り返られました」

「偶然なのでは?」ヤナギは短く答え、また湯呑みを傾けた。

「ヤナギ様は、喧嘩のときに、相手に合わせて未熟な技量の振りをされましたね。それと同じように、耳が聞こえても、聞こえぬ振りをする、ということでしょうか?」

ヤナギは、珍しく声を上げて笑った。

「さあ、それはどうでしょう。少なくとも、私は知りません。あの者が耳が聞こえるのかどうか、自身にしかわからないでしょう。しかし、板の軋みなどは、振動が伝わるものです。耳が聞こえない者は、触れている物や風の振動によって音を感じ取ります」

「ああ、そうか、太鼓の皮が、離れたところの音に応じて震えるそうですね。そういう話を聞きました」

「人間だけが、目で見るものと、耳で聞くものを区別しています。これは光だ、これは音だ、と名称をつけて感じている。しかし、動物などには、そのような道理はないでしょう。すべてを総合して、気配として感じるのです」

「それは、つまり理屈があるから、言葉があるから、その分鈍感になってしまう、という意味でしょうか？」

「いえ、理屈はあっても良いと思います。ただ、その理屈が先行して、理屈によってものを見ようとすると、もしかすると見誤ることになる、そういう感じが私はいたします。金の出入りなども、帳簿をつけ、数字を書き込んで把握するわけですが、そればかりに囚われていると、大きな流れの変化に気づかず、判断に遅れてしまうことがあるものです」

「難しいですね。今のお話は、私には理解できません」

「ああ、申し訳ない。つい、無用なことを……」

「ヤナギ様は、本当にいろいろなことをご存じですね。剣以外にも、師につかれたことがあったというお話でしたが」

「はい。読み書きや勘定について学びました。そちらの師は、既に亡くなりましたが、沢山のことを教えられました。学問というほどではありませんけれど、ものの道理を知ることは、心を穏やかにするものです。剣による強さと同じように、やはり人間を強くします」

「書物などを読まれるのですか？」

「あ、いや、それはほとんどありません。勘定については、そういった手本も少ないのです。ただ、口伝えにやり方を聞くだけです。もちろん、数を扱えることは基本ですが、それよりも、大勢の人間の動きというか、世の流れのようなものを見ることが大切ですね」

「世の流れですか。そのような大きなものが見えるものですか？」

「全体を見ることはとてもできません。ただ、一部から想像するのです。道端《みちばた》の一輪の花を見て、季節を知るようなものです。季節というものは、全体を見ることはできません。どこにあるというものでもない。しかし、身近の数々の兆候によって、それを感じるわけです。これは、世の流れ、街の繁栄、国の力、いろいろなものに通じる見方です」

「城の殿様は、そういうものを見ているわけですか、あの高いところから」

「天守閣ですか。いえ、高いところから眺めても見えるものではない。城の中にいては、むしろ世を見誤るでしょう。もっと街を歩き、畠を見て、里や山にも足を運んで、数々の細かいものに触れなければ、国を把握することはできないだろう、と私などは思いますが」

「どうも、侍は、そういうことに向かないような気がします。侍が世を治めるよりも、商人や職人や百姓が政をした方が良いのではないでしょうか」

「実は、私もそう考えています。ですが、それはとても無理な話でしょう。どこへ行っても、最後は力の強い者が、国を治めるのです。国を治めるという行為が、力によってしかなしえないのです。どうしてそうなるのか、というと、ものの道理は言葉でしか伝わらないのに、その言葉を知らない者が多すぎるからでしょう」

「言葉を知らない者？」

「そうです。読み書きができる者は、ほんの僅かです。言葉を知らなければ、道理が伝わらない。そうなると、ただ力の強い者の下に集まり、拝《おが》み縋《すが》るしかない。本当のところ、誰が国を治めようが、ほとんどの人々は関心はない。そんなことよりも、今夜の飯が心配だ。暖かい寝場所が欲しい。百姓は、ただ天気を頼りにして、土に種を蒔《ま》いて待っているだけです。正しいものを求めることもなく、なにごともなく生きていられればそれで良い、と考えている。これでは、世の中は変わらない」

「ということは、まずは、皆に言葉を教える必要がある、ということですね？」

「ええ、そのとおりです」

「しかし、多くの者には、そんな暇がないのでは？」

「時間はあると思いますが、それよりも、そういった新しい知識を嫌う質《たち》に問題がありましょう。子供を集めて教えようとしても、親が怒ってくる。そんな余計なことを子供に教えないでほしい、と言うのです。新しいものが頭に入ると、ろくなことにならない、今のままで良い、と言うのです。実はかつて、私はそれで挫折《ざせつ》を味わいました。うまくいかないものだ、と痛感した次第です。そんな頃に、師の代役として街で働かないかと誘われ、村を出ていくことになったのです」

ヤナギの話を聞いているうちに、そこにいる者が、もうすっかりヤナギだと認識している自分に気づいた。タガミではない。明らかに別人だった。不思議なことだ。何が違うのだろう。話し方が違う。声も少し違っているように感じる。表情も、そう、同じではない。さきほどは着ているものが違っていた。それは着替えてきたのだろうが、しかし、こんなふうに明らかな別人として振る舞えるものだろうか。それ自体が、既にタガミの剣のうちといわざるをえない。剣というのは、刀を向け合っているそのときだけに発揮されるものではないのだ。生き方そのものに深くつながっている。

飯の支度を手伝ってくる、と言って、ヤナギは部屋から出ていった。一人残され、湯呑みに残っていた果物の汁を喉に通した。甘酸っぱい味と、幾らかの火照《ほて》りが、喉を通った。

きいても、ヤナギは教えてくれないだろう。おそらく、タガミという師は、かつては本当にこの道場にいたのだ。ヤナギは子供のときより、その師について学び、修行をした。そしてついには、ヤナギがタガミになったのだろう。タガミは、既に隠居したのか、あるいは亡くなっているのかもしれない。ヤナギという人間の中に、タガミが乗り移ったと見ることもできる。もし、そんなことが可能だとしたら、この剣の達人は、永遠に生きられることになる。次はまた、才のある子供を育て、その者に乗り移れば良い。

タガミとの手合わせは、まだじっくりと思い出すことが憚《はばか》られた。今思い出せば、また涙が出そうだった。衝撃が大きすぎる。

あのような大きな体験をしても、その後に、ヤナギから剣とはまったく別の話を聞くことができた。世の中の動きについて思いを馳《は》せることもできた。これも不思議なことだ。自分には、剣しかないものと思っていたし、あの凄まじさをこの身に受けたばかりなのに、何故それから離れることができるのだろう。

たぶん、傷と同じ。大怪我をしても、その直後はそれほど痛くない。触らないようにしていれば、痛みは遠のく。けれども、大きな傷の痕《あと》は一生消えないものだ。今日のあの一撃は、長く残るだろう。

思い出すには、自分の刀が必要だ、と思った。どこかで一人、ひっそりと剣を構えたい。食事が終わり、夜になれば、その機会があるだろう。そのときには、タガミの剣を鮮明に思い出せるようになっているはずだ。

8

驚いたことに、ヤナギは食事のまえに別れを告げにきた。これから、自分の家に戻ると話した。

「ゼン殿は、ゆっくりとしていかれるのがよろしい」ヤナギは、笑顔で頷いた。もしかしたらタガミなのではないか、という落ち着きようだった。

「明日も、またタガミ様に会えるでしょうか？」ときいてみると、

「さあ、どうでしょうか。私にはわかりません」と答えた。

「ヤナギ殿は、街には戻られないのですか？」

「それは、まだ迷っております。妻にも相談したい」

「そうですか」

そんな会話をして別れた。玄関まで見送り、暗い夜道に消えていく後ろ姿をしばらく眺めていた。

部屋に戻り、一人で食事をした。沢山の皿があり、様々な菜がのっていた。味噌《みそ》で和《あ》えたもの、塩で茹《ゆ》でたもの、あるいは漬け物もあった。温かい汁には、芋が入っている。豪華なものである。

途中で、老人がやってきて、近くに膝を落とし、無表情のまま片手を差し出した。汁のお代わりを、という意味らしい。

「いえ、もう充分です。どうもありがとう」と言うと、こちらの顔を見て頷き、手を引っ込めた。

軽く頭を下げて部屋から出ていった様子など、まったく普通に見える。知らなければ、言葉が

聞こえていないなどとは思いもしないだろう。

食事の片づけをしているときにも、「外に散歩に出ます」と告げると、軽く頷いた。あるいは、口の形でわかるのかもしれない。

外は、かなり冷えていた。それほど長くはいられない。近くの草原で、刀を抜いた。

息を止め、構え、そして、道場にいる自分を感じた。

タガミ・トウシュンがすぐ前に現れて、ゆらゆらと枯れた草のように揺らいだ。

自分が見たものは、何だったのか。

人を見ていたはずなのに、しだいに、人ではなくなっていた。

そう、人の気配がなかった。

殺気もなかった。

出る素振りもなく、風に吹かれた布のように、ふわりと目の前に来た。

刀を振った。

何故、刀が当たらなかったのか。

いや、それは違う。

刀は、袂《たもと》に当たり、横から押されていた。

僅かに逸らされた。

そこへ、下から押し上げるように、胸を突かれたのだ。

もし、タガミが刀を持っていたら、自分は既にこの世にはいない。

一撃で倒されていた。

素晴らしい。

いつ出たのか、今もわからない。

見えなかった？

音もなく、ただ自然に、すっと動いたのだ。

それ以前から、定まるところのない揺らぎがあった。

立っているのに、浮いているように見えた。

刀を構える者には、あのようなことはない。強い者ほど、不動の構えを見せる。その不動こそが、強い一撃の基となるからだ。

それが普通の剣。

あんな剣があるとは、思いもしなかった。

まるで頼りなく、ふらついていた者が、いつ地に足をつき、あれほどの力を発揮できたのか。

タガミは躰も小さく、自分よりも華奢《きゃしゃ》だ。それなのに、突き飛ばされた。

胸に当たったのは片手だったが、もう一方の手は、突き出した手首を支えていた。つまり、両手で突かれたのと同じ。また、タガミの躰は一直線になっていた。一瞬のことだったが、その姿勢が目に残っている。

あの揺らいだ構えも、敵を突くときには、揺らがない。

おそらく、そこが最大の弱点だろう。見抜かれれば、知られてしまえば、普通の剣になる。その意味では、一度しか効かない剣ともいえるか。

だが、敵を倒すことができれば、ただの一度で充分だ。自分のように、生かされたのは、あくまでも例外。カシュウの弟子だと見込まれて、見せてもらえたということだろう。ありがたく幸せなこと。

その感謝の気持ちで、芒《すすき》に向かって礼をし、刀を鞘に納めた。

月が、風に揺れる芒をより白く見せていた。少し先へ歩くと、低いところまでその白さが一面に展開し、まるで水辺のように波打っていた。

素晴らしい。

その言葉しか思いつかない。

あの剣は、タガミが作り上げたものだろうか。つまり、ヤナギのまえの師が考え、ヤナギに与えた技なのか。おそらく、そうだろう。ヤナギは、それを受け継いだ。人が人に伝えられるものがある、というのがまた素晴らしいことだ。

自分も、カシュウから多くを受け継いでいる。これは、自分の中にカシュウがいることと同じ。

自分は、カシュウなのではないか。

否、それは思い上がりというもの。

まったく、足許にも及ばない。タガミが言ったように、カシュウは無念だっただろう。自分は、カシュウが生きているうちに、そこまでの者になれなかったからだ。

今からでも、遅くないだろうか。

自分がもっと強くなれば、自分の中に、カシュウが蘇《よみがえ》ってくれるだろうか。

芒の草原を戻り、道場の明かりが見えてきた。近くに明かりはない。神社も闇の中に沈んでいた。虫が無数に鳴いている。こちらで鳴けば、向こうで応える。月は日のように明るく、地に自分の影があった。その影を踏んで歩いた。

タガミの剣は、どのように自分に活かせるだろうか、と考えていた。最も心に残っている言葉は、外に求めるな、という一言だった。

よくはわからないが、まったく心当たりがないということもなかった。

ときどきだが、そんな感じになることがある。

今踏んでいる自分の影の中に、進むべき道筋があると感じられる夜だった。

episode 3 : Beads string

The book "Koyo Gunkan" has the following episode. Someone said to Baba Mino-no-kami, "When I rush against the enemy's station, I feel as if I am going into the dark. As a result I suffer many wounds. But you have none at all. What keeps you unwounded?" He replied, "I also feel as if I am going into the dark, but I try to calm myself down by suggesting that I am in a hazy moonlight. Then I go and attack the enemy. I have never been hurt." A man's capability is shown in such moments.

第3話　ビーズ・スツリング

甲陽軍鑑《かふやうぐんかん》に、何某《なにがし》、「敵に向ひたる時は、くらやみに入《い》り候様《さふらふやう》に覚え候。それ故《ゆゑ》か手疵《てきず》数多《あまた》負ひ候。御自分は数度の高名《かうみやう》に、疵を負はれぬ事何と召され候や。」と尋ね申し候。何某返答に、「敵に向ひたる時は、なるほど闇になり申し候。その時、少し心をしづめ候《さふら》へば、薄月夜《うすづきよ》の様になり申し候。それより切りかゝり候へば、疵などは負はぬと覚え申し候。」と申し候。時の真《しん》の位あるべき事なり。この返答、馬場美濃守《ばばみののかみ》なり。

1

翌朝は、早くに目が覚め、道場に入って、昨日と同じ場所に座った。目を瞑《つむ》り、また一巡り、ここであったことを頭の中で見た。一度では済まなかった。何度も何度も繰り返し見た。壁板に背が当たるところで終わるのだが、そこからまた時間を逆に戻して、タガミの動きをつぶさに見た。

芒の原で思い描いたものよりも、また少し鮮明に捉えることができた。

そうか、あの揺れが、初動になっていたか。たしかに、僅かに振幅が大きくなったように感じた。感じたことさえ忘れていたが、自分はそれを見ていたのだ。見ていたのに、見逃した。別のものに気を取られていたせいだ。

己の刀には、もちろん躊躇があった。刀を持たぬ者を斬るわけにはいかない。その傲《おご》りとその油断が、筋をやや甘くした。軽く袂で押され躱されたのは、そのためだろう。もしも躰の芯《しん》に向けて振っていたら、多少は違っていたかもしれない。その場合、タガミはどうしたか。やや横に逸れ、斜めになった分、突きが弱くなったか。あるいは、体《たい》を躱し、位置を変えて構え直しただろうか。

そういった想像をした。己の弱さがどこにあったかといえば、それは、斬ってはならないという甘えだっただろう。真剣を構えた者は、覚悟を持たなければならない。相手も侍なのだ。刀に向かうならば、刀に等しい技をもって臨むだろう。

今一度手合わせをすれば、もう少し良い結果にはなる。しかし、次はタガミも刀を持つだろう。そうなれば、おそらく斬られる。命を落とす覚悟がいる。

その命が惜しいとは思わないけれど、やはり、尊い教えを受けた身には、そのような勝手な真似が許されるはずもない。礼として、さらに剣を磨くことが第一。その後でなければ、再度の手合わせを願い出ることは非礼というもの。そう考えた。

老人が顔を出し、手招きをした。ついていくと、部屋に朝食の膳があった。湯気を上げているのは、粥《かゆ》のようだ。礼を言い、さっそくそれを食べた。

「これをいただきましたら、すぐに発《た》ちます。街へ戻るつもりです」自然にそう話していた。

老人は、軽く首を傾げ、片手を振った。聞こえません、と言っているのかもしれない。

食事後、支度をして出かけようとしたとき、老人が現れ、包みを渡された。握り飯のようだった。

「何と申し上げて良いのか。本当にお世話になりました。タガミ先生には、ご挨拶もせず失礼いたしますが、どうかよろしくお伝え下さい」

老人は、こっくりと頷いた。そして笑いはしなかったが、前歯を少し見せた。笑っている顔を無理に作ったのかもしれない。

外は、昨日にも増して気持ちの良い秋晴れで、風もなく、暖かい日差しが春のようだった。来た道を一人歩き、自分は幸せ者だと幾度も感じた。それくらい、タガミに会えたことが嬉しかった。

今日は同じ宿に戻るとしても、その後まだ、瑞香院に行く日まで七日もある。ずっと街にいるのも退屈なので、どこか別のところへ行くか、それとも、街の道場を訪ねるのも良いかもしれない。

それにしても、ククは何故九日もさきの日を指定したのだろう。城の人間だから、既に決まった行事があって、その日までは都合がつかなかった、ということだろうか。そもそも、ククが会いたいのならば、自分を城へ呼べば良いだけの話である。そんな離れた場所をわざわざ指定するのは、つまり、城の者たちに気づかれたくないのかもしれない。彼女は、城の実権を握った事実上の城主だと聞いた。彼女が気兼ねをしなければならないというのも、どうもおかしい。

しかし、急ぎの旅でもない。当てもないのである。あの街に少し腰を落ち着けるのも良いか。本当は、タガミの道場にもっといたかったのだが、初日にあのように結論を出されてしまっては、もうとても長居はできなかった。

街道に戻る少し手前で、後ろから声が聞こえた。振り返ると、ヤナギが手を振っていた。彼も街へ戻ることにしたのだ。城に仕官する決心を固めたということか。

「ああ、追いつきました」ヤナギはお辞儀をして言った。しかし、息が上がっているふうでもない。昨日もそうだったが、彼は歩くのが速い。

「昨日は本当にお世話になりました」改めて頭を下げた。「タガミ先生に手合わせいただいたこと、一生忘れません。ヤナギ殿にも感謝しています」

「ゼン殿であれば、ということ」

「どういうことですか?」

「先生が会われた理由ですよ。貴殿は特別です。スズカ・カシュウの生まれ変わりのような方だ。ご自分の剣を大事にされるのが良いでしょう」

「ありがとうございます」また頭を下げる。「ところで、街へ戻られるのは、やはり、城へ行かれるおつもりなのですね」

「さよう。妻も、それを喜んでくれた。仕事があるというのは、ありがたいことです。あ、いや、ゼン殿には無関係のことでしたか」

「私は、ろくに仕事をしたことがありません。こんなことで良いのだろうか、とときどき思います」

「まだお若いのですから、しばらくはご自身を磨かれるのがよろしい。そのうち、あちらこちらから声がかかりましょう。貴殿ほどの腕ならば、それはもう、まちがいのないことです」

そう言うヤナギは、もっと素晴らしい剣を隠し持っているのに、と思った。これは、もったいないことではないか、とも感じる。これほどの剣が、誰にも知られず、人の役に立つこともない、というのは。

しかし、では、自分の剣ははたして人の役に立てるのか、と自問すれば、結局は同じことだと思い知らされる。ただ、自分のためだけに、剣を振っている未熟者にすぎない。人の役に立つことなど、期待は薄い。

昼には、また城の見えるところまで来た。街道沿いの街も相変わらず賑やかだ。ここで、ヤナギとは別れた。まだ数日はここに留まるのだから、また会えると良い、と思った。そう思わせる魅力のある人物だ。

宿屋の方へ近づいていくと、二階の窓からノギが手を振った。三味線を持っていたが、弾いていたわけではない。手入れだろうか。玄関から上がろうとしたところへ、彼女が階段を下りてきた。

「昨夜はどちらへ？　朝帰りじゃないですか」

「昼帰りでは？」

「ますます酷《ひど》いってことですよ、それ」

「ちょっと、遠くへ行っていたので」

「どこです？」

「いえ、まあ、東の方ですけれど」そう答えて、階段を上がった。

「東の方って、どちらです？」

「えっと、あちらです」と指をさして示した。

「あぁあぁ、つれないじゃないですか。何でしょう、この仕打ち」ノギがそう言いながらついてくる。「私はね、なんでも打ち明けてくれって言っているんじゃないんですよ。そうじゃなくてね、本当のことは言わないまでも、もう少し優しい口のきき方ってものがあるんじゃないかなって、思うわけですよ。ねえ、ゼンさん、聞いてます？」

「今夜は、宿を変えようと思います」

「ほら、聞いてないよ、この人は」

「聞いてますよ」

「宿屋を変える？　どこに？」

「向こうへ少し行ったところに、ヒロノ屋というのがあります。すぐそこです」

「え、そんな近くだったら、意味ないんじゃないですか？　なにか気に入らないことがあったのですか？　あ、もしかして、あのどんちゃん騒ぎ、煩《うるさ》かった？　私もねぇ、そうじゃないかなって思いましたよ、あんな明け方まで騒いでさ。がめついんですよね、金持ちってのはさ。一度金を出したら、骨の髄までしゃぶろうっての。しつこいったらありゃしない。ああいうのは、お祭りのときだけにしてもらいたいわ。さすがに、昨日はお休みでしたけど」

言っていることがよくわからなかった。ノギの言葉は、ときどき意味が取れなくなるのだ。

「ほら、あの大男のお侍。いたじゃないですか。ゼンさんの知合いですか？　ありゃあ、食わせもんですよう。いっくら飲んでも酔わないし、どうなんでしょ、そうとう腕も立つ方なんでしょうか？　金持ち連中がね、先生、先生、先生っておだててましたけど、どこらへんの先生なんですかって。本当に先生なんですか？」

「えっと、無言流でしたっけ」

「無言流？　冗談じゃないわよ。何が無言ですか。まあ、ぺらぺらぺらぺらと調子がいいのなんのって。あれで、ゼンさんみたいに、もの静かだったら、もうちょいくらい、もてたでしょうけどね。もう、ほんのちょいですよ。でも、私は駄目、ああいう押しの一手って奴はね。品がないっていうんですか。根性がねえ……」

「なにか、押されたんですか？」

「あらやだ」ノギは手を振った。こちらを叩こうとする。「私としたことが。はあ、それよりも、ねえ、ゼンさん、どこか静かなところへ散歩にでも出かけません？　ほら、すぐ近くに、けっこう有名なお寺があるそうですよ。庭が綺麗だって評判でしたけれど」

「そこなら、見てきました」

「いつ？」

「一昨日です」

「一人でですか？」

「ええ」

「どうして、そういう寂しいことをするんです？」

「寂しい、ことですか？」

「あ、じゃあ、お城のお堀を見にいきましょう」

「それも、見ました」

「楓《かえで》がね、水面に映って綺麗なんですって」

「まだ、赤くないですよ。それに、水には、ただそのままの姿で、そのままの色が映ります」

「あ、そうですか……。もうね、けっこう私、慣れましたから」

「何にですか？」

「ええ、ええ、何とでもおっしゃって下さいな。私は気にしませんからね。ええ、全然腹も立ちませんよ」

2

それでも、城の堀までノギと一緒に来た。ほかにも、歩いている者がいる。用事があってどこかへ向かっているふうではなく、ゆっくりとした歩調で、樹を見たり、水を見たりしているのだ。驚いたことに、一人だけという者はいない。子供を連れていたり、老人を連れていたり、あるいは若い男女、それとも女ばかり、といった組合わせだった。これが、つまり、ノギが言いたかったことなのかもしれない。

「そうか、こういうところを一人でぶらぶらと歩いているのは、珍しいことなんですね」

「おやまあ、やっとこさですか」ノギが微笑んだ。「そうですよ、寂しいでしょう？　それに、そんなことをしたら、なにか企んでいると疑われますよ。掏摸《すり》じゃないかって」

「スリというのは？」

「巾着切《きんちゃく》りですよ。人にぶつかったりして、そのどさくさに懐《ふところ》のものを盗むんです。都へ行ったら、気をつけて下さいな。いっぱいいますから」

「それは、泥棒ではないですか」

「だから、泥棒ですよ」

「そんな人間を許してはいけません」

「誰も許していませんけどね、ぼんやりしていて、気づかなかったりするんです。泥棒だってそうでしょう？　夜中にこっそり忍び込んで、家のものを盗むんですから。あれも、なかなか捕まりませんよね。だって、毎晩寝ないで見張っているわけにいきませんから」

「盗人が狙うのは、やはり金持ちの家なのでしょうね」

「でも、金持ちの家は、ほら、戸締まりがしっかりしてて」

「しかし、悪いことをしてはいけないとわかっていても、やるわけですね？」

「そりゃそうですよ。捕まって縛り首も、覚悟の上ですよ。あの連中は、肝《きも》が据わってますからね」

「そうだ、一昨日のことですけれど、夜に街道を、鎧を着た兵が何人か歩いているのを見かけました。あれは、そういう盗人などを捕まえる役目の者たちでしょうか」

「へえ、そんなのがいました？　鎧とはものものしいですね。そうか、それは自警団かもしれませんよ」

「自警団というのは？」

「つまり、町民が自分たちで夜回りをしているのかも。火の見回りも、大きな街にはいますから」

「なるほど、侍じゃないから鎧を着ていたのかな。剣に覚えのある者ならば、あんな格好はしないと思います」

「そうかしら。うん。鎧って、ほら、侍が金に困って、家の道具を売ったりするそうですから、けっこう今どきは安く手に入るのかも」

　前から、若い男女が歩いてくる。侍ではない。商人か職人である。女の方はまだ十代かもしれない。こちらをじろじろと見たが、そのまますれ違った。しばらくノギは黙っていた。話が聞こえる距離だったからだ。向こうも話をやめていたようだ。少し遠ざかってから、笑い声が上がった。

「なんだよ、あれは」ノギがちらりと振り返る。「なんか、こちらのこと、笑ってましたよ。嫌だねぇ、いちゃいちゃしやがって」

「いちゃいちゃ?」

「ほうら、あんなにひっついちゃってさ。往来だよ。まったく、近頃の若いもんときたら。節度ってものを知らないんだ。恥ずかしいねぇ」

振り返って自分も見た。たしかに肩が触れるように寄り添っている。ひっついているわけではない。離れることもできるはずだ。

堀には、水鳥が泳いでいた。近くへやってくる。

「ねえ、ほら、可愛《かわい》いねぇ。あれは、番《つが》いですよ。あっちの綺麗なのが雄なんですよ。絶対に逆だと思ってましたけど、そうなんですって。茶色の地味な方が雌なんだって」

「動物は、だいたい雄の方が躰が大きいですね。虫は逆のものが多いけれど」

「そういうことは知っているんですね」

「でも、どうして雄と雌に分かれているのかは、不思議ですね」

「それを言っちゃあ、おしまいでしょう」

「え、どうしてですか?」

「いいじゃないですか。分かれていなかったら、大変ですよ」

「そうかなぁ。べつに大変ということは……」

「じゃ、何ですか？　男でもあり、女でもある奴ばっかりいるわけですか？　気持ち悪いわぁ、そんなの。どうしようもないじゃないですか」

「いや、そうなったら、男も女もないわけですよ」

「うーん、ない？　ああ、でも、ないってことはないんじゃないですか？　ああ、やだ。考えたくないわ。やめとこ。ねえ、もっと粋《いき》な話をしましょうよ」

「粋な、というと、どんな？」

「たとえば、うーん、えっと、ほら、ノギさんの、そういうところが可愛いねっだとか、そういうのって、ないですか？」

「それが粋なんですか？」

「そうそう、思いもしないところに、なにげなく気づいて、ちょっと褒《ほ》めたりされると、粋だわぁ、この人って思いますよ」

「へえ、そんなものですか」

「もう、ころっと参っちゃいますよ」

「どこにお参りするんですか？」

「え？　うーん。もういいです」

「あ、寺にも行きますか？」

「あ、そう、そう……だね。そうしましょうか」

「ころっとお参りしたいんですね？」

「ころっとねぇ……、うーん」

街道を引き返し、一昨日の寺へ向かった。ニシキ屋の前も通り、その後、ヒロノ屋の前も通った。

「この宿屋ですかぁ」ノギが頭を低くして、ヒロノ屋の中を覗き込んだ。「べつに、普通じゃないですか。こっちだって、宴会やってて、煩いかもしれませんよ」

「煩いから、宿を変えるわけではありません。ここの宿屋の子供に会ったので」

「子供？　その子が、うちに来いって言ったんですか？」

「そうではありませんが……」

「どうしようかな、私は、向こうの方が都合が良いの。今夜もまた、仕事があるんですよ。景気の良いこと。助かるわぁ。あ、だから、今夜も、ごめんなさいね、ゼンさん」

「何がです？」

「お相手ができなくて」

「話し相手ですか？　べつにかまいませんよ」

「ま、近いですから、もし早めに終わったら、お邪魔しにいきますから」

この邪魔をしにいくというのは、邪魔だとわかっているのに来るということだが、どうも、邪魔だと本当に気づいているというわけでもなく、邪魔にしないでほしい、ということが言いたい、そういう気持ちを表している言葉のようだ。人の言葉というのは、実に難しい。失礼します、というのも、失礼だとわかっていて、でも、そうは思わないでほしい、と言っているのである。

「うわぁ、立派な門」ノギが言った。寺が前方に見えてきた。「都にも、こういう大きな寺が、沢山あるんですよ。懐かしいわぁ」

「寺というのは、仏様がいるんですか？」

「いえ、いるのはお坊さん。仏様は大昔の人なんでしょうね。その人を偲《しの》んで、ああして拝むわけですよ」

「神様と仏様は、互いにどういう関係ですか？」

「え？　変なこと言わないで下さいよ。そんなの、私の知ったことじゃないわよ。関係なんかないでしょ。赤の他人ですよ、きっと。聞いたことがないわ」

「たとえば、神様は、仏様をどう思っているのか、逆に、仏様は、神様をどのように見ているか、というようなことです」

「知りませんよ。どうだっていいじゃないですか？」

「だって、気になりませんか？」

「いいえ、全然」

「同じ商売をしている者がいたら、気になりますよね。侍は、侍が近くにいたら、気になります。ノギさんだって、三味線を弾く人がいたら、気になるんじゃないですか？」

「それは、何ですか、神様と仏様が喧嘩をしないのか、みたいな話でしょうか？」

「はい、そうです。喧嘩になったことはないのですか？」

「ないでしょうね。もし喧嘩したら、そりゃあ、天地がひっくり返りますよ」

「え、どうして天地が？」

「それくらい、大変だってことですよ。はぁ」ノギは溜息をついた。「疲れますよ、ゼンさんとの話は」

「申し訳ありません。そんなつもりは……」

「嘘です。いいんですよぅ。そういうところが可愛いんだから」

「あ、ノギさん、粋なんですね」

「ちぇ」ノギは舌を鳴らして、あちらを向いてしまった。「小憎ったらしいったらないよ。どうしたもんだろうね、本当に」

門を潜り、境内に入る。敷石《しきいし》に従って、真っ直ぐ進めば、大きな建物に行き当たる。

「あそこで、ころっとお参りしましょうか」と言ってみたが、ノギはまた、ちぇっと舌を鳴らした。「あれ、機嫌が悪くなりましたね」

「そうでもないんですよう。ええ、そうですとも。私、大人ですからね、これしきのことで、むかついたりしませんよ」

むかついているようだ。少し困った。しかし、また自然に機嫌を直すだろう。しいて言うならば、そこがノギの一番良いところだと思っている。

石段を上り、庇《ひさし》の下に入った。香が焚かれている。室内は暗いが、正面の仏像の近くには蠟燭《ろうそく》が燃えていて、金色の輝きが浮かび上がっていた。手を合わせて、ノギがお参りをしたので、真似事でそのとおりにやってみたが、実のところ、なにかを願ったわけでもない。仏に縋るような事柄は、思いつかなかった。

近くで見ると、建物は古く、立派なものだとわかる。木材は磨き上げられ、艶光《つやびか》りしている。手の込んだ透かし彫りが高いところにあった。動物や植物が見事に描かれている。それが、通路に沿ってずっと続いているようだった。

石段を下り、庭の方へ回った。一昨日、訪れた場所である。池と島がある。ノギは綺麗だと呟いた。

「この庭を造った人は、楽しかったでしょうね」彼女はそう言った。

なるほど、そんなことは考えもしなかった。いろいろなものが無駄に見えるが、それが作られたときには、作るという意味、作るという価値があったのかもしれない。ただ、それが残っているだけなのだ。建物も仏像も庭も、人が作るものは、それが作られているときには生きているようなものだ。どんどん成長する。しかし、完成してしまったときには、もう死んでいる。したがって、屍《しかばね》を見ても、そのものの価値はわからないのかもしれない。

「どうしたんです？　黙りこくって」

「いえ、ちょっと考えごとを」

「それは、見たらわかりますよ。何を考えているんです？」

「いろいろと」

3

ニシキ屋に戻り、宿賃を支払った。

「え、今からお出かけですか？」ときかれたが、行き先は言わなかった。すぐ近くの宿屋へ移るというのは、感じの悪いものだろう、と思えたからだ。

真っ直ぐにヒロノ屋へは行かず、このまま訪ねた、甲冑屋へ寄ることにした。同じようにして店に入ると、ほとんど同じ位置で主人が仕事をしていた。小さな槌を手にしている。

「おお、あんたかね。今日は何です？」

「すみません。買いにきたのではありません。ちょっとおききしたいことがあったので」

「今日は、茶は出んよ」

「あの、一昨日の夜に、鎧を着た者たちを見ました。音を立てて走っていきました」

「ああ、あれは城の夜警部隊だね」

「そうなんですか。お城から来るのですか」

「それがききたかったこと?」

「違います。あのように、がちゃがちゃと音が鳴るというのは、いかがなものかと思ったんです。夜に奇襲する場合、大勢があのように音を立てて進軍したら、敵に知られてしまいませんか」

「そう、そのとおり」主人は頷いた。「音を立てるのは、安物の証拠。適当にそれらしく作ってあるが、まったくものが違う。安いものは、重いし、弱いし、音を立てる。そういうわけだ」

「なるほど、では、この店で売っているものなら、そんなことはないのですね」

「そうは言わん。この店でも、高いものから安いものまである。高いものは、材料も高い、造作も多い、技もいる。軽いし、強いし、音も出ない。だから高い」

「そうですか。ああ、そういうものなんですね。ということは、音を立てるような鎧ならば、攻めやすい、と判断しても良いわけですね」

「そういうこと」主人はうんうんと頷いた。「しかし、変わった人だな、そんなことをわざわざ知ってどうするんだい?」

「いえ、どうもしませんが、もしも、鎧を着た者と斬り合うようなことになったら、と思いまして」

「まあ、その刀であれば、安い兜など、真っ二つだ。ありゃな、椀《わん》と同じ。塗りも同じ。もとの木まで同じだ。特に、この頃は薄くするでな、落としただけで割れたりしよる」

「どうもありがとう」頭を下げた。

「あ、待ちな」そう言って、主人は立ち上がり、奥へ入っていく。

しばらく待っていると、なにかを持って現れた。

「これをやる」と差し出されたものは、革か布でできた品だった。

「何ですか？　えっと、あ、手に着けるものですね」

「そう。手甲《てこう》という。ちょっと短めだが、柔らかくて軽い。着けても苦にならないだろう。持っていきな」

「え、いただいて良いのですか？　お代をお支払いしましょう」

「やると言ったんだ。金はいらんわ」

「どうして、これを？」

「刀を見せてもらったからな、お返しだ。その細い刀を使う者は、刀を当てることを嫌う。相手の太刀筋《たちすじ》を外して、そこへ斬り込む。そういった剣になる。だから、手首に怪我が多い。相手の刃先の近くへ、ちょうど手が行くからな」

　話を聞いていて驚いた。刀を見たといっても、抜いたわけではない。手に持って、鞘を見ただけだ。細いことは、重さでわかったのか。そこまでわかるものなのか。

「見当違いではなかろう？」

「ありがとうございます。では、試してみます」

帰り道で、それを腕に着けてみた。これからの季節、手が冷える。その意味でも良いかもしれない。手首の最も血が出る箇所を守るように作られている。手の甲は半分ほど隠れる。普段から着けていても、ほとんどわからないだろう。もちろん、まったく音はしない。大部分は革で作られ、動かない部分にだけ薄い金具が当てられていた。

ニシキ屋を避け、裏の道を東へ進み、街道を戻って、ヒロノ屋に入った。建物は、ニシキ屋に比べるとやや規模が小さいものの、古さも立派さも同格だった。二階へ上がる階段が見えるのも同じだ。しかし、宿の中は静かだった。客が少ないようだ。

泊まりたいと伝えると、宿の者が驚く顔をした。そして、慌てて部屋へ案内してくれた。一階の奥の、中庭に面した広い部屋だった。

「立派な部屋ですね」

「一番上等な部屋です」

「いや、こんな立派な部屋でなくても……」

「お泊まりなのは、お客様だけですから、大丈夫です。それに、なにかあったときに、ここならば、裏口から逃げられますから」

妙なことを言うな、と思った。

案内してくれたのは若い女で、部屋を出ていくとき、風呂に入れますよ、と言った。風呂に入ったのは、昨日の早朝だったな、と思い出した。外は、暮れかけている。日が短くなったものだ。

風呂は、下駄を履いて中庭を歩いた先で、建物が別棟になっていたが、自分の部屋からはとても近い。廊下でつながっていないから、雨が降ったら、蛇の目《じゃめ》を使うのだろうか。しかし、そんなものは置かれていなかった。どうせ、濡れにいくのだから、ということかもしれない。

湯に浸かっているとき、風呂場に子供が入ってきた。

「背中を流しましょう」と高い声で言った。

背中を流すというのは、背中を擦ってくれるという意味である。そういえば、チハヤが同じことを言っていた。特に気持ちの良いものではないが、子供は仕事をしたそうだったので、やってもらうことにした。

お湯から出ると、「そこに座って」と命じるので、そのとおりにした。慣れたものである。力が弱く、少々気持ちが悪い、と感じたが我慢をした。背中は自分の手は充分に届かない。このようにしてもらうのが、人の世の習わしなのだろう。

「一昨日の夜に、会ったね」と話しかけた。

子供は、横に回って、顔を見にくる。

「あ、テツの言ってたお侍さん?」

「うん、たしかに、テツは墓場にいた。嘘ではない」

「そう」と答え、また背中に戻って擦り始める。ときどき湯をかけてくれるので、寒くはない。

「城から嫌な侍が来てたから、私も隠れていたの。テツは、棒を持って、戦いにいくなんて言うから、墓場にも行けない弱虫にそんなことができるもんかって、言ってやったの。あの子、馬鹿だから、墓場へ行けば、弱虫が直ると思ったんだ」

「嫌な侍というのは？」

「大勢で来て、この店を明け渡せって無理を言うんです」

「城の侍が、そんなことを？」

返事はなかったが、少女は頷いたようだった。背中を擦っている手が止まっていた。

「ああ、そういえば、鎧を着てた、あれかな？」

「そうです。悪い人たちなんです。お父さんは、もう駄目だって言ってました」

「よくわからないな」

「ニシキ屋さんも、それで乗っ取られたんです」

「乗っ取られた？　あ、それは聞いた。それでっていうのは、どういうこと？」

「同じ人たちなんです」

「そんな悪いことを、何故放っておくのかな？」

「だって、城の侍なんですから、誰も手が出せません。盗人を捕まえるための侍が、やっていることなんです」

「それが、本当なら、困ったことだね」

「あいつらが来るから、お客さんが来なくなっちゃう」

「どうして？」

「きっと、わかると思います」少女は既に泣き声になっていた。

嘘ではなさそうだ。なにか誤解をしているのかもしれないが、子供にとっては、本当のことなのだろう。事情をもう少し詳しくきいてみよう、と思った。

4

広い座敷で食事をした。これが、驚くほど豪華な料理で、心配になった。これは宿賃に含まれているのか、と確認をしたところ、大丈夫だと宿の女は答えたが、礼を言いたいので、主人を呼んでほしい、と話しておいた。

とても全部は食べられなかった。もったいないことだ。ちょうど、食べ終わった頃に、店の主人が現れた。お辞儀をして、一人部屋に入ってくる。この大きな宿屋の主人にしては若い。あの小さい子供の父なので、そう考えれば、だいたい歳がわかる。おそらく、前の代から早くに引き継いだのだろう。

「大変なご馳走で驚きました。とても美味しかったのですが、全部を食べることができませんでした」

「申し訳ございません。台所にあったものを使っているうちに、あれもこれもとなってしまいまして……」

「ご主人が作られたのですか？」

「さようでございます。私は若い頃には板前の修業をいたしましたので。久し振りに包丁を握りました」

「なにか、事情があるようですね。こんな広い部屋に通されたり、豪華な料理が出たり、それから、風呂場でお嬢さんでしょうか、話をしてくれました」

「え？　どんな話をしましたか？」

「泣いていましたよ」

主人は、そこで気づいたようだ。深々と頭を下げる。「お客様には、関係のないことです。本当に申し訳ございません」

「いえ、どういうことなのか、子供の話ですから、よくわかりません。もし良かったら、事情を説明してもらえないでしょうか？」

「はい……、あの……」主人はそう言うと、少しだけ近くに寄った。「この宿に、お客様が一人しかいらっしゃらないのは、わけがあるのです」

「幽霊が出るからではありませんよね？」

「いいえ、違います。嫌がらせをする者たちが、たびたびやってくるからです」

「鎧を着た？」

「え、では、ご存じでしたか？」

「一昨日の夜、見ました。私は、ニシキ屋に泊まっていたのです」

「では、どうして、今日はこちらへ？」

「墓場で、勇気のある子供に会いました。その子が、この宿の子だとわかったので、泊まってみようかと」

主人は、ぼそぼそと話を始めた。ときどき、怯《おび》えるような顔で、耳を澄ませることがあった。今夜も、あれが来ないか、と不安のようだった。

城でかなりの位にある侍が手引きをして、この宿屋を売り渡すように要求をしているという。その値段というのは、それほど安いわけではないが、主人としては代々続いているものを売るつもりはない。ところが、売らないと断っていたところ、夜な夜な鎧を着け、顔を隠した侍たちがやってくるようになった。名目は、幽霊退治だそうだ。ときには、建具を壊したり、店の者に乱暴をする。このため、客たちは、恐がって出ていってしまう。この被害を役人に届けても、まったく取り合ってもらえない。それもそのはず、その役人が、また一味なのだという。

実は、同じことが以前はニシキ屋に対して行われた。

「ニシキ屋さんは、ついに観念して、店を売ったんです。一家でこの街を出ていかれました。今はどこにいらっしゃるのか……。働いている者たちは、半分は残り、半分は別の店に移りました。うちへ来た者も二人おります。でも、最近は客も減って仕事になりません」

「何故、そうまでして、無理に宿屋を買いたがるのですか？」

「この街は、有名な寺があり、一年を通して、お客様が見込めます。まあ、地道な商売ですが、安定している。だから、昔から宿屋が多いのです。そうですね、なにも横取りせずとも、新しく宿屋を作れば良い、とは思いますが、適当な土地もなく、また建物を作るのも、人を集めるのも、腕の良い板前を探すのも、どれも一朝一夕《いっちょういっせき》にはいきません。金を出して、出来上がったものを買った方が早いと、まあ、浅はかなことですが、考えたのではないでしょうか。ニシキ屋さんは、この頃はえらく繁盛しています。城の息がかかったというのか……。そもそもは、政と商売は違うもの。あのように、裏で通じていれば、ほかの店よりも有利なのは当たり前。とにかく、やりたい放題です。困ったことです。ほかの店の者と話し合ってはいるのですが、皆は、触らぬ神に祟《たた》りなし、といった弱腰でして。なにしろ、相手が城では……」

「殿様に直々、訴えてはどうでしょうか？」

「いや、そんなことはできません。訴えるようなところがない。逆に、反感を買って、もっと酷いことになるでしょう。まだ、今のうちならば、店を売った金がもらえるだけでも、ずいぶんましというもの。それならば、と考えてしまいます。どこか、ほかのところで、一からやり直した方が、子供たちのためにも良いのではないかと」

主人は、つまらない話をして申し訳ありませんでした、と頭を下げて出ていった。

なんとも、理不尽なことである。話を聞いて、真っ先に頭に浮かんだのは、あのドーマという侍だ。主人は名前を言わなかった。知らないのかもしれない。鎧を着た侍の部隊は、ドーマがヤナギと自分を捕らえにきたときに連れていた。一昨日の者たちは、顔を半分覆うような面をつけていた。素顔を見られたくないからかもしれない。

悪事を働く者を捕らえて、裁きをし、その罪に応じて罰するのが、役人の仕事。もし自ら悪事を働くようなことがあったら、誰もそれを罰することができない。ヤナギが話していたが、秩序が崩れてしまう。侍として、最も卑劣な行為といえる。

どうしたものか。ククに会う約束があるから、話をしてみることはできるが、はたして、話しただけで信じてもらえるだろうか。それに類することは、既に試みた人間がいるだろう。店の主人だって、方々へ手を尽くしたにちがいない。明らかな悪事というわけではなく、表向きは商売の交渉だ。力ずくで奪うのではない。金を出して買うという取引に見せかけているわけである。実際に、金を払う気があるのかどうかも怪しい。

とにかく相手が悪い、と町人たちは考えているようだ。城は、この街を治めるもの。逆らうことは難しい。

一番に思いついたのは、ヤナギに相談することだった。それ以上に自分にできることがあるだろうか、と考えたが、名案は浮かばない。既に、ヤナギは事情を知っているようでもあった。彼は、城に勤めようとしている。内部の者になれば、できることがあると考えたのかもしれない。

違うだろうか。

主人の話によれば、二日まえに来たばかりなので、今夜は大丈夫でしょう、とのことだった。それにしても、泊まっている客が自分一人だとは、聞いて驚いた。それほど、影響があるということか。どこからともなく噂が広がるのかもしれない。広い部屋や豪勢な料理の理由は、そういうわけだったのだ。

この夜は、部屋で一人、静かにしていた。耳を澄ませていたが、怪しい物音もしなかった。結局そのまま眠ってしまった。

翌朝になって、中庭を眺めていると、離れの風呂場へ薪《まき》を運んでいる少年の姿があった。呼び止めると、こちらへ近づいてくる。

「テツと呼ばれていたが、名前はテツだけか？」

「テツノスケ」

「ああ、そうか。私も、ゼンと呼ばれているし、そう名乗っているが、実は、ゼンノスケというらしい。同じだ」

「自分の名前なのに、らしいっていうのは変だと思うけど」

「いや、よくわからないんだ。名前というのは、親がつけるものだが、自分には親がいない。だから、本当のところがわからない」

「親がいないって、変だと思う」

「うん、いないわけではないが、会ったことがない」

「へえ……」

「だから、父がいるだけでも、テツは良いな」

「母さんもいるよ」

「そうか、それは素晴らしい」

「姉さんもいる」

「ああ、昨日会った。良い姉さんじゃないか」

「どうして、ニシキ屋からうちへ来たの？」

「なんとなくだよ。理由はない。でも、部屋は広いし、料理は美味いし、風呂は良いし、来て良かった」

「でも、もう出ていった方がいいよ」

「どうして？」

「あいつらが来るから」テツはそう言って、顔を歪《ゆが》めた。オオカミが相手を威嚇《いかく》するときのように、鼻に皺を寄せた顔だった。

「このまえの夜も来たんだね？　墓場で会ったときだ」

「逃げたんじゃない。裏に出ていろって言われたから、二人で外にいたんだよ」

「そうか。墓場に行ったのは、勇気をつけるためか？」

「それもあるけど、ご先祖様にお願いしたら、助けてくれるかと思った。幽霊でもいいから、出てきて、あいつらをやっつけてほしい」

「幽霊には、そんなことはできない」

「そう？　人に祟って、殺したりするんでしょう？」

「さあ、そんなことができるとは思えないな。人を殺すというのは、そんなに簡単じゃない」

「侍だったらできるでしょう？　刀を持っているんだから」

「刀があっても、簡単じゃない」

「簡単だよ。真っ直ぐにぶっ刺せばいい。俺だって、できるよ」

「できるかもしれないが、そんなことをしたら、相手もぶっ刺してくる。どうする？」

「そんなの、死ぬだけじゃないか。恐くなんかない」

「恐いかどうかじゃないんだ。恐くても、恐くなくても、死んだら、それでもういなくなるってことだ。幽霊にもなれない。お前は良くても、父さんも、母さんも、姉さんも、みんなが泣くことになる。みんなを苦しめても、平気なのか？」

「それは……、しかたがないよ」

「しかたがなくはない。一人殺して、自分も死ぬなんて、無駄死にだ。馬鹿なことだ。勇気のある者のすることではない」

「じゃあ、どうすればいい？」

「そうだな……。父さんに従って、逃げるときは逃げる」

「逃げる？　そんな卑怯なこと……」

「逃げるのは卑怯じゃない。作戦のうち。つまり逃げるのも、戦い方の一つだ。生きてさえいれば、いずれ仕返しができる。無駄に死ぬよりは、ずっと勇気がいる」

テツは、じっとこちらを見据えていた。涙を浮かべている。やがて、息を吸い込み、小さく頷いてから、風呂場の方へ戻っていった。

5

この日は、朝から一人で街に出て、方々を見物した。やはり、寺を見るよりも、店を覗く方が自分には面白い。買うようなものはないが、並んでいる品々の中には、これまで見たこともないもの、何に使うのかわからないもの、どのようにして作ったのかと首を捻るものなど、小さな驚きがあって楽しい。店の者は、親切に説明をしてくれるが、買わないとわかると、少し不機嫌になる。それも面白い。商人というのは、品が売れることが、それほど嬉しいのだ。たぶん、百姓が米や野菜を穫るのと同じなのだろう。客から金を受け取って、初めて収穫がある、というわけだ。

若い女が、艶《あで》やかな着物姿で歩いているのも、たびたび見かけた。田舎ではないことだ。最初は、城の女かと思ったが、そうではない。商人の娘のようだ。付添いの者でそれがわかった。髪にも飾り物が多く、そのあたりは、ノギのような客相手の商売と似ている。やや雰囲気が違うことも、だんだんわかってきた。なんというのか、着物の着方が違っている。これは、はっきりとした判別ではない。一度、ノギにきいた方が良いかもしれない。

男の着物も、田舎に比べると彩《いろど》りが派手だ。侍ではなく、町人たちである。いかにも金を持っていそうに見える。そういう人間が沢山いるから、また品を揃えて売る店も建ち並ぶということだろうか。想像するに、都はこれがもっと多く、大きくなったものなのだろう。

山の生活に比べると、それらは無駄の骨頂のように見える。色の綺麗なものを身につけるというのは、見る者があってのことだ。山では意味がない。そうやって、人に見せることでどんな利があるのか、も理解に苦しむところだ。女であれば、金持ちの男に目を留めてもらいたい、という気持ちからかもしれない。それは、綺麗な店で、綺麗な商品を並べる商売のやり方と似ている。だが、男は、そのようなことをしても意味がないように思える。金を持っていることを示したいのだろうか。そうすれば、どのような利があるというのか。

そうか、金を持っていることが、ここでは力の一つ、すなわち、強さの一種だということか。だから、着飾って、金持ちだと示せば、それだけ周囲から恐れられる、というわけか。

なんとなく、侍の甲冑を思い浮かべた。飾り物で強そうに見せる、という点では同じだ。戦のときに、あの侍は強そうだから避けよう、と敵に思わせる効果がある。

しかし、逆もあるだろう。強く見せれば、功名を得ようという者に狙われるはず。金持ちに見せかければ、盗賊に狙われるのと同じ。危険もある、ということか。

剣術にも、同じようなことがいえる。強く見せれば、相手を威圧し、結果的に有利になる。相手が怯《ひる》むのは、攻める絶好の切っ掛けになるからだ。しかし逆に、弱く見せて、相手を油断させる手もある。これは、ヤナギの剣に見られた技。

どちらも、相手を欺くことでは等しい。戦うための策といえるものだが、強く見せる方が、弱く見せるよりは簡単だし、効果が大きいと思える。だから、そちらの策を取る者が多数だろう。これは、着飾って金持ちに見せる方が簡単で、また多数であるということにも通じる。

団子を食べてから、城の周りをぐるりと歩いた。堀が囲んでいるが、侍が住む屋敷だろうか、堀の外に似たような建物が続いている一角があった。街道からは離れているためか、明らかに雰囲気が違う。店などはなく、人の往来も少ない。ここを歩いて良いのだろうかと思うほど、ひっそりとしていた。

商人たちの家よりも、敷地が広い。しかし、門も塀も見るからに古く、また傷んでいるところが散見された。土地は広くとも、金回りは悪い。商人のように金を稼ぐ手立てがないからかもしれない。だから、あの宿を乗っ取るような悪事にも手を染めるということだろうか。

金に困ったら、侍をやめて商人や百姓になれば良い、とも思える。それができないのは、やはり恥ずかしいという気持ちがあるためだろう。もちろん、現に侍をやめた人間は沢山いるはず。

会って話をしたこともある。その方が自分に向いているという者もいるのだ。

逆に、剣を習い、強くなって、侍として生きていきたい、という者もいる。あの火消しの男がそうだった。脅《おど》かしてしまったが、もし決意が本物であれば、もう侍といっても良いのかもしれない。姿を似せ、言動さえそれらしく振る舞えば、誰にもわからない。ほかの地へ行けば、その者の出生を知る人もなく、すっかり侍として生きていけるはずだ。

自分だって、侍の生まれなのかどうかわからないのに、侍として生きている。生まれなど、所《しょ》詮《せん》その程度のものということだ。

日がだいぶ傾いた頃、街道へ戻り、ぶらぶらとまた店を覗きながら、宿屋へ近づいた。ニシキ屋の前を通りかかったとき、ノギに会った。どこかから戻ってきたところのようだった。

「あ、ゼンさん。今、あちらの宿屋へお伺いしたところですよ」彼女はさらに近づいて、小声で言った。「なんか、寂しい宿じゃないですか、あそこ。聞いたんですけど、評判が悪いですよ。なにかしら出るっていう。ほら、裏が墓場でしょう？」

「そうですか。私は、広い部屋で、凄い料理を食べました。同じ宿賃なのに、倍も得をした気分です」

「え？　嘘でしょう」

後ろから声がかかった。ノギの友達なのか、若い女が二人近づいてくる。顔を真っ白に塗っている。着物が派手で、普通の娘ではなく、ノギの同業のようだ。

「姉さん、このお方は？」一人がきいた。姉さんというのは、ノギのことらしい。

「うん、ちょっと、わけありでね」

「あら、まあ、羨《うらや》ましい」

「へえ、まだ、お若いわぁ」もう一人がじろじろと見た。「姿が綺麗や。ねえ、紹介してぇ」

「駄目駄目。この人はね、大事なお方なの」

「うわぁ、本気？」

「当てられるわぁ。うーん、悔しい。もう」

なにやら、口を尖《とが》らせて、ぷいっと顔を背けてしまった。もう一人は、ノギに舌を出して見せる。

「あぁ、あぁ、さあて、仕事ですよ」と言って、二人はニシキ屋に入っていった。

「妹が二人もいたのですか？」と冗談できいてみた。

「違います。はぁ」ノギは溜息をつく。

「楽器は持っていませんでしたね」

「あの子たちはね、踊るのが仕事ですから」

「踊りですか、どんな踊りかな」

「見たい？」

「いいえ、それほど」

「都に比べると、全然なってないわぁ、もっと、ちゃんと芸を磨いてほしいものね。まあ、でも、見る方にも見る目なんてありゃしないんだからねぇ、やっぱり、ここもまだ田舎ってことだね。さてと、じゃあ、ゼンさん、今夜も寂しくさせちゃいますけど、許してね」

「ヒロノ屋へ行った用事は、何だったんですか？」

「だから、許してねって、言うためですよ」

「許しませんって言ったら、どうするんですか？」

「え、何ですって。もう一回言っておくれよ」

「いえ、あの……、冗談ですよ」あまり冗談を言うものではないな、と後悔した。

「冗談でも、嬉しいわぁ」ノギは微笑んだ。「そういうのが、粋ですよ。じゃあ、また……」

彼女も、ニシキ屋に入っていった。

今夜も宴会があるようだ。酒を飲むのが目的ならば、酒だけに金を使った方が安く済むように思えるが、それは好き好《すず》きということか。

ヒロノ屋に戻ると、主人が出迎え、今日もお泊まりになりますか、ときいたので、ええ、お願いします、と答えた。

「でも、料理は、あんなに沢山でなくても良いです。もったいないので」

「承知しました。あ、お風呂が沸いております」

昨日の今日なので、入るつもりはなかったが、客は自分一人、入らなければ湯が無駄になると考え、風呂へ行くことにした。

また、宿屋の娘が背中を流してくれた。こんなことを毎日していたら、背中が痒くなるのではないか、と思った。この娘は、今日は無口で、なにも話さなかった。兄弟は二人かと尋ねると、姉が一人いて三人だという。その姉は、侍の家に奉公しているらしい。城のそばの武家屋敷か、ときいたが、場所は知らないと答えた。

部屋に戻ると、食事の支度が整っていた。今夜は、主人ではなく、その妻の女将《おかみ》が来て、膳を整えた。

「どうか、ごゆっくりと」女将は頭を下げて部屋から出ていった。たしかに、娘と顔立ちが似ている。

半分ほど食べた頃、表の方角から人の声が聞こえた。女の高い声である。しばらくして、通路を歩く音とともに近づいてきた。

「ご免下さい」それは、ノギの声だ。

戸が開き、ノギが顔を出してにっこり笑った。部屋に入ってきて、三味線を横に置き、手をついてお辞儀をする。

「どうしたんですか?」ときいた。ニシキ屋で仕事だったのではないのか。

「まあ、いいじゃないですか。あら、本当だ。立派なお部屋だこと」彼女はぐるりと見回した。

「こんな広いところで、お一人じゃあねぇ、さぞかし寂しいことでしょう。そう思いましてね、あの、ゼンさん、お友達を連れてきましたけれど、入ってもらってもいい？」

「え、ええ、あの、べつに……」

「あんたたち、きちんとご挨拶してちょうだい」

さきほどの二人だ。部屋に入り、静かな仕草でお辞儀をした。

「お初にお目にかかります、どうかよろしくお願いいたします」二人が声を揃えて言った。顔を上げ、こちらを見てにっこりと笑う動作も揃っていた。日頃から練習しているのだろうか。

「初めてじゃないですよ」

「いいえぇ、初めてです」一人が言う。

「お酌をいたしましょう。あれ、お酒は？」

「いや、飲まないので。あの、まだ、食事の途中ですけれど」

「どうぞどうぞ、召し上がってて下さい」ノギが言った。「なんか、表の戸をもう閉めてましたよ。まだ宵の口だというのに。私たちに帰るなってことですよ、あれは。えっとぉ、それじゃあ、まずは一曲ね、お聴かせいたしましょう」

「どうしたんですか？　ニシキ屋で仕事だったのでは」

「まあ、そんなこと、いいじゃないですか……。さてと」ノギは、三味線を膝にのせ、幾度か弦を弾《はじ》いて音を出す。「じゃあ、いきますよう。シノちゃん、踊ってくれる？」

「はあい」一人が立ち上がった。

ノギは三味線を弾き始める。何度も聴いている音色だが、少しゆっくりで、調べは初めてのものだった。一人が扇を広げて、型を決めるように動く。これが舞いというものか、と思った。こういうものがあることは知っていたが、見るのは初めてである。

もう一人の女は、すぐ近くに座っていて、手で調子を合わせている。じっとこちらを見ているので、食べにくい。

「ゼン様は、おいくつですか？」その女がきいた。「お若いのに、お強いんですって？」

「歳は、よくわかりません」とだけ答える。

「ノギ姉さんとは、ちょっと離れすぎてません？」

「ちょいとぉ」とノギが言った。三味線の掛け声かもしれないが、横の女を睨んでいる視線だった。

「私、まだ二十歳になったばかりです」

「嘘だよ」とまたノギが言う。続いて歌いだした。「そのぉ子はぁ、可愛い顔してぇ、嘘ぉをぉつくぅっとぉ」

「ユキと申します。どうかお見知りおきを」さらに近づいて、躰を寄せようとした。

「はい、踊り、交代！」ノギが言う。「駄目じゃないの、そういうのはなしだって、言ったでしょ」

「うーん、だってぇ……」と言いながらユキがしぶしぶ顔で立ち上がった。

6

女将が現れ、酒を持ってきた。これは、ノギが注文したものらしい。女三人が、三味線も踊りもやめて、盃《さかずき》を傾けた。

「あぁ、ほっとするねぇ」とノギは呟いた。

その後、話を聞くと、ニシキ屋での宴会が急に中止になったという。数名は集まっていたが、そこへ一人が来て、話をして出ていったらしい。料理も酒も出るまえだった。もちろん、彼女たちは仕事ができなかったわけで、金ももらえなかった。しかたなく、では、ヒロノ屋へ行こう、という話になったという。

「だって、ゼンさん、踊りが見たいって、言ったじゃないですか」

言わなかった。しかし、二人に恥をかかせてもいけないと思い、黙っていた。そうか、ノギもそれを知りながら、嘘をついたのだ。こういうところが、彼女から学べるところである。しかし、そのとおり褒めても、きっと喜んではくれないだろう。その褒め方は粋ではない、と言われるような気がした。

女将が気を利かせ、料理がさらに追加され、三人が食べ始めた。どうやら、腹が空いていたらしい。

「ああ、なんか幸せ」とシノが呟いた。「いいのかしら、こんなの」

「そうなんだよ。私も、ゼンさんと一緒だと、幸せ。ほっとするよ」ノギが話す。「何だろうね、この感じ。うーん、なんか、若返るというか、いえいえ、違う違う、えっと、子供に返ったみたいなふう？」

「あ、わかる、そうそう。いいよね」ユキが言った。「なんかさ、いやらしい人しか、いないじゃない、お酒飲むってなったら。ほら、みんないやらしい。あ、私もか」

ユキが高い声で笑い、シノもつられて笑った。

「酔ってない？ あんたたち。困ったもんだね。ほどほどにして、帰りなさいよ」

「帰りますよう、お邪魔はしませんから」

「羨ましいわぁ」

どこかで大きな音がした。

「何、あれ」ノギが言う。

みんな、黙った。

通路を走る音。大声で叫ぶ声。物音が近づいてくる。

この音は、そうだ、鎧だ。

「何なの？」通路に近かったシノが、戸を開けて外を覗き見た。

そのシノが目を見開き、高い叫び声を上げる。

何人かが通路を走る。階段を駆け上がる音も聞こえた。家が揺れるほどの騒ぎである。

「ゼンさん」ノギが近くへ来た。

「その明かりを消して」そう指示して、自分は刀を取りに部屋の奥へ下がった。

ノギが火を吹き消す。もう一つの明かりもユキが消した。

部屋は暗くなった。

喧しい音と怒鳴り声が近づいてくる。

「幽霊はどこだ！」

「化け物はおらんか！」

ノギがまた近くに来て、背中へ回る。

「大丈夫です。落ち着いて」と彼女に囁いた。

戸口にいたシノはすすり泣いている。ユキは近くで蹲《うずくま》ったようだ。

大きな音とともに、戸が勢い良く開いた。シノがいたのとは違う戸である。これで、玄関の方から続く通路が見えた。明るい提灯を持った者が大勢いる。

鎧を着た侍たちだ。

まるで、幽霊のようだった。

「そこにいるのは幽霊か？」

「幽霊の宴会か？」

「おい、返事をしないのは、人ではないからだな？」

「ここは、私の部屋です」そう答えた。「いきなり、どういうことですか？」

「夜回りだ。この宿には幽霊が出る。悪い幽霊を退治するために、来ておるのじゃ」

「そうですか。でも、ここにいるのは、幽霊ではありません。出ていってもらえないでしょうか」

「若いな。若いのに、女三人とは豪勢なこと」

「違います。私たちは……」ノギが言いかけた。

「煩い！　女は黙っとれ」

「堪忍《かんにん》してぇ！」シノが通路へ走り出た。

見えなくなったが、人が動く音、そして鈍い呻《うめ》き声が聞こえた。

「どうしたの、シノちゃん？」ユキが叫んだ。

「人ならば、立ってみよ。脚があるか、見てやろう」

「やめて」とノギが着物を摑んだが、振り切って立ち上がった。

そのまま、鎧の男に近づく。相手は後ろへ下がった。通路にもいるが、同じように後退した。

部屋から出て、通路に倒れているシノを見た。躰に槍が刺さっている。その槍を手放した者が、まだそこに立っていた。

「何故、女を刺した」ときく。

その者が、こちらを向く。驚いた顔、怯えた目だった。慌てて、槍を再び摑もうとしたので、前に出た。

「その槍を抜くな！」大声で叫ぶ。

さらに進み、通路の角まで来る。大勢が動き、槍を構えている。シノを槍で刺した者は、今度は刀を抜いた。

「ノギさん、すぐに医者を」部屋の中に向かって言った。「槍は抜いてはいけない。抜いたら血が出て死ぬ」

「可哀相《かわいそう》にな、幽霊も槍で死ぬのか」頭《かしら》らしき者が言った。

「何故、女を刺した？」もう一度尋ねた。「これが、侍のすることか！」

「逆らうのか？　若いのに良い度胸だ。しかし、その刀を抜けば、お前は死ぬことになるぞ。なあ、謝れ。謝ったら、今日のところは帰ってやる。女のことは悪かった」

「謝る？　何を謝れというのか」

「幽霊みたいな真似をしたではないか、明かりを消して」

「たしかに明かりは消した。用心のためだ」

「それが悪い。謝れ」

「ちょっと、通してよ、医者を呼びにいくんだから」ノギが通路に出る。

鎧の一人が刀を彼女に向けて振った。

「ひぃ！」ノギは逃げ、襖にぶつかった。

細かいものが辺りに飛び散る。ノギが首にかけている飾り物だ。

「痛い、ああ、もう駄目」

「ノギさん、大丈夫か？」

「大丈夫じゃないよぅ。血が出てる。うう、痛いよう」

刀の柄に、手をかけた。

「おのれ！」と呟いていた。

腰を下げ、前後に足を少しずらす。

「ゼンさん、駄目！」ノギが高い声で叫ぶ。「大丈夫、なんでもないって」

相手の足を見ていた。重心の位置だ。こいつが頭のようだ。刀を持っているが、斬り込める距離だった。一瞬で片をつけることはできるだろう。次に、左の一人を斬る。そして、右から来る者を避け、後ろの者を斬りに戻る。部屋にいる女たちを守るには、この三人をまず斬って、次から来る者たちをこの通路ですべて倒すしかない。何人いる？　二階にもいるようだ。十人は下らないだろう。

全員が鎧を着ているから、動きは遅い。しかし、致命傷を与えられないかもしれない。一撃で絶命させなければ、手負いの者は何をするかわからない。

ノギは、相手の槍が届く位置にいる。

「ゼンさん、駄目だよ、刀を抜いちゃあ。お願い！」

店の者はどこにいるだろう？　厨《くりや》だろうか。そちらへも兵が行っていないか。あの子供たちはどこにいるだろう。全員を守れるか。

頭を最初に倒せば、ほかの者は怯んで退くだろうか。そうは思えない。皆、緊張している。侍ではないのかもしれない。勢い余って女を刺したことでも、それがわかる。こういう連中は、暴れる可能性が高い。自分が着ている鎧を信じて、無我夢中で向かってくるだろう。

守らねばならない人間が多すぎる。

「どうした？　何を黙っている？」頭が言った。彼も緊張している声だった。

「申し訳ない」膝をつき、頭を下げた。「明かりを消したのは、こちらの落ち度。どうかお許し下さい」

相手が、ふうっと息をつくのが聞こえた。

後ろの兵たちも、ざわついた。

「そうか……。よい、ならば、丸く収まった。おい、引き上げるぞ！」

「引上げだぁ」玄関の方で声が上がる。

大きな声と、笑い声が混ざった。通路を歩く音が遠のき、最後は、戸が壊されるような大きな音がしたが、それで静かになった。

主人が、奥から飛び出してきた。

「大丈夫ですか？」

「一人怪我をした。医者をお願いします」

「わ、わかりました。すぐに呼んできます」

ノギは、手負いのシノに付き添っている。

「どうしたらいい？」とこちらを見た。

「なるべく動かさない方がいい。医者が来る」

「シノちゃん、大丈夫だよ。お医者様が来るよ」ユキが向こう側にしゃがんでいた。

シノは、ぐったりとしていたが、目は開けている。こちらが話せば、頷くことはできるようだ。槍は、脇腹から斜めに刺さっている。軽傷ではない。駄目かもしれないな、と思った。

玄関へ出ていき、壊された戸を見た。通路にも破られた襖が斜めに倒れかかっていた。女将が出てきて、無言でそれらを片づけようとしている。

二階も確かめたあと、再び部屋に戻ると、明かりがまた灯されていた。中庭に人の気配がしたので戸を開けると、姉と弟が並んで立っている。

「どうして、やっつけなかったの？」テツがこちらを見上げて尋ねた。

「こら、テツ！」姉が弟の頭を叩く。弟は泣きだした。

「良かった。無事だったか」そう言って、戸を閉めようとしたが、思いとどまり、庭に下りた。

テツの前で膝を折る。

「すまなかった」テツの頭を撫《な》でた。

「卑怯だよ」テツは泣きながら言った。

「そうだ、卑怯だった」

「シノちゃん、シノちゃん、死なないで！」ユキの声も泣いている。

子供たち二人は、厨の方へ行ってしまった。

7

医者がやってきたが、既に手の施しようがない、と言った。それでも、まだシノは生きている。言葉もしゃべれる。槍を抜かなかったから、血がそこで止まったのだ。明け方まで、ノギとユキがすぐ横に付き添っていたが、最後は眠るように、シノの瞼《まぶた》は閉じられた。その後、もう動かなくなった。

医者は首をふった。昼頃に槍を抜いてやったが、もう血も流れなかった。ユキはずっと泣いていた。二人は一緒に旅をしていたそうだ。この街へ来て、まだ数日だったという。

ノギが語ったところによれば、あと二人地元の女がいたが、行き先がヒロノ屋だと聞いて、急に尻込みしたという。噂を知っていたのだ。だからこそ、客もいなかった。

夕刻には、宿の主人が呼んだ坊主《ぼうず》が来て、シノのために経を読んだ。ユキは泣き疲れ、寝込んでしまった。

ノギは、通路で珠《たま》を捜していた。刀で糸を切られ、つながっていた珠が飛び散ってしまったのだ。方々へ転がっていったし、小さなものだから見つけにくい。それは、彼女が三味線の次に大切にしていた宝物だった。海の貝から採れるものでできているらしい。着物も一部を切られ、肩から首へ傷が残ったが、幸いにして浅い。宿屋の主人が出してくれた膏《あぶら》を塗って布を当てるだけで、痛みも治まったという。

夜になって、ヒロノ屋の主人が作った料理を食べた。ノギも一緒に食べた。丸一日、ノギはほとんど口をきかなかった。自分も、思いついた言葉、話した方が良いと思ったことなど、いろいろあったが、どれも口から声になって出なかった。

そのまま通夜《つや》となった。シノには、身寄りは近くにいない。知合いもユキしかいなかった。二人とも故郷は遠い。シノは、裏の墓場に埋められるのだろうか、と想像したが、そんな話をしたわけでもない。

通夜というのは、もしかして息を吹き返すかもしれない、という待ち時間らしい。まだ完全に死んだわけではない、と皆が願っている。医者が、もう駄目だと言っても、診《み》間《ま》違《ちが》いということもある。一度死んだ者が、息を吹き返すことがないというのは、考えてみたら不思議なことだと思う。理由はわからない。魂が抜けてしまう、三途《さんず》の川を渡ってしまう、という説明は聞いたことがあるけれど、そうであっても、逆戻りしても良さそうなものだ。

食事はほとんど食べられなかった。頭に思い浮かぶことは、どうすれば、こんなことにならなかったか、という悔恨だった。そもそも、彼女たちがこの宿に来たのが間違いで、それは自分がここにいたことが原因だ。したがって、結局は、自分の責任といえる。

また、宿の主人は、表の戸を閉めて防ごうとしていたわけで、あの連中がやってくることを予期していた。そう、テツもそれらしいことを言っていた。だから、ここにいては危険だ、と注意をもっとすべきだったともいえる。

それでも、まさか人が殺されるようなことにはならないだろう、と考えていたにちがいない。自分もそう思っていた。シノは、恐ろしさのあまり逃げ出そうとした。女だから、逃がしてもらえるという甘い判断があったかもしれない。彼女を槍で刺した者は、ただ向かってきた者に武器を向けたのだろう。その者は、槍で威《おど》して、彼女を止めようとしたのだ。お互いに、暗くてよく見えなかったのかもしれない。故意に殺したのであれば、槍を手放すようなことはなかったはずだ。自分でも驚き、あるいは後悔したにちがいない。

頭を冷やして考えると、いろいろなことに思いが及ぶものだ。

あのとき、自分は刀を抜くつもりだった。おそらく、何人か斬り殺していただろう。まず、あの槍で突いた者は許せなかった。頭の男も斬っていただろう。

もう少しでそうなっていた。

止めたのは、ノギだ。

もし、斬り込んでいたら、ただ死体の数が増えるだけでは済まされない。相手も反撃し、もっと多くの怪我人が出る。それに、その場は引き下がっても、必ずまた大勢を連れて仕返しにくるだろう。自分だけが逃げ出しても、ヒロノ屋はさらに酷いことになったはず。ノギもユキも、捕らえられることになったかもしれない。

もちろん、ノギは、そこまで考えたわけではないだろう。ただ、立ち向かっても、しかたがないと言いたかったのだ。まったくそのとおり、シノの手当が先決だった。ノギは、自分が怪我をした直後だったのに、やめるようにと言った。

その冷静さに打たれて、自分の気持ちは収まった。

頭に血が上っていたこともわかった。

結果として、良かったと今は思う。頭を下げて事が済んだのは、幸いだった。相手もほっとした様子だった。誰も、斬合いをして、命の取合いをしたかったわけではないのだ。

謝ったからこそ、静かな今夜がある。シノを弔《とむら》うこともできた。もし刀を抜いていたら、その後は、皆で身を隠さなくてはならなかっただろうし、どこから矢が飛んでくるかと、気を緩めることもできなかっただろう。

勝つことで安らぎを失う、とカシュウが言っていた。戦に勝った者は、これまで以上に守りを固め、敵の反撃に怯えなければならない。負けた者には、この心配がない。いずれが得をしたことになるか、と問われた。

そもそも、戦というのは、勝つことを望んで立ち向かうものではないのですか、とききき返すと、カシュウは首をふった。多くの戦は、戦わないことを避《さ》けたい、ただそれだけのために戦ったのだと。

侍は戦うものだ、という基本がある。それが、侍の価値だと教えられる。だから、戦わないことは、自らを否定することに等しい。だが、侍も人間、侍も生き物だ。動物は、けっして戦いを好まない。意地というものはない。それは、人間が教えられた道理であって、頭の中で描いているただの幻。その幻のために自分の命があると信じ、ときには、生きることよりも死を尊ぶ。

生きるとは負け続けること、死ぬとはもう負けぬこと、という言葉がある。

生きる死ぬはわかる。わからないのは、勝つ負けるだ。

勝つとは、相手がいて、相手を倒すこと。

負けるとは、自分が倒されること。

勝った者は強い。負けた者は弱い。

強くなりたいとは、勝ちたいということだ。それはまちがいないのに、常にそれが真実だとは思えない。そういう場面がある。

刀を肩に掛け、柱にもたれ座っている。目を瞑っていた。

「ゼンさん？」と声をかけられ、目を開ける。

ノギが、部屋の戸口に立っていた。さきほど見にいったときには、シノの傍《かたわ》らでユキと一緒だった。ユキは、ノギの膝に頭をのせていた。泣いているのか寝ているのか、顔は向こうにあって見えない。そんな格好だった。ノギはこちらを見て、無言で頷いただけだった。

ノギが近くまで来て座った。目がまだ赤い。首に当てた布も痛々しい。いつもの彼女ではない。しかし、意外にもノギは少し微笑んでみせた。

「寝ているのかと思った」

「いえ、考えごとを」

「あまり、考えない方が良いかもしれませんよ」

「そうかもしれない」

「私が言いたいことは、二つだけ」

「何ですか?」

「ゼンさんのせいじゃないよ。それからね、刀を抜くの、止めたこと、ごめんなさい」

「何故、謝るんですか?」

「侍だったら、斬りたかったでしょう?」

「はい」正直に頷く。「何故、止めたのですか?」

「ええ……」ノギは手をこちらへ伸ばしたが、すぐに引っ込めた。「ゼンさんが、怪我をしたらいけないと思ったの。浅はかでしょう?」

「いえ、浅はかではない」

「ああ、もう、馬鹿みたいじゃないですか。なんで、あんなことで人が死ななくちゃいけないんだろう」

「本当に」

「だけど、いいんですよ。死んだら、それっきりさ……。シノちゃんだって、悔しがってなんかいなかった。文句の一つも言わなかったよ。仕返ししてくれとか、言わなかったよ。誰も恨んじゃいなかった。ただね、もうすぐ、楓が赤くなるから、ノギ姉さん、見ておいきって」ノギは、目に袂を当てた。「ちくしょう。なんで、あんな良い子が死んじゃうんだろうね。あ……、まだ若かったのにね」

自分も、そう思う。もし、神や仏というものがあるのならば、どうしてこんな不正を見逃すのだろうか。

「だけどね、私見たんだ。槍で刺した男も、まだ若かったよ。びっくりしてたじゃないか。震えていたよ」

「ええ、そうでしたね」

「あいつが悪い、あいつを殺してやりたい、あいつに謝らせたい、なんて思うのは、私だけなんだよね」

「ノギさんだけではありません。私も……」

「だってさ、シノちゃんは、そんなこと一言だって言わなかったよ。どうしてだと思う?」

「どうしてですか?」

「だって、しかたないもん。そうでしょう？　あいつを殺したって、なんの得にもならないよ。いくら謝らせたって、シノちゃんは元には戻らないんだ。気が収まらないのは、ただの見物人だってことさ」

「そうですね。そのとおりです」

「ゼンさんもそう思う？」

「思います」

「ふうん、そうなんだ。侍ってのは、仇《かたき》を討つじゃない。それが義だって……」

「ええ」

「だから、止めたことで、ゼンさんに迷惑をかけたんじゃないかって、私、あとになって思ったわけ」

「侍の義よりも、ノギさんの判断の方が正しいと思います」

「あら、浅はかだってわけでもなかった？」

「はい」

「そう……、それは、少しだけ、ほっとしたよ。私のために、無理に言っているんじゃない？」

「違います。本心です」

「そう、そうなんだ、良かった。ああ、この良かったは、小さな良かっただけどね。良くないことが大きすぎて、あっさりとは喜べない、あぁ、なんで、こんな変な世の中なんだろう。何が悪いんだい、まったく」

何が悪いのか、それは、よくわからなかった。考えてみたのだが、たとえば、あの鎧を着た連中が悪いとばかりもいえない。彼らは、誰かに命じられてやっているのだ。それで自分も偉くなったように勘違いし、間違ったものを信じて、自分は正しいのだと思い込んでいるだけかもしれない。

たとえ間違いであっても、人間は自分が正しいと信じたい。理屈をつけて、これが正しいことだと思い込む。悪事を働く者も、自分なりの理屈を持っているものだ。まして、上の者から命じられて動いている立場なら、命に従うことがその者の正しさだといえば、それはそのとおりだろう。戦で敵陣へ攻め込むとき、兵たちはいずれが正しいかなどとは考えない。

だから、ときどき理不尽なことが起ころうとも、そこには、それぞれの正しさのずれがあるだけだ。誰でも、自分が良い思いをしたい。そのために金を稼ぎ、仕事に励《はげ》む。ここまでは正しい。しかし、それが行きすぎて、人のものを騙し取ったり、力で捩《ね》じ伏《ふ》せて無理を通すと、そこに害を受ける者が出る。そうなると、これは悪事だが、当人にしてみれば、金を稼ぐ仕事のうち、という理屈があるだろう。普通の商売とどこが異なるのかと。

これは、何度か考えてみた。だが、どこからが悪事なのか、その境というものは、はっきりとは決められないのではないか。人を騙すといっても、それは程度の問題になる。商売だって、安く仕入れたものを高く売っている。それは騙すこととなにも変わらない。

人を殺すことだって、許されている場合がある。戦のときは、相手を殺しても咎《とが》められることはない。親の仇を討てば、逆に褒めそやされるという。いったい、何が違うのか。正しいとは何か。

剣の道は、人の生死に強く結びついている。商売と違うのはその点だろう。金を儲けることで相手に勝っても、命まで奪うわけではない。ところが、剣は、あっさりと人を殺してしまう。命というのは、金では測れないもののように思える。命は、再び戻ることがないのだから。

そうはいっても、命は、いつまでもあるものではない。恙無《つつがな》く生きても、いずれは命はなくなる。だから、命を落とすような不運に見舞われても、ただそれが早まっただけのこと。そう考えるのが、正しいかどうかわからないが、そう考えて諦めるしかないときもあるだろう。

カシュウが死んだとき、自分はそれが悲しいことだとはわからなかった。そう教えられていたからだ。ああ、このようにして最後は別れるものか、と感じただけだ。けれど、山を下りて、幾人かの死を見て、少し考えが変わった。死を見届ける者たちが泣く姿を多く見た。悲しいから泣いているのである。失ったものを嘆いているのだ。

その気持ちは、最初はよくわからなかった。侍には無縁で、それどころか無駄なもののようにさえ思えた。そもそも死を嘆くことが、道理としてわからない。嘆くことで、なにかが改善されるものではないからだ。泣いても、死んだ者には声は届かない。

けれども、それは、間違っているのではない。

否、正しいとか間違っているというものではなさそうだ。

ノギは、死に際のシノのことを褒め称《たた》えた。そうすることで、シノが喜ぶわけではない。ただ、ノギの気持ちが安らかになるのだろう。言葉を聞いて、自分も同じように感じたので、それがわかった。

死ぬことは、間違っているわけではない。

生きていることが、正しいわけでもない。

正しさだけが、人の道というわけでもない、ということか。

涙が流れるのは、悲しいときだけではない、ということも理解した。そうだ、タガミに突き飛ばされたとき、己の涙を見た。あれも、悲しさや、悔しさばかりではなかったはずだ。

その夜は、小雨《こさめ》が降った。月も隠れ、暗い夜だった。それでも、朝になると雲も綺麗に退き、明るい茜色に空が染まっていた。

8

その日の午後に、シノは土に埋められた。思ったとおり、あの墓場だった。甕《かめ》の中に入れられ、掘った穴にその甕ごと埋められた。甕は、貧しい者では入ることができない、と誰かが話していた。甕を買ったのは、ヒロノ屋の主人だった。自分には、その扱いは理解ができなかった。

死んだ者の躰は、朽ちて土に還《かえ》る。骨だけが残る。甕があってもなくても、変わりはないはず。また、坊主が経を読んだ。長い板に文字を記し、シノの甕が埋められた場所に、それが立てられた。書かれている文字はわかったが、意味はまったくないようだった。死んだ者の名前ではなかった。

この夜は、一人で食事をし、風呂にも入らずに寝た。夢も見なかった。

翌朝、主人が現れ、お客様がいらっしゃいました、と告げた。

宿の玄関へ出ていくと、ヤナギが待っていた。顔を見て、頭を下げる。

「どうぞ」と手招きをしたが、

「外を歩きませんか」と誘われた。

早朝だったので、暖かくはない。しかし、風はなく、日差しが当たるところでは寒くはなかった。

しばらく、黙って歩いた。街道から逸れ、小川沿いの小径《こみち》に入った。

「申し訳ありません。ヒロノ屋では、話を聞かれたくなかったので」

「そうですか」

「城勤めとなりましたが、実際には、城の裏手になるところの、ある屋敷におります。勘定役の作業場で、商人たちからものを買い付ける部門です」

「良かったですね。では、お住まいもその近くに？」

「ええ、今は仮のところにおりますが、仕事に慣れれば、住居を買って、家族を呼び寄せようと考えております」

「そうか。そんなこともできるのですね」

城勤めというのは、それほど報酬があるものなのか。それとも、ヤナギがやはり能力を見込まれた、ということだろうか。

「あの、こちらへ来たのは、ヒロノ屋でのことを、噂話ですが、耳にしたものですから」

「ああ、ええ……」

「ヒロノ屋に泊まっていたのは、やはりゼン殿でしたか」

「そうです」

「災難でしたね。あ、いえ、災難というには、あまりに、その……」ヤナギは口を濁した。言いにくいようだ。

「いえ、災難です」

「女が怪我をしたそうですね。宿屋の者でしたか？」

「その者は、死にました。街の者ではなく、旅の者でした。たまたま私の部屋にいたのです」

「え？」

「知合いの女が、これもたまたま訪ねてきて、一緒についてきたのです」

「そうでしたか……」

「可哀相なことをしました。慌てて飛び出したところへ、槍を向けられたようです。刺した方も驚いていました」

「あの部隊は、侍ではありません。城の命を受けて、町人たちで組織したもので、夜警をしているのですが、どうも、その、あまり良い噂を聞きません」

「ヒロノ屋に嫌がらせをしているのです」

「ええ、そのようです。あの宿屋を買いたい人間がいる、というわけですね」

「誰ですか、それは」

「はっきりとはわかりませんが、城のかなり上の人間でしょう」

「ドーマという侍では？」

「いえ、そのような証拠はありません。あまり、口にされない方がよろしい」

「そうですね。ヤナギ殿も、立場上、そうは言えないわけですね？」

「お察し下さい。ドーマ様は、城でも実力者です。私を雇い入れたのも彼です。恩義を感じるというよりは、逆らわない方が賢明だということです。敵に回すよりも、内にいた方が、いざというときに機会がありましょう？」

「どういうことですか？」

「いえ、少々口が過ぎました。今のは、どうか聞かなかったことにして下さい」

内にいた方が機会がある？　何の機会だろうか。

「最初に私たちの前に現れたときも、鎧を着た家来を連れていましたよね」

「あれは、たまたまだったのかもしれません。鎧を着ているというだけで、同じ一味だとはいえません」

「それはそうです。ヒロノ屋に来た連中は、城の者ではない、ということですか？」

「それは確かです。城の侍ではない。街の警備をしている役人に従って動いているようです。ただ、もちろん、城の侍と関係が深いのは当然です。後ろ盾があるから、勝手な振舞いも許されるし、また、彼らの雇い金がどこから出ているのかを考えれば、さらに商人とも関係があるでしょう」

「勢力として、かなり大きいということですね？」

「そのとおりです。一人や二人で立ち向かうには、組織が大きすぎます。城の中にも、大勢の仲間というのか、一大勢力としてあるのです。そこまで含めれば、大袈裟かもしれませんが、城の半分といっても良い」

「そんなにいるのですか」

「今の殿様ではなく、別の殿様を立てようとしているようです。まあ、そういう権力争いというものは、どこにでもあるわけですが……」

「そういえば、ちょっと頼りない感じではありましたね、あの殿様は」

「お若いですからね。いえ、今の殿様を支えているのは、クク様です。あの方が城主と同じほど力を持っている。ドーマ様の派は、これとは別の勢力で、今の殿様の叔父に当たる人を推していて、まあ、その方が自分たちに都合が良いということでしょう。ドーマ様は、商人と関係が深く、金を多く集められる。その金で、城の中でも仲間を増やしている、というわけです」

「金で仲間が買えるものですか？」

「買えますね。侍も、皆、金が欲しい。金がもらえるとなれば、味方にもなりましょう」

「殿様だったら、もっと金を持っているのでは？　金では負けないように思えますが」

「いや、それがそうでもないのです。城の台所事情は、けっこう厳しい。なにかと金がかかる世の中ですし、抱えている家来も多い。殿様は、おおっぴらに商売をするわけにいきませんからね」

「宝物とか、沢山持っているのでは？　そういうものを売れば、いくらでも金になりそうなものです」

「いえいえ、売れるものは、とうに売っている。売り尽くされているのですよ」

「そうなんですか」

「戦が終わって、この太平の世になって久しい。侍は、無用の長物となりました。かつて集めた金品など、富のほとんどは、今や商人の手に渡っています。城の蔵に残っているのは、空の桐箱ばかり。なかには、紛《まが》い物と入れ替えて、こっそり売ったものもあると聞きます。このままでは、侍の多くは、いずれ破産でしょう」

「ハサンというのは？」

「まあ、乞食《こじき》のようになることですね。家も地位も、そっくりなくなるということです」

木橋まで来て、その欄干《らんかん》に腰掛けた。寺の屋根が見える。その奥に、屋根が重なった塔も見えた。既に二度も訪れた寺だが、あのような塔があるとは気づかなかった。庭とは逆側のようだ。

話が一段落したところだったので、話題を変えるために質問をしてみた。

「あの、寺の塔は、何のためのものですか？　城のように、遠くを眺めるものでしょうか。それにしては、見晴らしの悪いところに建っていますね」

「さあ、あれは何でしょうね。私も詳しくは知りません。寺の塔は、ただ高いだけで規模は大きくありません。中に広い部屋があるふうにも見えませんが」

「あんな高いものを作っても、無駄な気がしますね」

「なんというのか、ああやって、力を示すのですよ」

「力というのは？」

「つまり、金ですね。人を動かして、これだけのものを作らせることができるぞ、ということを誇示しているのです」

「誰がですか？」

「さあ、誰でしょう。あの寺を建立《こんりゅう》した人物です」

「でも、もうその人は死んでしまって、いませんね」

「自分が死んでも、ああして残るもので、後世にまで名を伝えたい、と考えるようです。権力を握った者は、たいていそうなります。この世の権力だけでは物足りず、死んだあとも、人々を跪《ひざまず》かせたい、語り継がれたい、ということでしょう」

「よくわかりません」

「私も、わかりません。ただ、人というものは、あまり偉くなると、狂っているように見えるときが多々あるものです」

「狂って見える？」

「はい。狂わされるのですね」

「何にですか？」

「己の欲望にです。これは聞いた話ですが、異国では、雲の上まで届くほどの塔を作ったそうです。天に届こうというような高さだったとか。しかし、途中で崩れてしまった。高すぎて、自らの重さに耐えきれなくなったのです」

「そこまでして、無駄に労力を使うというのは、やはり狂っていますね」

「そうですね。しかし、一度大きな力を手に入れると、もっと大きな力が欲しくなる。剣だって、少し強くなれば、さらにもっと強くなりたい、と思う。同じことです」

「強くなりたいという欲望は、慎むべきでしょうか？」

「狂わない程度にした方が良い、ということかと」

「難しいですね」

「難しいと思います」

そこで思い浮かべたのは、あのとき、刀を抜かず、相手に頭を下げた自分の姿だった。強くなりたい、ただそれだけを願って山を下りた頃の自分には、できなかっただろう。おそらく、タガミに、そしてヤナギに会えたことで、学んだものが大きかったはず。

そのことを、なんとかヤナギに説明して、感謝を言いたくなったが、どう説明をすれば良いかと考えてしまった。言葉にするのが難しい。

ヤナギも、なにか話そうとしていた。一度、口にしかけた。

「実は、こうしてゼン殿に会いにきたのは、お話ししたいことがあったからなのです。しかし、いや、これは……、失礼、また、次の機会にいたしましょう。今日のところは、まずは、ご報告だけを……」

そう言ったあと、挨拶をして、ヤナギは背中を向け、あっさり立ち去ってしまった。ご報告とは、何のことだろうか。城に勤めたということか。

宿へ戻るとき、ヤナギがヒロノ屋に上がらなかったのは、やはり、ドーマの手引きで奉公が叶ったという立場上、ここに長居はできないと考えたからでは、と気づいた。

9

その後、数日、ヒロノ屋に留まった。ちょうど、季節外れの大風が吹き荒れ、横殴りの雨が雷鳴とともに通り過ぎた。一番酷いときは、昼間なのに夜のように暗くなった。稲光《いなびかり》の直後に、家が揺れるほど大きな雷が轟《とどろ》いた。近くに落ちたのかもしれない。あれは本当に恐ろしいものだ。

主人や女将は、その雷よりも、あの鎧の一団の再来を恐れていた。きっとまた来るにちがいない、と口にした。自分に対しても、ほかの宿へ移られた方が良い、とすすめたが、それは断った。自分にできることはある。世話になったこの一家を守るくらいのことはできるはず。それならば、刀を抜かなくてもできるかもしれない。そう考えていた。

けれども、あの夜以来、連中は現れなかった。人が一人死んだことで、あるいは懲《こ》りたのかもしれない。もしそうだとしたら、シノは無駄死にではなかったことになる。そう考えたかった。

現に、ノギがそう言った。そうだったら良いという気持ちを、素直に言葉にできる点では、男よりも女の方が勝っている。

ノギは、ニシキ屋に泊まっている。大宴会はないものの、夜はそれなりに仕事がある、と話した。それなりに、というのは、あらかじめ決まった仕事ではなく、部屋を回って三味線を弾き、ちょっとした駄賃をもらうのだと言う。

ノギは、例の壊れた珠の飾り物に、新しい糸を通し直したが、まえよりも短くなったと嘆いていた。飛び散った小さな珠は、板の間や柱の割れ目に入ってしまったのだろう。このヒロノ屋の中にあることはまちがいないが、掃除をしても、誰も見つけることができなかった。なんでも、一つはノギ自身の着物の中から見つかったそうだ。

「ということはさ、一つじゃなくて、もっと着物の中に紛《まぎ》れていたかもしれないんだ。そんなこと知らずに、あちこち歩き回っていたから、そのときに落ちたってこともあるでしょうよ。ああ、目減りしたのは悲しいよね。私の命も、ずいぶん目減りしましたよ」

「え、どうしてですか?」

ノギの怪我は大したものではなく、今はもう首に布は巻いていない。まだ痕が残っているが、長く残るようなことはないだろう。命が縮むほどの傷ではなかったはずである。

「いえいえ、あの夜のことってわけじゃなくてね。誰だって、日に日に、寿命が縮まっているんですよ。生きているってのは、つまり寿命を縮めることなんだから」

そう言って、ノギは笑った。久し振りに笑ったように思えた。

嵐のあとは、青空はより高くなった。そして、一段と寒くなった。樹の葉の色が、もう緑ではない。城の方へは行っていないが、楓が赤くなったかもしれない。シノの言葉に従って、ノギは見にいっただろうか。

久し振りに、剣の稽古をしようと、裏の墓場まで行った。もう日が暮れる頃である。明日は、ククの文に指定された日だ。朝早くに宿を発ち、瑞香院へ向かう。そして、そのまま次の宿場へ足を伸ばすつもりだった。したがって、ヒロノ屋も今夜が最後になる。のちほど、それを主人に告げなければならない。

例のことが心配だが、いつまでもここにいるわけにもいかない。むしろ自分がいない方が、あのような悲惨な事態にはならないとも思える。そう思いたかった。

甕が並んでいる小屋の前を通り過ぎた。数日まえと同じ場所だったが、嵐のためか、枯れ草は倒れ、見晴らしが良くなっていた。

刀を抜いて、型の稽古をした。

何度か刀を振り、呼吸を確かめる。

この頃、握りも腕の振りも、足の運びも、以前と少し違うように感じていた。この変化は、なにか学んだ結果なのだろうか。自分ではよくわからない。ただ、その方が自然だと感じるのである。

鞘に刀を納めたときには、気分も良くなっていた。やはり、これが一番自分を落ち着かせる、と思う。子供のときから、これだけは変わっていない。心が乱れていても、刀を握って、その切っ先を見つめれば、己が目指すものが、その先に光る。その光さえ見ることができれば、現在の闇など大したことではない、と思えるのだった。

宿の方から、テツが歩いてくるのが見えた。こちらへ来る。そういえば、ヒロノ屋の建物が直接見えるようになっていた。ここで剣の稽古をするのが見えたのかもしれない。

すぐ近くまで来て、黙って見上げた。

「お侍さん、スズカっていうの？」

「そうだよ」

「強いんだって？　そう言ってた」

「誰が？」

「誰かが言っていたのを、姉さんが聞いてきた。お城の武芸会に出たんだって。本当？」

「出たけれど、出たくて出たんじゃない」

「どうして？　強いなら、試合に勝って、ご褒美《ほうび》がもらえるんでしょう？」

「いや、ご褒美なんかないよ」

「本当？」

「本当だ」

「ねえ、強いのなら、どうして、このまえ、あいつらをやっつけなかったの？　謝ってたでしょう？」

「うん」

「鎧を着てたから？」

「まあ……、そうだね、そういうこともある」

「どういうこともあるの？」

「詳しく聞きたいか？」

「うん、教えて」

なんとなく、子供には正直に、ありのままを話すことが良いと感じた。特に、この少年は知りたがっている。曖昧《あいまい》にしたり、中途半端に飾ることは、子供を侮辱しているのと同じだと思えたからだ。

膝を折り、地面に石を並べた。落ちていた枯れ枝で線を引き、だいたいの間取りを示す。

「これが私だ。前に立っているのが、敵の頭《かしら》。そして左のここ、それからここ、近い位置に槍を持った鎧の兵がいる。その後ろには、ここと、ここにいた。女を槍で刺した者は、こちらだ」と順番に石を指さして説明をする。「医者を呼ぶために部屋から出ていこうとした女が、このあたりで斬られそうになって襖に倒れ込んだ。そのすぐ近くにも一人いる。それから、さらに、この辺かな、玄関の方の通路に、四、五人いた。厨の方へ回った者も最低二名はいた。二階へも何人か上がっている。階段を駆け上がる音が聞こえたからだ。もちろん、まだもっといるかもしれないが、近くにいるのは、ざっと数えても、十三人」

「もっといたよ」

「宿の人もいる。ご主人も女将さんも、それに、姉さんも、テツも近くにいたはずだ。どこにいるのかはわからなかったが、いずれも、自分よりも近くに敵がいる場所だ」

「うん、台所にいたけど、すぐ近くに槍を持った侍がいた」

「あんな鎧を着ているのは、たぶん侍ではない。侍は、家の中で槍なんか使わない」

「どうして？」

「槍は、向きを変えるのが遅い。前を攻めたら、すぐに後ろを向くことができないんだ。あれは、広いところで大勢が一気に攻め進むときに使う。前にしか敵がいない場合に適している」

「侍じゃないのに、鎧を着ているの？」

「そう。あれを着ると、強くなったみたいに感じるからね。でも、たしかに、鎧を着ていれば、怪我をしにくい。刀が当たっても、怪我が浅くなる。だから、こちらも、あれだけの人数を一瞬で斬り倒すことは難しい。刀を抜けば、全員が攻撃してくる。まず、頭を斬る」石の一つを棒で差し示した。「そして、左にいるこいつの喉を突く。頭を倒せば、逃げ出す者がいるかもしれない。上手《うま》くいけば、もう一人が出てくるところを、右へ避けて、すぐに戻って、後ろのこいつを斬る。これで三人だ。でも、この間に、ほかの者も動く。まず、襖に倒れている女に、こいつが襲いかかるかもしれない。その女に刃物を当てれば、人質になる。こちらがそれで諦めると考えるかもしれない。また、奥にいる者は、宿の人を捕らえて、連れてくるかもしれない。それでも、そんなことはかまわない。刀を抜いたというのは、人の命なんかどうでも良い、と思うことと同じなんだ。誰が死のうがしかたがない。ただ、敵を倒す。通路へ突っ込んで、部屋の戸を壊して、こちらへ出る。相手の不意を突くためだ。こちらは一人なんだから、とにかく速く動くしかない。走り回り、相手が少ないところを攻める。槍よりは、刀の方が強いから、たぶん家の中で五人か六人を斬り殺せるだろう。そのうちに、向こうは逃げようと考えるようになる。そういうものなんだ。最初から逃げるなんてことは思いつかない。鎧を着て、槍を構えている者は、まずはそれを使うことしか頭にない。仲間が何人か倒れ、血が流れるのを見て初めて、自分の身が心配になる。そうして、怯む人間も、もし近くにいれば、斬る。斬るしかない。一度倒れた者も、怪我が浅いかもしれないから、首を突いて止《とど》めを刺す。殺さなければ、敵の数は減らない。家中が血だらけになるまで斬り続ける。廊下には血が流れ、壁にも天井にも血が飛び散るだろう。いいか、テツ。それが、刀を抜くということなんだ」

少年は無言で頷いた。泣きそうな顔になっていた。撫でてやりたかったが、余計なことだと考えて、手を引っ込める。

「敵を人だと思っていたら斬れない、しかし、人だと認めなければ、急所を外す。一番弱いところを狙う。血が流れやすいところを斬る。一撃で倒さなければ、死にかけた人間は我武者羅《がむしゃら》に向かってくる。鎧を着ていても、兜をかぶっていても、その目や口を突くんだ。それが刀の役目だ」

立ち上がった。テツはこちらをじっと見つめている。

「この刀一本で、倒せる敵は、せいぜい二十人。敵が多ければ、刀が折れるかもしれない。そのときは、敵の刀を奪って戦う。相手が逃げれば、こちらの勝ちだ。ただ、店は壊され、もしかしたら、巻添えで店の人もやられるだろう。死人も一人では済まなかったかもしれない。侍としては卑怯な手だが、人を救うという道もある。これが、敵に頭を下げたことの言い訳だ。ただ、まだ負けたわけじゃない。いずれは勝つ」

テツと二人で宿の方へ歩いた。

言い訳だ、と自分でも思った。いずれ勝つというのは、子供の顔を見て、どうしてもつかなければならないと感じた嘘だった。

episode 4 : Shady side

There are different views of some incidents in the past, and it is impossible to understand them precisely. We should leave them unexamined. Sanenori-kyo, a court noble and expert in poetry, said, "Regarding things which are unknown, there are three ways of dealing with them. Some of them are explained to us in a way which is understandable. Some become understandable with effort. But the rest remain unknown. That is interesting, is it not?" It is natural that we should not be able to understand everything in this world which is so vast and boundless. Things easily understood might be called superficial.

第4話　シェイディ・サイド

昔の事を改めて見るに、説々《せつせつ》これあり、決定されぬ事あり。それは知れぬ分にて置きたるがよきなり。実教卿《さねのりきやう》御話に、「知れぬ事は知るゝ様に仕たるものがあり、又自得《じとく》して知るゝ事もあり、又何としても知れぬ事もあり、是が面白き事なり。」と仰せられ候《さふらふ》。奥深き事なり。甚秘広大《じんぴくわうだい》の事は知れぬ筈《はず》なり。たやすく知るゝ事は浅き事なり。

1

翌朝早くに、ヒロノ屋を発った。主人と女将が二人で挨拶にきた。頼みもしないのに、握り飯を用意してくれた。彼らには、瑞香院のことは言っていない。東から来たとは話した。だから西へ街道を行き、次の宿場へ向かうものだと考えたのだろう。

主人は、今度あの者たちが来たときには、この宿屋を売ると返答するつもりだ、と語った。あまり困った顔でもなく、清々《すがすが》しい表情にさえ見えた。別の場所でまた違う商売を始めるつもりだと。自分たち一家くらいは、どうにでもなる。それよりも、長くここで働いてくれた者たちが心配だ、と話した。彼らはこのヒロノ屋に残り、新しい主人の下で働くつもりだろうか。そこまで立ち入ったことはきかなかったが、おそらく、皆が皆、残るとは言わないだろう。今の主人に恩義を感じている者ならば、また力ずくで奪い取ったに等しい事情を知っている者ならば、ここに留まることには躊躇するはずだ。自分はそう思った。しかし、世の中の人間の普通の考えは、どのようなものかわからない。ここにいれば、慣れ親しんだ仕事を続けて金を得られる。それが第一と思う者が多いかもしれない。

そのいずれであっても、自分には無関係なことだ、と思ったので、そのままヒロノ屋を出て、振り返ることもしなかった。あの姉弟にも、もう会うことはないだろう。旅をしていると、このように人と僅かばかりの時間をともにして、その間に情というものが生まれるが、それは、ちょっとした向かい風のようなもので、多少は進みにくい、というだけのこと。また、見送る方だって、去ってしまった者を長く心に留めることはないだろう。そうでなければ、日々の生活が成り立たない。

ノギにも、発つことは話していなかった。彼女がついてくるような目的地ではないからだ。あの夜、珠の飾り物が切れるだけではなく、ノギが斬られていたら、どうなっていただろう、と想像した。そうなれば、自分はおそらく刀を抜いていただろう。止める声がなかったからではない。たとえ止められても、斬り込んでいたにちがいない。

ノギが、もしシノのように死んでいたら、どうなっていたか。それは、考えられぬほど異様なことではない。そうなっていたかもしれないのだ。ほんのちょっとした違いで、僅かに一寸の刀の差で、それは起こったこと。親しくなっても、いつ別れるかわからない。生きていても、会えなくなることがある。死んで会えなくなることと、違いは大きくはない。

たとえば、これから行く瑞香院で、自分が死ぬようなことがあるかもしれない。そういう嫌な予感もしていた。そうなれば、ノギはどうするだろう。死んだことさえ知らないままだろう。いつまでも、どこかで会えると思ったままだ。それは、死んだと知るよりは、良いことだろうか。

季節は繰り返す。これから冬が来るけれど、遠からず春になる。だから、冬に耐えられる。自然というのは、そういうもののはずなのに、何故、命は死んだら戻らないのだろう。死んで別れてしまっても、いつかまた会えると思えないのは辛《つら》いことだ。耐えられない辛さかもしれない。

カシュウが死んだことを、この頃、そのように捉える自分があった。生き返らないことはもちろんわかっていたけれど、しかし、自分の中にカシュウの言葉があり、剣を握れば、いつもカシュウの教えが蘇《よみがえ》ったから、いなくなるという意味を、それほど大きなものだとは感じていなかった。それが、少しずつ、じわじわと、もう戻らないという意味が躰に染み込んできたように感じる。

だが、死だけのことではない。生きていても、昨日の自分にはもう戻れない。やり直しはできない。時というのは、道のように戻ることはできない。本当に、毎日死んで、毎日生まれ変わっているようなものだ。

このさき、自分はどこへ向かうのだろう。何がしたいのだろう?

旅を始めた頃には、ただ強くなりたいという思いが鮮明だった。

また、カシュウがいた都というところを見たいとも思った。

それが、こうして歩き続け、道を進むに従って、よくわからなくなってしまった。剣についても、かつてよりは強くなっているはずなのに、強くなる意味がわからなくなっている。

強くなりたいのは、何故なのか。

強くなって、どうしたいのか。

強くなりたいのは、はたして本当の自分なのか。

強くなるとは、そもそもどういうことなのか。

そして、都へ向かう理由も、いまだにはっきりとしない。そこには何があるのか。想像できるのは、沢山の人間、そして人間が作った建物、物、あらゆる仕組み、考え、理屈、さらには、正義。本当に、自分はそれらを知りたいのだろうか。

知りたいのは、何故なのか。

知って、どうなるのか。

知りたいのは、自分だろうか。

知るとは、どういうことなのか。

誰より強くあっても、すべてを知っていても、死ねば消えてしまう。それなのに、何故求めるのか。何故、自分でなければならないのか。誰かが強くなり、誰かが知れば良いではないか。何故、自分なのか。

皆は、このようなことを考えないのか。話をしたかぎりでは、ときどき考えている者がいることはわかる。たとえば、ヤナギは考えているようだ。一方では、深く考えない者も多数。

自分がこうして考えるのは、やはり子供のときからの習慣だろう。話す相手は一人しかなく、それは親でも、兄弟でも、友でもなく、剣の師だった。ほとんどのことを自分だけで考えるしかなかった。言葉を聞いてくれるのは、いつも自分一人だったのだ。

世の中をしばらく見たかぎり、人は、ほかの者たちに囲まれる状況を好んでいるようだ。それは、子供のときから、周囲に人が大勢いたからにちがいない。

自分から見れば、皆は、人に頼りすぎる。人を当てにして、信じて、ともに生きようとしている。話をすることを好み、感情を軽々しく表に出して伝える。そのようにしても、結局は裏切られるのではないか。いざというときには、言葉は通じない。自分の身を守ることができるのは、自分の判断だけだ。言われたとおりにしていれば、それはもう人というよりも兵。大勢で槍を持って突進する兵だ。

ただ、それが人というものかもしれない、とも思う。そのように生きている者が多いのは、それが人の本来の生き方だからかもしれない。本来というのは、つまりそういう動物、そういう生き物だということだ。たしかに、それは正しいように思える。

もしも、自分のような人間ばかりであれば、皆が山に籠もり、街というものはなく、せいぜいが猿のような群をなす程度だろう。そういう生き物ならば、寺を建てたり、橋を造ったりしなかったはずだ。

街道から離れ、山に向かって歩いている。ほとんど上り坂だった。畠はやがて少なくなり、後方を振り返ると、はるか遠方に海が見えるようになった。

街を離れるときに心残りだったのは、チハヤの道場を訪ねなかったことだった。あの事件のせいで、そういう気持ちになれないまま今日になってしまった。あの男は、なかなか興味深い。相当な腕前のはず。あの街でずっと暮らすつもりだろうか。商人たちの用心棒をして充分な稼ぎはあるだろうけれど、それで満足できるのか。しかし、それもまた彼の剣。剣には、正しい道が一本だけあるのではない。そういうことも、だんだんわかってきた。

人はいろいろだ。世の中も広い。

開けた眺望もあっという間に樹々に囲まれてしまった。真っ直ぐに伸びる高い樹が斜面に立ち並んでいる。道は、その森の底を左右に曲がりながら続いていた。歩いている者はほかにいない。街道から逸れて以来、一度も人の姿を見なかった。

昼になったところで、沢に下りて水を飲んだ。ヒロノ屋でもらった握り飯も食べる。この谷は、深いものではない。水は少ないが流れは速い。岩が山肌からところどころ飛び出さんばかりに尖っている。あるものは崩れて、水の近くで砕《くだ》けていた。

すぐにまた道に戻って歩くことにした。約束の時刻というものは、文には書かれていなかった。今日到着すれば良いのだが、もちろん、暗くなっては、迷うかもしれない。半日かかるとは聞いていた。そろそろ半日は歩いているのだが、まだどの辺りなのか見当もつかない。

道は一本だけで迷うようなことはない、と聞いていたが、あまりに人が少なく、草が伸び、道が消えてしまいそうなところさえあった。そもそも、この道は、どこへ通じるものだろうか。その瑞香院へ行くためだけの道ならば、そこで待つ者も、ここを通ることになる。それならば、なにもこんな山奥へ行かずとも、ずっと手前で会えば良いはずだ。違う道がほかにあって、そこから来るということか。

もちろん、ククが来るものだと考えている。ククが書いた文だったからだ。城では話せないこと、見せられないもの、そういう事情があるのだろう。

瑞香院との三文字が書かれている石があった。膝ほどの高さのものだ。しかし、辺りにはまだそれらしいものは見当たらない。ただ、小さな石が敷かれた整った道になった。右へ緩やかに曲がっていく。相変わらずの上り坂のようだが、ずっと上ってばかりなので、緩やかになると、あたかも下っているような気分になる。

今度は左へ曲がった。そのあと、道は真っ直ぐになり、両側の森は突然真っ赤になった。これにはさすがに足を止めた。

楓だ。

街ではまだ色づき始めたところだったのに、ここでは、もうこれ以上はないという赤の一色。誰にも見られていないのに、楓はこんなに美しくなる。

正面に黒い小さな門が見えた。上を見て歩いていたが、いつの間にか小石の道ではなく、大きな四角い石が土に埋め込まれていて、その上を歩いていた。門の手前で五段ほど上る。門にも、瑞香院との文字が書かれた板が掛かっていた。戸は両側に開いていて、潜り抜けると、再び石の真っ直ぐな道。立派な樹が茂っているが、楓ではない。寺らしい大きな屋根は見当たらない。誰もいないようなので、さらに奥へ進むことにした。

また門があった。先ほどよりも小さい。今度は、塀ではなく、竹で編まれた柵が左右に延びている。その門へ近づくと、中から袈裟《けさ》姿の者が一人現れた。僧侶には見えなかった。物腰がまったく違う。刀を一本、腰にではなく、片手に携えていた。相当な腕の侍であることはまちがいない。

向かい合い、三間ほど離れた位置で一礼した。

「スズカ・ゼンノスケ様ですね?」

「はい」

「お待ちしておりました」侍は、背中を向けて門の中へ入っていく。名乗らなかった。ついてこい、ということらしい。

その距離を保ったまま、あとを歩いた。相手は振り返ることもない。もちろん、話をするような気配ではない。一言も発しなかった。なんというのか、近づけない殺気があったのだ。なにをこんなに緊張しているのか、と驚くほどだった。いつ、その刀を抜いても驚かなかっただろう。

また楓がある場所に出た。その真っ赤な葉の中に、小さな建物が近づいてきた。さらにその奥には、竹林が見える。これが瑞香院だろうか。大きな屋敷の離れのような小屋で、後ろにも別棟が続いているようだった。

楓は、既に散り始めていて、ときどきそれが舞い落ちてくる。地面にも赤い葉が疎《まば》らにある。

その赤い葉以外は、緑の苔が広がっていた。

建物には玄関というものがなく、正面は広い縁になっていた。白い戸が四枚並んでいる。縁の手前の段に、履き物が幾つもあったので、中に人がいるようだ。また、建物の左右に、三人ずつ侍がいた。膝を折ってこちらを窺っている。その者たちも、ただ者ではない。目つきだけでも普通ではないとわかる。

これは、大変なところへ来たな、というのが正直な気持ちだった。今すぐに、逃げ出した方が得策かもしれない。しかし、いったい何のために呼び出されたのかを知りたかった。わざわざ殺すために、呼び出したりはしないだろう。殺すのならば、弓矢を放てば良い。

周囲を見渡した。まだどこかに隠れている者がいるだろうか、と探ったが、そこまではわからない。右へ行く道があった。そちらの先に、白い壁が見えた。やはり、ここは離れなのだろうか。

2

建物の前で、袈裟姿の侍が立ち止まり、こちらを向いた。ほぼ同じ間合いのまま、手前で立ち止まる。

「スズカ様、こちらにお待ちの方は、故《ゆえ》あって名乗られない。ただ、尊い方である。お願いしたいのは、なにも問わないこと。よろしいか?」

「問わないようにします」

「また、これよりは、その刀を預からせていただく」

「刀を渡せとおっしゃるのですか?」

「さよう」

「それはできません。私は、ここに一人で来ました。誰なのかもわからず、このように殺気立った方々《かたがた》に囲まれています。刀を取り上げられるのならば、これより先へは参りません。ここで失礼いたします」そう言って、頭を下げた。

「待たれよ」侍は、片手を上げた。「こちらの物言いが悪かった。拙者《せっしゃ》も、貴殿が何者かわからず、ただ、なにがあっても、こちらの方をお守りしなければならない。万が一のことがあっては……」

「マサミチ、もう良い」女の声が聞こえた。「そのまま、お通ししなさい」

「恐れながら……」侍が言いかける。

戸が開いた。そこには、髪の長い女が立っていた。左右に一人ずつ女がいて、彼女を引き止めているように見えたが、そうではない、長い着物の端を、ただ持っているだけのようだ。

「どうぞ、中へ」女は手招きした。

女は奥へ入る。奥で振り返り、そこに座った。二人の従者は、やはり左右で着物を整えている。

「では、失礼します」一礼して、前に進み出る。履き物を脱ぎ、縁に上がった。

すぐ横に、袈裟姿の侍が膝をつき、座っていた。刀は左手に握ったままで、いつでも抜ける体勢だった。

こちらは、刀を腰から外し、右手に持ち替えて、部屋の中に入った。

戸の内側に、さらに二人の女がいて、左右から戸を閉めた。

明かりが三つ、こんな昼間から灯されている。一つは香《こう》かもしれない。微かに香《かお》っていた。部屋はそれほど広くない。三方に戸があり、左奥には小さな床の間。続きの部屋はないが、通路へ出れば、裏の別棟につながっているはず。外で左右にいた侍たちは、いつでも両側から斬り込めるだろう。背後にも一人いる。完全に囲まれている。ただ、部屋の中には女が五人。万が一のときは、その尊い方という人物を人質にして、活路を見出す以外にない、と考えた。その場合は、隙を見て、奥の別棟の方へ逃げる。

手をつき、頭を下げる。

「もっと近くへ」女が言った。

部屋のほぼ中央まで進み出る。一礼してから頭を上げ、女を間近に見た。

ククよりも少し若いだろうか。変わった化粧をしているせいで、見慣れない、不思議な顔に思えたが、よくよく見れば、普通の美しい顔立ちで、優しい目をしている。その目を少し細め、口元には笑みをたたえていた。

「驚かしてすまなかった。貴方に会うためにここへ来ました。クク殿が知らせてくれたのです。スズカ・カシュウに育てられたと聞きました。ゼンノスケと名乗っているとも聞きました」

「そのとおりです」

「そうか……。このように立派になられたか。清々《すがすが》しいお姿……、この目で見られるとは、思わなかった」

どう応えて良いものか、わからなかった。自分のことを知っているようだ。

女は、そのうちに、瞳を潤《うる》ませた。じっと見据えた視線も震え、口元の笑みも消えつつある。

そんな沈黙の時間が続いた。

奥の二人の女たちは、顔を下げ、こちらを見ないようにしていた。表情もまったく変えない。

背後の戸口にいる二人は、静かに座っているようだ。

外にいる者たちも、まったく動く気配はない。音がしなかった。息を潜《ひそ》め、部屋の中の様子を窺っているのだろうか。

女が膝をついたまま、こちらへ近づいてきた。少しずつだった。左右の従者が着物を持ったまま続く。手が届くほどの距離まで来た。

なにか言うべきかと思ったけれど、思いつく言葉もない。女の香りがした。それは、部屋の香とは違う。ただ、不思議に良い香りだった。

「旅をしていると聞きました」

「はい」

「どこへ行く？」

「わかりません。ただ、都を見たいと思っています」

「都ならば、もうすぐそこです」

「都からいらっしゃったのですか？」

「私に、尋ねてはいけません」

「そうでした。失礼しました」

「ああ、お麗《うるわ》しいこと」女が両手を差し出す。「触っても、良いか？」

「かまいません」

女の手が、顔に触れた。小さな手だった。仄《ほの》かに温かく、柔らかい。

触れたのは、ほんの一瞬だった。女の手が震えているのがわかった。

息を止めている。

それでも、瞳が揺れていた。

女は、手を引っ込めた。少し下がって座り直し、顔を傾けて、覗き込むようにこちらを見た。

「剣の修行をされたとか」

「はい。今も修行中です」

「頼もしい方よ。ああ、なんということか。逆であったなら、どれほど心休まることか」

逆？　何のことだろう。しかし、問いは禁じられている。口にはできない。

「とにかく、お会いできて良かった。このような幸せがあろうとは」そう言うと、女は前屈《まえかが》みになり、手を伸ばして膝にあった自分の片手を取った。両手でそれを温めるように包む。「ここまで来た甲斐がありました」

遠くから来たようだ。そうか、この女がここへ来るための九日間だったのか。ククが使者を出し、それに三日、この女とあの侍たちが、六日かけて歩いてきた。そういうわけか。

都は、六日の距離よりは遠い。だから、都から来たのではない。どこだろうか。しかし、都の方角のようだ。ククの城からこの瑞香院への方角が、それを示している。

自分が子供の頃にカシュウに預けられた事情を知っているようだ。何故、その事情を尋ねてはいけないのか。知っているならば、教えてくれれば良いことではないか。

「なにか、おっしゃりたいことがある？」女はきいた。口調は、最初よりもずいぶん親しげになっていた。

「問うわけではありませんが、自分は知りたいことがあります。それを知っている方が何故語られないのか、と考えております」

「知れば、その命を捧げなければならなくなります」

「それは、死ぬということですか？」

「いいえ、そうではない。でも、同じかもしれない」

女は立ち上がり、奥の場所に戻った。こちらを向いたときには、最初の表情に戻っていた。

「これは、大変なことになるかもしれぬ。どうしたものか。いっそ、貴方が生きていなければ、と思います。それならば、今のまま、なにもなかったことになる。でも、このように立派になられたのだとしたら、これはもはや、天の意思というものか」

「意味がよくわかりません」

「いずれ、おわかりになる」

女は、横を向いて、従者になにか告げた。小声だったので、聞き取れなかった。

その従者は、戸口にいる者に、目で合図をした。

戸を開けて、一人が縁へ出ていった。何があるのだろう、と振り返って見ると、残っていたもう一人が、頭を下げて言った。

「簡単な宴《うたげ》の支度をしております。今しばらく、お待ち下さいますようお願い申し上げます」

3

しばらく時間がかかるようだったので、女の許可を得て、一度その離れから外に出た。侍たちは、すっかり安心した様子で、さきほどの殺気は消えていた。笑顔さえ見せる者もいた。周辺を歩いてくると言うと、最初に案内をしてくれた袈裟姿の侍が、一緒に行ってもよろしいか、ときいたので、しかたなく二人で歩くことにした。

この侍も名乗らなかったが、さきほど、女からマサミチと呼ばれていた。それが名だろう。見回りのためです、と語ったが、それでは一緒に歩くことの理由にはならない。やはり、自分のことを見張っているのだろう。ただ、今にも刀を抜くというような、さきほどの気配はなく、二人の間合いも近くなった。

「ここは、寺ですか?」と尋ねると、

「たぶん」と簡単に答える。初めて来た場所で、よくは知らない、とつけ加えた。

「一つだけ、ききたいことがあります。駄目ですか?」

「何でしょう。お答えできることであれば」

「あの方の着物は、長すぎませんか?」

「え?」

「あのようなものを着たまま、この山奥へいらっしゃったのですか?」

「いや、それは……」

「なんというのか、正気の沙汰《さた》とは思えない」

相手は、しばらく黙っていた。怒ったかな、と顔を見たが、そうでもなかった。

「今の話、あのお方にはしてはなりません」そう言った。にこりともしない。

冗談のわからない人だな、と思った。真面目すぎる。上流の人間というのは、こういうものだろうか。

ただ、剣の腕は特別だ。それはまちがいない。腕も脚も、鍛《きた》え上《あ》げられ、歩くときも、ちょっと向きを変えるときも、また周囲を眺めるときも、その動きに悉《ことごと》く無駄がない。こんなに完璧な躰運びをする侍は見たことがなかった。これは、ヤナギとは逆の剣ともいえる。普段の仕草に既に、敵を尻込みさせる働きがある。ほかの侍も腕の良い者のようだが、このマサミチが随一であることは確かだろう。

「少し早めに食事をして、我々は、ここを発ちます。スズカ様は、こちらにお泊まりになりますか？　夜道を一人で戻られるのは、いかがかと思います」

「そうですね、寒いですからね」

「いえ、寒さのことではなく」

「ああ、なにか、獣が出るのですね、この辺りは」

「違います。恐ろしいのは人です。万が一のことがあってはいけないと思いまして」

何だろう、山賊でもいるのか。

「そうですね。こちらに泊まれるでしょうか？」

「そのように言っておきます。お世話をする者を、ご紹介します」

大きな建物に近づき、その裏手の方へ回った。煙が上がっている。なにか燃やしているようだ。風呂を沸かしているのか、それとも料理のためだろうか。煙は一つではない。数ヵ所から上がっていた。ときどき、人の姿が見えた。若い僧侶のようだった。

その近くに、周りをぐるりと縁が囲んだ、奇妙な形の建物があった。細かい細工が材木に施されている。八方に下がる屋根の瓦《かわら》も普通のものではない。

マサミチは、そこの縁に上がり、戸を叩いた。しばらくして、老年の僧侶が現れた。

「このお方が、本日こちらに滞在されることになった。お世話をお願いしたい」

いきなり依頼をするところを見ると、マサミチの方が偉いということか。どう見ても逆に思えたが、老僧は頷き、縁から下りてきて、地面に座して頭を下げた。あまりに丁寧なので驚き、慌ててこちらも膝をついて頭を下げる。

「ゼンと申します。お世話になります。よろしくお願いいたします」

老僧は無言で頷いたあと、立ち上がって辺りを見回す。というよりも、匂いを嗅《か》いでいるような顔だった。

「私は、厨の様子を見てきます」マサミチが言った。「そう、スズカ様、この者の画《え》をご覧になるとよろしい」

「画を描かれるのですか?」

「大したものではありませぬが」老僧は初めて口をきいた。

「のちほど、またこちらへ参りますので」そう言って、マサミチは煙が上がっている建物の方へ歩いていった。

「どうぞ、お上がり下さい」老僧が促す。

その建物の中に入った。部屋は四角ではない。円形に近い形で、中央に太い柱があった。その一本で屋根を支えているようだ。その柱から、八方に梁《はり》が架かっている。床の板は、場所によって張られた方向が異なっていた。何故このような複雑な形のものを作ったのか、理由はわからないが、珍しいことはまちがいなく、つい見とれてしまった。これも、作った者は楽しめただろうか。

部屋の隅の低いところに扉があり、老僧は屈んでそれを開け、中に半分躰を入れた。待っていると、巻物を幾つか取り出したのち、それを抱えて戻ってくる。そこに画が描かれているのだろう。

紐《ひも》を解き、床に広げる。画というのは、風景を描くものと思っていたが、そこにあったのは、人の姿だった。侍が鎧を着て一人座っている。いかにも立派で、特に目が鋭い。墨だけで、このように描けるものかと唸《うな》らされた。

「これは、どなたですか？」当然の質問をした。画には文字はなく、誰なのかは記されていない。

「それは、申し上げられません。申し訳ありません」

また別の巻物を広げる。それも侍だったが、鎧ではなく、見たこともない変な着物を着ていた。頭にもなにかのせている。兜ではない。腰に刀はあるものの、とても戦えるような身なりではない。顔は穏やかで、脹《ふく》よかだった。仏像の顔に似ている。誰なのかは、尋ねなかった。

三枚めの画は、女だ。幾重《いくえ》にも着物を重ねている。顔の化粧が、さきほど見た女と同じだった。どことなく似ている。しかし、本人とは思えない。

「画を描くのは、どうしてですか?」ときいてみた。

「これは、仕事です。頼まれて、描いたものです」

「であれば、描いたものが何故ここに? その依頼した人に渡さなかったのですか?」

「もちろんお渡しいたしました。ここに残っているのは、その一作のために、仮に描いたもの。下描きです」

「ああ、練習のような?」

「そうです。描き始めのものは、もっと沢山あります。おおかた描き方が決まったところで、これが本式と思って描きます。しかし、やはりなにか足りません。ですから、もう一度、同じものを描きます。それで、気に入れば、文字を記し、印を押して、完成となります」

「なるほど。同じものを二度描くわけですね」

「二度では済まないこともよくあります。また、何枚か描いて、結局、最初に描いたものが最も良かった、といったことも何度かありました。不思議なもので、最初に描いたそのときには、気に入らず、もっと上手く描けるはずだと考えるのですが、やってみるとそうはなりません。最初のものを越えることができないのです」

「私は画を描いた経験がありません。練習をすれば、できるようになるものですか?」

「剣と同じかと」

「それは、練習次第で誰でも上手くなれる、という意味ですか？」

「なりますが、練習で上手くなれる分が、才を越えることはありません。剣術も同じかと」

「どうでしょう。私にはわかりませんが」

「人は、この世に生まれたときには何一つできません。どんなに才がある者も、筆を持つ以前は、なにも描けない。ところが、ひとたび筆を持ち、描くことを覚えれば、一夜にして人も驚くものを描きます。それが天から授かったもの。しかし、凡なれば、一夜どころか、何年も鍛錬し、描き続けて、ようやくその半分のところへ及ぶ程度ではないでしょうか」

「剣もそうなのですか？」

「そう聞いております」老僧は頭を下げた。「画や書も、歳を重ねれば、私くらいには描けるようになります。しかし、本当に上手な者は、若くして上手。それこそ子供のうちから、見事なものを描きます。どうして、そのように差があるのか、不思議ではありませんか？」

「不思議です。どうしてでしょうか？」

「おそらく、差があるが故に、このように人が結びつき、世が丸く収まるのでしょう。才がそれぞれにあるというのは、裏を返せば、それぞれに欠けるものがあるということです。欠けたものを補うためには、他の者《た》たちを信じ、互いに与え、分かち、合わせることが必要となります。そうなるようにと、それぞれに違って生まれてくるのでありましょう」

なるほど、理屈だな、と思った。だが、そのようにしむけたのは何者なのか。もちろん、僧侶はそれが仏だと言いたいのだろう。神かもしれない。この世を作った者ということになる。たしかに、動物というのは、人よりも互いに似ている。性格も似ているように見受けられるし、才にもさほど差がないのかもしれない。だから、互いに集まらず、一匹で勝手に生きているのだろうか。

もう一巻き、画を見せてくれた。それが最後だったのだが、その画は、墨ではなく、鮮やかな色がつけられていた。もっとも、色鮮やかなのは着物の柄で、人物自体はこれまでの画とそれほど違わない。若い女の画だった。その顔には、見覚えがあった。

「これは、クク様では?」

「クク様にお会いになったことが?」

「はい、つい先日、お城で」

「そうですか。この画は、もう十年もまえになりますか、あの城へクク様がいらっしゃったときに描いたものです」

初めて、誰の画なのかを語ったことになる。今よりも若いときの画だからかもしれないが、どことなく本人とは違っている。それは、画というものの限界かもしれない。ただ、目元、口元はよく似ている。

「こちらへも、以前は何度かいらっしゃいましたが、もう何年か、お目にかかることもありません」

外から呼ばれた。マサミチの声だった。戻ってきたようだ。

「どうもありがとうございました。では、これで失礼をいたします」

「また、いつでもお越し下さい」老僧は頭を下げた。

4

マサミチがたった今聞いてきた話によれば、瑞香院というのは、かつては尼寺《あまでら》だったという。現在は、少し離れたところに、新しい尼寺が作られ、瑞香院自体は、修行場として使われているらしい。僧侶の修行というのは、具体的にどのようなことをするのか、と尋ねると、

「さあ、何をするのでしょうね」と真剣な顔のまま首を傾げる。袈裟を着ていることもあって、とても可笑しかった。笑っては悪いと思い、風景を見て息を吐いた。

侍の修行は剣術だが、僧侶の修行は、やはり経を読んだりすることだろうか。しかし、さきほどの老僧のように画を描く者もいる。それぞれに才を活かすことが、修行かもしれない。

それは、もしかしたら侍にも当てはまるのではないか、と発想した。侍だからといって、剣のみに生きるのでは、今のこの世の中には適さない。ヤナギが勘定役として取り立てられたように、剣以外にも、才を発揮する道があるだろう。今のところ、自分にはそういったものは見出せ

ないが、そこは人それぞれ違いがあって、なにかは得意があるのにちがいない。だが、もし自分の才が剣以外のものであったなら、それはとうに現れているはずではないか。それがないということは、やはり剣に向いている、と楽観する以外にないか。否、これは楽観ではなく、諦めに近いようにも感じる。

最初の建物に戻り、まだ明るいうちから宴が始まった。さきほど、外に待機していた侍たちも、下座に座っている。女は上座の中央に、また従者の女たちはそちら側に座った。自分が一人、部屋の中央にいる。さきほどと同じ位置だった。大勢の若い僧侶が、膳を高く持ち上げるようにして運んできた。それらが並べられ、戸が閉められると、皆が盃の酒を口にした。自分も、断ることはできないので一口飲んだ。

驚いたことに、上座の女は飲むことも食べることもしなかった。豪華に並べられた沢山の料理を眺めただけで、箸も椀も手にしない。ただ、穏やかにこちらを見ているだけなのだ。何故食べないのですか、とききたかったが、質問は禁じられている。想像したのは、口に合わないものなのか、あるいは、毒が盛られていることを恐れているのか。もちろん、四人の女の従者たちも、同様に食事はしなかった。二人はやや後ろに座り、二人は横の少し離れた場所だ。ほとんど動かない。じっと下を向いていて、話に加わることもなく、また表情を変えることもなかった。不思議な役目だ。

膳には、川の魚があった。寺がこういったものを出すとは思わなかった。特別なのだろう。野菜の皿も沢山ある。見たこともないものも多い。とても食べきれる量ではなかった。もったいないことだ。女が食べないで話をするので、こちらだけ食べて聞いているわけにもいかず、ほんのときどき、箸を手にするだけだった。堅苦しいとは、このようなことをいうのだろう。

侍たちは、場所が離れているし、直接女と話をするわけではないので、熱心に料理を口へ運んでいる。女と話をするのはマサミチだけだった。どうやら、そのように役目が決まっているみたいだ。

この宴は、もしかして自分を歓迎するために催されているものか、と思い至った。これから、この一行はここを立ち去ると聞いた。どこから来たのかわからないが、そこへ帰るのだろう。何日かかかる距離だ。この時刻から出発するのは、夜道を歩くということだろうか。それとも、この近くに別の陣があるのか。

この女は自分のことを知っている。自分には、その事情が知らされていない。知りたいとは思うけれど、簡単に言えないようなことらしい。つまり、聞かない方が良いという配慮なのだろう。そういうことが、少しわかった。ならば、いっそのこと、このまま知らないでいる方が自分には良いかもしれない。今の生き方に不満はない。それどころか、旅をすることは楽しい。剣の修行も大事だ。大勢の人々に出会うことで、剣の腕も、そして心も、磨くことができる。

このままここで別れて、それっきりということになるのか。たぶん、そうだろう。だからこそ事情を説明しないのにちがいない。ただ、会って確かめた、というだけのことか。

それも良い。

その方が良いような気がする。

女は、いろいろなことを尋ねた。主に、これまでのことだった。山ではどうだったのか。カシュウはどのように育ててくれたのか。また、山を下りたあと、どんなことがあったのか。きかれることに答え、思い出しつつ話をした。

なるべく簡単に語った。自分だけがしゃべっているようで、恥ずかしかったからだ。また、最近のことならばともかく、以前のこと、子供の頃のことは話したくなかった。それは、山の中での生活、カシュウと二人だけのときのこと。楽しいことはあまりなく、辛いことの方が多かった。

ただ、そのときには何故か、逃げ出すことを思いつかなかった。山の小屋から少しでも離れたら、それは限りなく死に近づくことだと思えたからだ。どうして、死をそんなに恐がっていたのか、今となっては不思議だが、おそらく幼いときには、生きることを最優先する、動物に近い性《しょう》を持っているのだろう。大人になり、理屈を考えるようになると、死を恐れる理由というものが、意外にも小さいことに気づく。

それは、カシュウも言っていた。子供から大人になったばかりの若者ほど死にたがる、と。急に、生の理由がないことに愕然《がくぜん》とするからだという。また、歳を重ねれば重ねるほど、潔《いさぎよ》さを失い、自ら死ぬようなことを避けるようになるともいう。それは、寿命というものを意識するからなのか、それとも、これまで生きてきたことに対する慣れというものだろうか。

昔のことを思い出して話しているうちに、そんなことも考えた。後ろにいる侍たちは、たぶん、仕える者のためならば、腹を切ることも厭《いと》わない覚悟を持っているのだろう。そんな忠義を、マサミチに見ることができた。だからなのか、これまでに会った侍とは違って見えたのだ。城には、このような侍はいなかった。つまり、城よりももっと上の、さらに大きく、さらに力の強い集団があるのだろう、と想像できた。

この山奥へ、尊い人を守りながら、これだけの人数でやってきたのだから、その集団の中でも選ばれた精鋭たちにちがいない。つまりは、剣にしても、才のある者は、そのような高いところへ集まるのか。都へ行けば、今までよりもさらに高い剣に出会うことができるだろうか。

実は、マサミチの剣には非常に興味があった。もう少し打ち解けて話ができれば、と思ってはいたが、まったくそうはなりそうにない。彼は、常に上座の女の方を気にしていた。食事をしていても、すぐに立ち上がれる躰の形だった。

そうか、己を守る剣ではないのだ。そこが違う、と気づく。それは、これまでに考えたこともない剣のあり方だった。そのようなものが、実際にあったのだ。

己の躰を守るのが剣の正統だが、そうではない太刀筋《たちすじ》というものが、はたしてありえるだろうか。まるで、自分の躰が遠く離れているようなものだ。あとで、ゆっくりと考えてみよう。

先日のヒロノ屋での出来事も、話すことになった。鎧を着た者たちが、宿屋に嫌がらせをして、その商売を取り上げようとしている、と説明した。ただ、それは自分で確かめたことではない。人から聞いただけのこと。それが真実かどうか、確かなことはわからない、ともつけ加えておいた。

「クク殿のところも、いろいろと内輪でいざこざがあってな、城が一つにまとまっているわけではない。どこでも同じこと」上座の女は語った。「そのような争いごとがあれば、次には、仲間を増やそう、誰某《だれそれ》を引き入れようとして、金が必要になる。それだから、無理にも金を稼がねばならぬ。金が動けば、また争いも激しくなる。なかなかに、これを治めることはできぬ。それは、最上の者が、皆の心を一つにすることでしか直らぬもの」

「クク様に言って、その宿屋を救うようにお願いした方が良かったでしょうか？」言葉が口を出てから、これは禁じられている問いかけになることに気づいた。

「いや、そのような細かいこと、話さぬ方が良い」女は答えてくれた。尋ねたことを注意はされなかった。「国を治めるとは、大を取り、小を捨てること。しかたがあるまい。おそらく、その程度のことは、クク殿の耳にはとうに届いているであろう」

「はい、そのとおりだと私も思います。そう考えて、街を離れました。戻るつもりはありません。ただ、このように気にかかるのは、己が刀を抜かなかったことに対する未練。今、話していて、それがわかりました」

「うん。なあ、マサミチよ、今の話、お前ならば、どうした？」

「恐れながら、私は、そのような女遊びをしたことはございません」

「そんなことはきいておらん。同じ立場にあったときのことだ。知合いが一人、偶然とはいえ槍で突かれたあと、お前ならば、刀を抜くか？」

「はい、刀を抜いたと思います」

「うん、そうだろうな。そこが、お前の器の小ささよ」

「仰せのとおりです。肝に銘《めい》じます」

「あの、それは事情が違うと思われます。私では無理でも、そこの方ならば、味方を逃がし、なおかつ敵を後退させるだけの剣がございましょう」

「私が言っているのはな、たとえ敵を全滅させる力があろうとも、刀を抜かぬ方が難しいということだ」

難しい？　難しいだろうか。

「のちのち後悔するくらいならば、潔く刀を抜き、果敢《かかん》に戦う。それこそ、侍が好むところだが、これはむしろ容易い。そうではなく、たとえのちのち後悔しようが、その場は屈してでも敵を許し、逃し、立てる、それが難しい。しかし、天下の頂きに立つ者ならば、その難しさを幾つも乗り越えねばならぬ。幾つも重なっておる。一つではない。わかるか？　ゼンノスケ」

「は、はい。いえ、その、よくはわかりません」

「そう、難しいであろうな」女はそこで、優しく微笑んだ。

「そちらの方に、おききしてもよろしいですか？」横を向き、マサミチの顔を見た。

「何でしょうか？　上様のお許しがあれば、お答えします」

「なんでもきくが良い」との上座の声を聞いて、一礼してから尋ねた。

「私は、剣は習いましたが、忠義というものを知りません。主君に仕える侍は、そうでない侍と、どう違いますか？」

「まったく違います」マサミチは即答した。

「たとえば、剣は、敵を討つものです」さらに尋ねる。「己のために討つのか、主君のために討つのか、その違いですか？」

「その差は小さい」マサミチは首を横にふった。「忠とは、上様のために敵を討ち、手柄を立てることではありません」

「え？　では、何ですか？」

「手柄を立てるとは、己の利を求めること。それは違う。忠とは、上様のために死することです」

「わかりました」頭を下げる。

再び前を向くと、上座の女は、手を口に当てて笑っていた。どこか、可笑しいところがあったのだろうか。

女は、自分の前にある膳の一つに顔を近づけた。

「これは、銀杏《ぎんなん》か。一つ食してみようか」

それを聞いて、後ろの者が一人進み出て、箸を手に取り、銀杏の実を取り上げた。驚いたことに、それを自分の口に入れる。主《あるじ》の代わりに食べたのだ。食べ終わると、黙って頭を下げてから、もう一度別の箸で銀杏を取った。もう一方の手で受けながら、それを主の口まで運んだ。長い時間をかけて、ようやく銀杏一粒を食べたのである。味わっていたようだが、美味しいとも不味いとも言わなかった。

そのとき、外で物音がした。

振り返ったときには、既にマサミチは立ち上がっていた。戸に近づいて外を窺った。誰か近くまで来たようだ。

「何事か？」ときいている。

外の者の声は、はっきりとは聞き取れなかった。

「わかった」そう答えると、マサミチは上座へ進み出て、女の近くで膝をついた。

「上様、近くに軍勢が来ております。急ぎ、お支度を」

「そうか」女は頷いた。立ち上がって、従者たちとともに横の戸から出ていく。渡り廊下の先にある別棟へ向かったのだろう。

「軍勢とは？」と尋ねる。

「わかりませんが、およそ百とのこと」

「百人ですか？　何のために？　誰と戦うのですか？」

「お相手をしている暇はない。ご免」マサミチは、表へ出ていった。既に、日は暮れかけている。山の中ということもあって、外は意外なほど暗かった。

5

マサミチはすぐに戻ってきた。その頃には、ほかの侍も外に出て、この建物を守るように各方角にそれぞれ離れて待機していたが、マサミチのところへ皆が集合した。

「下の門まで来ている。あるいは、既に一派は裏手に回ったかもしれない。日が落ちてのち、攻め入るつもりだろう。猶予《ゆうよ》はできぬ」

「留まるのは不利、ただ、どちらへ返すか」

「裏で待伏せされるのが、一番まずい。たぶん、敵は裏へ来よう」

話し合いが続いている。裏とはどちらなのか、わからない。自分が来た方が表だろうか。とても、口を挟める状況ではなかった。

建物から、女たちが出てきた。多少は短くなったものの、相変わらず歩きにくそうな着物を着た女は、頭から薄い布をかぶっていた。二人の従者が、履き物を主に着けるのに時間がかかった。残りの二人は、足首に布を巻き、こちらは歩きやすい軽装だった。

ところが驚いたことに、この軽装の二人のうちの一人が、今まで自分と話をしていた女だった。化粧を落とし、普通の顔になっていたが、こちらをちらりと見て、口元を隠す仕草でわかった。すると、あの布をかぶった女は、偽者か。

「そちらの三名は、表の門へ出られよ」マサミチが言った。それから、侍たちを見て、「お主《ぬし》と、そして、カサギ殿、お二人がついていく」

「承知した」二人が返事をした。

「覚悟はできているな？」マサミチがきく。

無言で頷く。偽者の女に、従者二人と侍二人、五人を表へ出すというのか。つまり、囮《おとり》だ。その間に、あとの者は裏へ行く、ということらしい。

「何者！」マサミチが、突然叫んで、刀を抜いた。彼は、軽装の女にそれとなく近づいた。守るべき者を悟られないようにはしているが、明らかに反射的な行動だっただろう。

「敵ではございません」声が答えた。

樹の上から、黒い服装の者が飛び降りた。音もせず、葉一つ落ちなかった。片膝を折り、頭を下げている。

「ナナシか」軽装の女が尋ねる。聞き覚えのある声である。

ナナシは、下を向いたまま近づいた。マサミチが主の前に立ち、ナナシはその前で止まった。

「その者は、敵ではない」主の女が言う。

「城からの軍勢は、門の前に約八十、しかしながら、裏門を出た先の竹藪《たけやぶ》に約二百」

「本当か?」マサミチがきいた。

「やはり、出てきたか」女が言った。

「二百とは……」マサミチが呟いた。「どうして、ここがわかった? クク殿の軍勢ではあるまいな?」

「はい、そうではありません」

「では、城で謀反《むほん》か?」

ナナシは答えなかった。それは知らないということだろう。

「理由などどうでも良い」主の女が言った。「では、表へ出よう」

「表には、火縄《ひなわ》が来ております」ナナシが言った。

「どれほどだ?」マサミチが問う。

「五丁ないしは十丁ほどかと」

しばらく沈黙があった。

「よし、さきほどとは逆となる。お主ら五名は、裏へ出よ。猶予はない。すぐに行け」

「待て!」主の女が止めた。「犬死にさせるつもりか?」

「犬死にではございません。二百の敵の足を止めます。そのうちに、残りの者は、表へ向かいます」

「どうやって出る?」

「もう暗くなります。裏で騒ぎがあれば、その知らせが表へ走りましょう。そこへ出ます」

全員が頷いたが、主は頷かなかった。

「上様、よろしいですか？」

「この寺を出なければ、どうなる？」

「建物には火が放たれましょう」マサミチが即答した。「もし、我々が表から出られぬときは、そうなります」

「そうか。わかった」主は頷いた。「ゼンノスケは、どうする？」

マサミチはその質問に答えられなかった。主の女がこちらを向いた。

「どうしましょうか」としか言えなかった。

どうも事情がまだ呑み込めない。何を争っての戦いなのかもわからない。

「周りは森です。夜まで待てば、どこへでも逃げられるのでは？」と、思いついたことを言ってみた。

「いえ、夜になれば、さらに軍勢は増えます」ナナシが言った。

「どういうことなのか、説明してくれないか」ナナシに近づいて尋ねた。

これほどはっきりと姿を見るのは、初めてかもしれない。躰は細く小さい。女のようだ。驚いたことに、刀を持っていない。己は戦う者ではないと言ったことがあったが、本当だったのか。刀のような重いものは邪魔になる、ということか。

ナナシが後ろへ下がった。こちらの顔をちらりと見たようだったので、ついていく。

「教えてくれ、どうしたらいい？」

「あの方をお守りするのが、二番めの大事です」

「一番は何だ？」

「ゼンノスケ様のご無事です」

「なんだ、そんなことか……。己一人ならば、どということはない。それに、その相手の軍勢は、私を討ちにきたのではないのだろう？」

「そのとおりです」

「ならば、さっさと逃げるか」

「それが、最善と思われます。ただ……」ナナシはそこで言葉を切った。珍しいことだ。

「ただ、何だ？」

「軍勢を率いているのは、ドーマ殿です」

「そうか……」これには、思わず微笑んでしまった。何故笑ったのか、自分でも理由はよくわからない。「しかし、どうして、あの方を討ちにくるのだ？」

「あの方を討てば、領地内でのことゆえ、城の責任となりましょう。それは、クク様を失脚させたい者には、利がございます。ここへあの方を呼んだのも、クク様」

ようやく、少し事情がわかった。それに、自分にも責任の一端があることを理解した。

「何を話しておられるのか？」マサミチが呼んだ。

そちらへ戻っていく。

「自分がどうすれば良いか、事情を聞いてから考えました」

「どうされる？」

「私は、こちらの方とともにおります。これは忠ではありませんが、信じていただけますか？」

「信じます」答えたのは主の女だった。「しかし、私よりも、貴方が大事。それを忘れぬように」

ナナシと同じことを言うな、と思った。

振り返ってみたが、既にナナシの姿はそこになかった。

辺りは、闇の底に沈みかけている。赤い楓もただ黒い影になり、空だけが僅かに明るさを残していた。

6

裏へ行く五人は死ににいったのだ。それにもかかわらず、侍二人は嬉々《きき》とした顔で、あっさりと別れた。女三人も、口を結び、決意の表情で頭を下げた。

それを見届けてから、表の門の方角へ向かった。道を通らず、樹の陰など、なるべく暗いところを選んで進んだ。

門が近づいてくると、火縄の匂いがした。風がそちらから吹いているためだ。外に待ち構えているようだ。出ていけば、撃ってくるだろうか。誰彼かまわず攻撃してくるとは思えないが、こちらは、自分を含めて侍は六人。いくら精鋭とはいえ、突破は簡単ではない。しかし、門以外には高い塀があるため、梯子《はしご》がなければ越えることができない。塀を越えても、結局は道に出ることになる。森の中を進むのは、夜は危険というよりも進みが遅い。しかも、明かりを灯していたのでは、遠くから発見されてしまう。その点では、夜は大勢で追う方が有利だ。

そういったことをマサミチと話した。やはり、裏で囮が捕まり、その知らせが来て、こちらの部隊がどう動くのかを見てから、隙をついて一気にここを出るしかない。街道へ向かって道を進むのが早いだろう。この道は、奥へ入れば峠を越え、隣の村へ通じているという。一行がやってきたのはそちらからだ。また、城へ通じる道も、同じ道の途中から分岐しているらしい。したがって、援軍が来るのも表ではなく裏からということになる。

そもそも、裏に二百人を配置したことからも、敵は、こちらが裏へ出るものと考えている。表にも少数が回ったのは、逃げ道を塞《ふさ》ぐためだ。街道へ出る方向は回り道になるので、そちらへは行かないと読んだはず。そうマサミチが話した。

山は暮れると急に冷える。街に比べれば、既にだいぶ寒い。冷たい風が、顔に当たっていた。

「向こうから寺に入ってこないのは、なにか理由があるのですか？」とマサミチに尋ねると、

「おそらく、寺との関係があるのでしょう。境内に踏み込めば、寺とも争うことになります。そ

れを避けてのことかと」

「なるほど。しかし、さきほどは建物に火をかけると」

「今頃、使者を寺へ送り、客の一行を引き渡すようにと交渉をしているはずです。最初に知らせにきたのは、寺の者です。使者が来て、百の軍勢がいると威《おど》したというわけです。客を引き渡さなければ、寺を焼く、くらいは言いましょう。警告をした上でならば、義が立つというわけです」

「よくわかりませんが、そういうものですか」

「スズカ様、どうか、こちらへ」マサミチは、先へ歩いていく。皆に聞かれたくない話のようだ。門に近い方へ移動し、大きな樹の下の闇に入った。今までになく彼に近づいたところで、マサミチが頭を下げた。

「お願いがあります」と囁くように言った。

「何ですか?」

「我ら五人には、死ぬ順が決まっております。鉄砲隊を仕留めるのに二人は必要。さらに二人は、敵の中へ突入し、松明《たいまつ》を消し、兵を攪乱《かくらん》します。残るのは、私とスズカ様の二人。この二人で上様をお守りしなければなりません。敵が近づいた場合には、次は私の番です。貴殿ではない。お願いしたいのは、最後まで、上様の元にいていただくことです」

「それは、逆です。私が斬り込みましょう。そちらは、お役目がある。最後まで、お供をすることが大事なのでは？」

「それは違います」マサミチが首をふった。「私の命と貴殿の命、重みがまるで違う。ここは、ご冷静になっていただきたい。どうか、私の言うとおりに」

「人の命に、重みの差などない」

「問答無用です」マサミチは顔を近づけ、押し殺すように言った。「どうか、どうか、ここは私にお任せ下さい。そのために、ここへ来ました。私は、そのために生きてきた者です」

あまりの気迫に、溜息をつくしかなかった。

「わかりました。しかし、できるだけ、そのようなことにならないように。それに、命を軽々と捨てることのないようにお願いします」

「承知」マサミチは頷いた。

「こんなときになんですが、是非一度、お手合わせをお願いしたい、と考えておりました」

「私とですか？」

「そうです」

マサミチは、ふっと息を吐いた。笑ったようには見えなかったが、それでも、これまでにない反応だった。少し待ったが、その答はなかった。

二人でさらに先まで行き、門の近くに身を潜め、外を窺った。松明が見えた。思ったよりも少し離れている。門から飛び出し、走っても、ある程度時間がかかる。その間に鉄砲を撃てる余裕を見た距離ということだろう。声や物音などは届かない。

後方から走ってくる者があった。闇に隠れてやり過ごす。鎧を着た侍だった。背中に旗を立てている。大きく息をしながら、すぐ横を走り抜けた。こちらにはまったく気づかない。というよりも、この暗闇を恐れているかのような慌てようだった。そのまま門から外へ出ていき、明かりの方へ向かった。

「今のが使者です」マサミチが呟いた。

「なんか、慌てていましたね」

「そりゃあ、一人では恐い。大勢でいる者ほど、一人になると怯《おび》えます」

「使者には、寺の者はどのように答えたでしょう?」

「しばらく時間が欲しい、と言うはずです」

そのまま、じっと動かずに待った。少し後方には、侍四人と女二人が待機している。そちらは、まったく見えなかったが、痺《しび》れを切らしたのか、侍が一人、近づいてきた。

「まだですか?」ときく。

「そう上様がおっしゃったのか?」とマサミチがきき返した。

「いや、上様はなにも」

「ならば、お主が考えることではない。しばし待たれよ」

「承知した」侍は頭を下げ、また後方へ消えた。

今のは、最初に鉄砲隊へ突っ込む役目の者だろうか。それとも、その次に出る者だろうか。非情ともいえるマサミチの言葉だが、間違いも無駄もない。

遠くでぱんという音が鳴った。続いて、同じ音がもう一発。裏手の方角である。マサミチはそちらを向かなかった。あれは、囮が敵に接触した音にちがいない。裏にも鉄砲があったということか。

マサミチは、外を窺っている。今の音を聞いて、正面の軍勢がどう動くのかを見ようとしているのだ。しかし、松明などに動きはなく、人影も見えなかった。

「動きませんね」

「静かに」

音が鳴っていた。同じ裏手の方角からだが、鉄砲ではない。太鼓のようだ。どん、どん、どん、と一定の間隔で続いていた。

合図のようだ。つまり、囮を捕まえたか、あるいは殺した、ということではないか。マサミチの顔を窺ったが、表情一つ変えず、門の外を見据えている。

動きがあった。

松明の幾つかが消され、また、あるものは小さな火に移されたのか、動き始めた。思ったとおり、ことが成就したとわかり、裏手へ合流するのか。

道に何人かの人影が現れ、こちらへ近づいてくる。この道は、門の横を通り、裏手へ続いているのだ。掛け声も聞こえた。

兵が歩く音が近づいてきた。鎧の音だ。音がするのは安物と職人から聞いたが、本当のことだろうか。槍を持っている者が多かった。何十人もいる。隊列を組み、小走りに近づいてくる。先頭の者が明かりの火を掲げていた。門の中へは入らず、そのまま道を通り過ぎる。

月が出ているので、道は白く照らされている。一人一人の顔までは見えないが、鎧や兜、そして刀も見えた。それほどの腕の者がいるとは思えない。あるいは、全員が侍ではないのかもしれない。

五十人ほどが通り過ぎたあと、明らかな侍が何人か続いた。これらは、刀を持っている。鎧は着ていない。こちらの方が強そうだった。その一団も通り過ぎた。

その後は、静かになる。既に、さきほどの陣の辺りに明かりはなかった。八十人も通ったようには見えなかった。まだ残っているのではないか。しかし、その後も闇と静けさが続く。動くものはない。

「今ので全部でしょうか?」と小声できいてみた。

「わからない。しかし、鉄砲隊らしきものはいなかった」

「そうですね」

「もともといなかったのかもしれない。裏で鉄砲が鳴った」

「しかし、火縄の匂いがしましたよ」

「うん」マサミチは頷いた。「初めはこちらにいて、裏へ回ったのか……。とにかく、待っているわけにはいかない」

マサミチは、少し後退し、後方へ手を振って合図をした。

待機していた者たちが、全員、身を屈めながら静かに近づいてくる。侍が四人に、女が二人だ。また闇に入り、そこで皆が集まった。

「手筈《てはず》どおり。お二人は、今から出ていかれよ。ゆっくりと歩き、撃ってきたときには、刀を抜いて突っ込む」

二人が無言で立ち上がり、門から出ていった。

静けさも森の闇も、動かなかった。

月明かりが、二人の影を道に落とす。散歩でもしているかのように、ゆっくりと歩いていく。

「やはり、いるな」マサミチが呟いたとき、大きな音が鳴った。

鉄砲だ。ぱん、ぱん、と続けて鳴った。

二人の侍は、即座にその場に伏せたが、すぐさま立ち上がって、猛烈な勢いで走り出た。叫び声を上げ、途中で刀を抜いた。

次の銃声とほぼ同時に、森の中へ二人は突っ込む。

「よし、次の二人」マサミチが囁いた。

「承知した。ご免」頭を下げて、二人が門から走り出る。

音が聞こえる。呻き声、枝が折れる音、人が走る音。あとから出た二人も、やがて森の中へ消えた。

そこで一発だけ、鉄砲の音がしたが、直後に大きな叫び声が上がった。

一人、また一人、道に飛び出したが、そこへ追いかけてきた者が斬りかかるのが見えた。

「よし、では、我々も出ましょう。上様、よろしいですか？」マサミチがきいた。

「良い月である。存分に歩こう」女は答える。その声には、震えも翳《かげ》りもなかった。まるで今のこの状況が愉快だというかのように、声に張りがあった。

門から、マサミチ、自分、そして二人の女が出た。道を進んでいく。マサミチは鉄砲の盾になっているつもりだろう。

断続的に音も声も聞こえてきたが、その後は鉄砲は一度も鳴らなかった。

相手の陣の近くまで来たとき、四人の侍が森の中から歩いて出てきた。返り血なのか、顔も着物も汚れている。

「ご無事か？」

「十人ほどいたようだ」一人が報告した。「鉄砲隊は五人だけ。すべて斬り倒し、鉄砲は打ち壊した」

「怪我は？」

「大丈夫、大したことはない」

「では、上様、お急ぎ下さい」マサミチが振り返って言った。

一行は、道を下っていく。ときどき後方を振り返った。既に門は見えない。月が雲に入り、辺りが暗くなった。森の中なので、さらに暗い。明かりを灯せないこともあって、足許がよく見えなかった。これでは急ぎようもない。前にマサミチと二人の侍が行き、後ろにも二人侍がついた。自分は、女の横を歩くことにした。

「天下は太平というに、このような夜もあるとは、面白いものです」女が小声で呟いた。本当に楽しんでいるのかもしれない。普通の神経ではなさそうだ。

なにか話そうと思ったとき、前方に僅かに光るものが見えた。

「伏せて」と彼女に言った。しかし、女がそのままだったので、飛びついて、躰を押さえつけた。

鉄砲が撃たれた。連続して五発。

前の二人の侍が即座に立ち上がり、飛び出していく。しかし、すぐにまた、鉄砲が鳴った。今度は四発だった。つまり、少なくとも九丁の鉄砲がある。

飛び出した二人は、怯《ひる》まず相手をめがけて突っ込んだ。刀を抜く音、叫び声、数々の音がさきほどよりも近い。暗いためよくはわからないが、相手は少なくない。また鉄砲が鳴る。

「次の二人」マサミチが後ろにいた二人を呼んだ。

しかし、そのとき前方から声が聞こえてきた。

「ゼン殿を、お待ちしている」叫んだその太い声には、聞き覚えがあった。城の侍、ドーマだ。

「ほかの者に用事はござらん」

「どういうことだ」マサミチが呟いた。

「私を斬りたいのでしょう。ちょっとした因縁《いんねん》があるのです」と答える。

こちらには不理解だが、武芸会のこともある。またヒロノ屋のことも、ドーマが裏で糸を引いていたならば、恨みを持っても不思議ではない。あるいは、ククと関係があると勝手に疑っているのかもしれない。

「話してきます」そう言って立ち上がった。

「お待ちを」マサミチが前で手を広げた。「撃たれにいくようなもの」

「軍勢は裏へ回し、目的を遂げる。しかし、私は表へ出てくるはずだ、と考えた。だから、ここに残って待伏せしていたのです。彼らは、まだ気づいていない。知らぬ振りをするのが良いでしょう。私だけで行きます」

再び立ち上がったが、女が袖を摑んでいた。

「行ってはなりません」と言う。

「申し訳ありません。私は、貴女の家来ではない」

その袖を振り切って、前に進み出た。

風が出てきたようだ。雲が流れ、月が再び現れた。生い茂った場所からも少し離れ、辺りは明るくなった。二人の侍が倒れているところまで来た。

相手の姿も見える。大勢が横に並び、道を塞いでいた。

中央にドーマらしき侍がいる。鉄砲をこちらへ向けているのが十人ほど、それ以外にも十人から二十人、鎧を着ている者がほとんどだった。奥に、そうでない姿の侍もいるが、よくは見えない。

膝を折り、二人を確かめた。生きてはいるが、虫の息だった。鉄砲の弾に当たり、前に進めなくなったのだ。鉄砲を一度に全部撃たず、半分が撃って、敵が近づいたところで、残りの半分が撃った。その策は効いた。

普通の声でも届く距離まで近づいた。相手の顔も見える。鉄砲はすべて自分に向いていた。ちりちりと、火縄の小さな火が、蛍のように美しい。

「どうして、いきなり撃ったのですか？」と尋ねる。「寺の者たちは無関係では？」

「寺の者ではなかろう。侍ではないか」

「ええ、たまたま訪ねてきた人たちです。そちらは、ドーマ様ですね？」

「いかにも」

「遠くでも鉄砲の音が鳴りました。何があったのですか？」

「人のことを気にする立場ですか？　ヒロノ屋では、私の部下に、頭を下げて謝られたと聞き及んだが、それは本当ですかな？」

「そのようなことがありましたか。よく覚えておりませんが」

「うん、やはりおかしいと思った。そんな真似をする方とも思えない。いかがか、今ならば、頭を下げ、謝ることができますぞ。その剣、惜しいとは思われぬか。無礼を詫《わ》びれば、ヤナギのように、私の下に仕えることもできる。その剣、惜しいとは思われぬか。なあ、いかがか？」

「無礼というのは、何のことをおっしゃっているのでしょうか？　身に覚えがありません」

「その口のきき方が無礼だということ。わからぬお人だ。力のある者に従う、それが侍の本道ではないか」

「わかりません。私は、貴方の家来ではない」

「鉄砲が見えませんか？」

もはやこれまでか、とは思わなかった。左右どこへでも逃げることができる。まずは森の中に突っ込む。鉄砲の弾の一発くらい当たっても、大したことはないだろう、と考えた。なにしろ、鉄砲を構えている者たちは、己の意思では撃たないのだ。撃てと言われて初めて撃つ。であれば、ドーマが撃てと言うまでは弾は飛んでこない。

したがって、ドーマの呼吸にだけ注意していれば良い。

しかし、そのまえに予期せぬ者が動いた。

ドーマの後ろにいた侍の一人が、刀を抜いてこちらへ出てきたのだ。声も上げず、音も立てず、その動きは実に滑《なめ》らかだった。

静かな動きで流れるように刀を振り、最初に鉄砲を構えている者を後ろから斬った。返す刀で、隣の者を倒した。そして、そちらを振り向いた三人めの喉をすっと突いた。

「何をするか!」ドーマが叫んだ。

鉄砲を持った者たちは、その侍の方を向いた。というよりも、己に斬りかかってくる新たな敵を見た、というべきか。

それがヤナギだとわかったときには、自分は既に数歩も走り出ていた。ヤナギが四人めを倒し、五人めに斬りかかったあとに、鉄砲が鳴った。しかし、その煙の中へ、かまわず突進する。再びこちらへ向きつつあった一番近い鉄砲へ横から飛び込み、二本の腕を同時に斬り落とした。その隣の鉄砲の先を握り、それを引き抜く。また別の方へ向き、もう一人の喉を下から斬った。

そこで、一発近くで鳴った。

鉄砲を手放した者を踏み越え、こちらへ向けられた鉄砲を避《よ》けて、奥へ突っ込む。侍が刀を抜き、後ろへ下がった。

「おのれ! 斬れ、斬れ」ドーマが叫んでいる。

こちらへ向けられた鉄砲は、音を出さない。不発のようだ。そこへ突進し、鉄砲を持っている腕と肩を斬った。その躰を盾にして、次の鉄砲を避ける。一瞬の銃声と煙。すぐにそこへ斬り込んで、脚を横から斬る。

右へ飛び、侍の方へ走った。二人が向かってくるが、これを避けて、この間を突き進む。奥へ、さらに右へ。そこにいた、三人めに斬りかかる。相手は、刀を振りかぶったが、その首を斜め下から斬り裂いた。

振り向きざまに、刀を水平に返し、戻ってきた一人を威嚇。すぐさま別の者の方へ突き進む。一瞬止まり、相手の剣が上から振られた直後に、躰を入れ、肩で押しながら進む。刀は後ろへ向けたまま、その者の脇差しを抜いて腹を突いた。

後ろから、槍を持った鎧の者が五人ほど来る。叫び声を上げて、刀を振ると、全員が下がった。皆、震えている。これらは雑魚《ざこ》。大将の方へ返す。

鉄砲隊は既に全滅していた。ヤナギが半分を倒してくれたのだ。しかし、そのヤナギは、立っていなかった。

道を走って、マサミチがこちらへ近づいてくるのが見えた。

ドーマは、十人ほどの槍の中に守られていた。

そちらへ進むと、横から、別の侍が来る。上からの刀を後方へ転じて避け、地面に手をつき、躰を捻って、刀を振り上げた。その者の脇を刃先が掠る。不充分。そこへ槍が来たので、これを避け、槍の柄を刀で切る。もう一本は、片手で横から避け、懐に入って、兜の下の目を突いた。異様な叫び声を上げて、後方へ倒れる。

さきほどの侍が、刀を構え直したところへ、マサミチの速い刀が届き、侍は大の字になって俯《うつぶ》した。

その間に、槍を持った者をさらに一人斬り倒し、次にもう一人の腿《もも》を斬った。浅いが、その者は崩れる。その槍を奪い、次の者へ向けて振った。敵は怯んで下がる。

マサミチが、侍をまた一人斬った。

こちらは、ドーマを追う。槍の軍勢とともに、道を下っていく。

侍が五人ほど立ちはだかっていた。しかし、もうこれだけか。マサミチがやってきて、つぎつぎに斬りかかり、あっという間に三人を倒した。自分は、そこを突っ切って、ドーマを追う。

「突け！　態勢を整えろ」ドーマが命じた。

兵は八人だった。こちらへ槍を向け、隙間なく並んだ。その後ろにドーマがいる。兵は頭を低くし、兜を前に出している。顔や喉を庇《かば》っているのだろう。皆、怯えている。ほとんどこちらを見ていない。

「逃げれば、斬らぬ。恐ければ、逃げろ！」と前に出て威すと、横にいた一人が飛び出し、道から森の中へ入っていく。それを見て、さらに二人が槍を手放して逃げようとする。

そこへ斬り込んだ。

構えられた槍のすぐ横に躰を入れる。槍を向けようとするが、長すぎる。刀で喉を突いた。その一人が倒れると、一番遠かった一人が反対側へ逃げた。

残りは三人。また槍の横に入って、最初の兜に刀を上から当てる。甲高《かんだか》い音がして、兜が割れ、左右に落ちた。

　その者は、槍を手放し、尻餅をついた。ほかの二名も、その場にいるだけで、逃げることもできない様子。

「去れ！」と叫ぶと、三人は、犬のように四つ足で走り去った。

　ドーマは、さらに後方へ下がっていたが、観念したのか、そこで立ち止まった。

「わかった。貴殿のことを誤解していた」ドーマが片手を広げて言った。

「誤解？　どのようにですか？」

「いや、これほど腕が立つとは思わなかった。さすがに、スズカ流。刀の当たる音がしなかった」

「相手が強ければ、当たることもあります」

「うん、腕の立たぬ者をいくら大勢集めても無駄ということか」

　振り返って、ヤナギを見た。倒れたままである。

「ヤナギは、寝返った。貴殿を助けようとした。親しかったのか？」

「いいえ、そうではありません。城の内部に入り、内から正義を示そうとされたのです」

「正義か……。ああ、わかった。ヤナギのことは残念だったが、目が覚めた。私が悪かった。どうか、許してはくれぬか」

　それを聞いて、刀を納めた。

　じっと相手の顔を見る。ドーマは、少しほっとした表情だった。

さらに近づく。

「ヒロノ屋のことも、諦めた方がよろしいかと」

「それも、わかった。そうしよう」

ドーマのすぐ横まで行く。彼がこちらに向き直ったので、月の光が顔に当たった。汗をかいているのが見えた。そこで、彼は呼吸を止めた。

手が震えていた。

その右手が、柄にかかる。

刀を引き抜いた。

ほぼ同時にこちらも柄を握る。

ドーマは後ろへ下がる。

左へ出る。

ドーマが刀を振り上げた。

「おのれ！」

刀を抜き、その勢いのまま、斜めに振り上げた。

月明かりの当たる白い顔の下を、切っ先が走り抜ける。

振り下ろそうとした刀は、途中で手から離れ、
地面に落ちた。

ドーマの首から、血が噴き出て、湯気が上がる。

しばらく倒れなかった。

こちらを見て、にやりと笑ったようだ。

顔の下から迸《ほとばし》る血が勢いをなくす。

それは赤く、最後に一度吐いた息は白く。

片膝が折れ、躰が傾き、笑ったまま顔が土に落ちた。

周囲を見て、敵を探したが、もういなかった。

大きく息をする。

刀を鞘に納めた。

また、大きく息をした。自分の息も白い。

最後まで刀を抜かなかったのは、居合いか。

嘘でも、土下座をして謝れば、もう少し信じたかもしれない。それほど、謝ることは難しいか。

7

マサミチが近づいてきた。既に刀は納めている。

「見事な刀捌《かたなさば》き。感服いたしました」彼は小声で囁いた。

「お世辞ですか?」

「まさか」

凄かったのはそちらの方だ、と言いたかったが、それよりも気になることがあった。

「お役目は、あの方を守ることだったのでは? 何故、こちらへ加勢《かせい》に?」

「命じられましたので」

なるほど、と頷いた。侍というものは、こういうものかと納得した。

「ゼン殿」という声に振り返る。

そこに、ヤナギが立っていた。

「ああ、良かった、ご無事でしたか?」

「はい、足に鉄砲の弾を受けました」そう言って、片足を引きずってこちらへ来る。「大したことはなさそうですが、これでは充分に戦えないと思い、死んだ振りをしておりました」

「そうでしたか。それは、また、なんというのか……」

「それが、私の剣です」

ヤナギの足に布を縛っていたところへ、ほかの者たちがやってきた。女二人に侍が二人だ。

主の女は、こちらを見て頷いただけだった。また、マサミチにも一言もなかった。こういう場合、労《ねぎら》いの言葉があるものと考えていたが、そうでもないのか。仲間の侍が二人倒れているが、それらは捨て置くつもりのようだ。

ヤナギに肩を貸し、道を下っていこうとしたとき、上から駆けてくる者があった。マサミチがそちらへ進み出た。しかし、一人のようだった。

近づいてきたのは、若い僧侶で、近くまで来て息を整え、住職に言いつかりました、と述べてから、続けた。

「裏の軍勢は、城の方へ引き上げたようです。こちらの森へ入ったところに、炭焼きの庵《いおり》がございます。街道へ出るより、そちらが安全。ご案内するようにと言われました」

その言葉を信じ、少し戻って、森の中へ入った。

枝葉をすり抜けた月光が、ところどころ地面を白くしている。昨年の落葉がほぼ大地を覆っていて、布団の上を歩いているように軟らかい。すぐに、細い道に出た。そこを一列になって進む。女がいるし、手負いの者もいるので、速くは進めない。途中で何度か休んだ。

谷の手前の斜面に、小屋があった。案内した僧侶が、室内を慌てて片づけた。囲炉裏があり、薪《まき》も土間に残っていた。皆が中に入り、自分が最後に戸の前に立ったが、振り返って周囲の気配をしばらく窺った。誰かいるような気がしたからだ。

「ここにおります」という小さな声が、闇の中から聞こえた。

数歩戻って、声に近づいた。

「どこだ？」まったく、わからない。

小屋の陰か。隣に窯《かま》があるが、そちらかもしれない。

「ナナシ。今までどこにいた？」

「裏口から出た五人は死にました。四人は討たれ、捕らえられるまえに、影の女は首を突いて自害しました」

「見ていたのか？」

「はい」

「それは、マサミチか、それともあの方に、伝えた方が良いか？」

「伝える必要はないものと思います。軍勢は、女の首を運び、城の方へ引き上げました。しばらく、こちらへは戻りません」

「ここに朝までいても安全ということか？」

「そうです。朝になれば、山の奥へと戻るのがよろしいかと」

「しかし、偽者だと気づいて、また出てくるのでは？」

「偽者だとは、誰にもわかりません。城の者でわかるのは、クク様だけです。クク様に見せるわけにはいきません。それに、クク様には、この企てのことを知らせてございます。したがって、あれらは、城に入る直前に弓矢で討たれるでしょう」

軍勢を城の手前で襲うということか。そこまでするものか、と意外だった。いまだに、よく事情がわからない。

「知らせるって、どうやって、クク様に知らせたのだ？　誰か走らせたのか？」

「人よりもずっと速いものを使います」

「人よりも速い？　何だ？」

「鳥です」

「鳥？」鳥を使うというのは、どういうことなのか、ときこうとしたが、既にナナシの気配は消えていた。

「挨拶くらいしていけ」と闇に向かって言っておいた。聞こえただろうか。

小屋に戻ったが、少し不思議に思ったことがある。ナナシは、裏口側で敵軍の本隊の動向を見ていたと語った。それを見ているとしたら、こちらの出来事は知らないことになる。ナナシが、自分やあの女から離れることはありえないだろう。今の場合、明らかにこちらのことが大事なはず。向こうへ見にいく余裕があったとは思えない。

そうか、ナナシは一人ではないのだ。そう思いついた。何人かいる。少なくとも、何人かの手下を使っている。そうにちがいない。今度会ったら、絶対にそれを尋ねてみよう、と思った。

敵の軍勢の動きは、マサミチに知らせた。ようやく少し安心したようだった。道に残してきた二人が心配だと言うと、案内してきた僧侶が、寺の者が見回りに出た、怪我人は助け、死者は敵も味方も弔いをするはずだ、と話した。

「質問をしたいことがあります」と女に申し出た。

「何ですか?」

「マサミチ殿に、加勢にいけと命じられたと聞きましたが、本当ですか?」

女はマサミチを見た。

「いえ、私はなにも言っておりませんよ」女はそう答える。

「申し訳ございません」マサミチは手をついて頭を下げた。「嘘を申しました」

「マサミチ」と強い口調で女は言う。

「は!」

「腹を切るなどと言うなよ」女はそう言うと、声を上げて笑った。

ほかに笑う者はなかった。それはそうだろう。さきほどまで一緒だった仲間が何人も死んだのだから。けれども、自分は笑いそうになった。頭で考えることと、気持ちとは少しずれているようだ。笑顔にならないよう、口を結んで堪《こら》えた。

ヤナギの怪我は膝よりも少し下で、血はほとんど止まっていた。彼の言うとおり深いものではなかった。弾は貫通したようだ。骨を逸れているし、また血も多くは流れなかったのが幸いだった。侍の一人が、怪我に塗る膏《あぶら》を持っていて、それを塗って布で縛った。ヤナギは、もう普通と変わらないと話した。

沢へ水を汲《く》みにいって戻ってくると、小屋の外にヤナギが一人立っていた。

「どうしました?」

「見回りでもしようかと」

「傷が開くといけません。歩かない方が良いでしょう」

「いえ、大丈夫です」

月がだいぶ高いところまで上っていた。そのため、辺りはさきほどよりもさらに明るく、樹々の影が鮮明に地面に描かれていた。風も収まり、動くものはない。ときどき、虫か蛙《かえる》が遠くで鳴いているくらいだった。

「せっかくのお城勤めだったのに、残念なことになりましたね」

「いえ、それは良いのです。ただ、ドーマのその上にいる家老の悪事を暴くことが本来の目的でしたが、それは難しくなりました。片腕のドーマが死んだので、しばらく鳴りを潜めるでしょう。ドーマを通して金が入ってきたのですから、勢力も衰えるかと」

「城のクク様に、ここへ軍勢が送られたことを知らせたようです。ですから、こちらへ出てきた軍勢のうち、城の者たちは、簡単には城へ入れないでしょう」

「知らせた？　というと、ああ、忍びの者ですか？」ヤナギは驚いた様子だ。「そうなんですか……。となると、上手くすれば、その家老を失脚させられるかもしれません」

「裏の方にいた本隊は、誰が指揮をとっていたのでしょう？」

「その家老の倅《せがれ》です。若いがやり手です。功を上げたと悦び、急いで城へ戻ったのも、いかにも若い」

「こちらは、それで助かりました」

「そうか……、城に知らせたのですね。それは良かった」

「ドーマは、やはり私のために、こちらへ？」

「彼が、二番手でしたので、片方を任されたというわけです。ただ、一陣を門の近くに配し、さらに引いたところに、鉄砲隊を多く残したのは、ドーマの策。なかなかに読みの深い男でした」

「ヤナギ殿がいなければ、皆鉄砲でやられていました。ドーマが功名を立てていたでしょう。助かりました。ありがとうございます」

「あの方たちは、どちらからいらっしゃったのでしょうか？」

「わかりません。でも、クク様が呼んだのだと思います。知らせるのに三日間、一行が出てくるのに六日間と考えられます。都は、六日では、少々無理ですね」

「知らせは、鳥を使えば、一日です」

「ああ、そうか……。そんなことができるのですね？」

さきほど、ナナシから聞いたばかりである。

「決まったところへ帰る鳥がいるのです、あらかじめ、その鳥を借りてくるわけです」

「鳥に文を持たせるのですか？」

「はい、脚に結んでおきます」

「となると、八日かけて来られる距離になります。しかしそれでも、都からは無理でしょう。特に、そんなに速くは歩けない方がいるわけですから」

「駕籠か、馬を使えば、多少は速くなりますが、でも、そうですね、都はさらに倍も遠い。ですから、あの方たちは、その手前からということになります。いかにも、都の方のように見受けられましたが」

「わざわざ会いにきたようなのですが、名乗られもしませんでした」

「そうですか、わけがあることでしょう」

「どんなわけがあるのか知りませんが、とんだ巻添えといっても良いですね、私もヤナギ殿も」

「いや、そう考えるつもりはありません。これは天命というもの」

「天命ですか。しかし、職も失い、怪我もなさって、これで里に戻られたら、奥様もがっかりされるのでは?」

「あ、いや、それが、その、私は、実は独り身なのです。妻や子供がいると話したのは嘘です」

「え、そうなんですか」

「嘘ばかりついて、生きて参りました」

「いえ、あの、それほど、その、悪い嘘とも思えません」

「この際ですから、打ち明けましょう。ゼン殿が会ったタガミは、実は私です」

「言われなくても、わかりますよ、そんなこと」

「お恥ずかしいことです」

「いえ、あれには、私は本当に感服いたしました。嘘とおっしゃいましたが、あそこまで成りきれるのは、既に普通の者が達する域ではありません。それ自体が、ヤナギ殿の剣というものでしょう」

「あそこにいた年寄りが、タガミ先生です」

「え？　あの、耳が聞こえない……」

「実は、耳は聞こえます。それに、まだまだ剣の腕も私以上かと」

「本当ですか？」

「しかし、若い者の相手をするのは面倒だから、お前がタガミになれ、と言われたのです。その押し問答をしていたので、お待たせしてしまいました」

「信じられません。そんな達人の気配はまったくなかった。そうか、その気配まで、偽りの者に成りきることで、消してしまうのですね。ヤナギ殿だって、そのような達人だとは、周りの誰も気づかないでしょう。さきほど、鉄砲隊に斬り込んだときの、あの静かな刀捌きは凄かった。見ているだけで身が震えました」

「全員を倒すつもりでしたが、途中で弾に当たってしまった。これまでかと思いました。ゼン殿のおかげで、生きながらえました」

生きながらえた、という言葉は、ヤナギらしいなと感じた。これから、どうするつもりなのか、と尋ねたかったが、それは余計なことだ。里に戻り、本当にタガミ・トウシュンになるのかもしれない、と思った。

8

囲炉裏の火は夜通し燃え続けた。侍は交代で見張りに立った。食べるものはないが、湯を沸かすことはできたので、それを何度か飲んだ。こういうときの白湯《さゆ》は、ご馳走よりもずっと美味いことがわかった。

明け方になり、皆で山の奥へ入る道を進むことになった。ヤナギの足はだいぶ腫《は》れていたが、痛みはないという。回復したと本人は言うものの、もちろん普通と同じというわけではない。肩を貸し、ともに歩いた。昼前には、少し広い山道に出た。これが、瑞香院の裏口からの道らしい。ここで、若い僧侶は寺へ戻っていった。

自分とヤナギも、ここから戻っても良かったのだが、マサミチから、よければともに来てほしいと頼まれた。護衛の侍七人のうち四人がいなくなったのだから、心許《こころもと》ないということだろうか。しかし、自分やヤナギは、あの方の家来ではない、いざというときに役に立たないかもしれませんよ、と話すと、それでは、この場で仕官をしてはいかがか、とマサミチは言う。これには驚いた。

マサミチは、主の女の方を見て、確かめた。女は無言で頷く。許可が下りたということらしい。マサミチは、再びこちらを向き、顎《あご》を少し上げ、いかがか、という顔をした。

「いや、私は、そのようなつもりは……」と言うしかなかった。

するとと、マサミチは、ヤナギの方へ視線を移す。

「このような怪我人では、ただの足手まといかと」ヤナギは女を見て、頭を下げた。

「怪我など治る」女はそう答える。

ヤナギは、そこに膝をついた。足が痛いのか、少し手間取った。手を地面につき、頭を下げた。

そういうわけで、ヤナギは女に仕えることになった。少なくとも、主の名前くらいは教えてもらえるだろう。そのことは、少し羨ましかったが、しかし、自分は、やはり決心がつかない。今のままで不自由はない。それどころか、今のままの旅が面白い。同じところに留まるには少し早いだろう、と思えた。

「貴方は、旅を続けるが良い」と女が言うので、

「はい。申し訳ありません」と頭を下げておいた。

そのあとは、ヤナギはマサミチの肩を借りて歩いた。身内になったということで、扱いが変わったようだ。そこまであからさまでなくても良いのでは、と少し思ったところである。

昼をだいぶ過ぎた頃に、峠の手前で道が分かれる場所に至った。左へ行けば、街道の宿場に出られる。急げば夕刻に着けるだろう、とマサミチは言った。そちらへ行け、と促されたような感じである。

「ここは、既に別の者の領地。昨夜の兵が追ってくることはないでしょう。ここまでのこと、深くお礼を申し上げる」彼は深々と頭を下げた。

ほかの者もお辞儀をした。

「そちらの道は、どこへ行くのですか？　宿場が近くにありますか？」そう尋ねたくなったのも、自分の腹が空いていたからだ。昨夜から皆、水しか飲んでいない。

「ご心配は無用です」マサミチは答える。「また、いずれお会いすることがあるものと思います。どうかお元気で」

「はい、では、失礼します」こちらもお辞儀をした。

質問には答えてくれなかった。ここまでつき合ったのだから、もう少しくらい教えてくれても良さそうなものだ。融通《ゆうづう》の利かない人たちだな、と思った。

風景から判断して、向こうの道は、大きな街にすぐ出るとは思えない。あっても山間の小さな里だろう。おそらく、身寄りの者があるのではないか。来るときにも立ち寄っているはずだ。もしかしたら、そこに馬を待たせているのだろうか。そんなことまであれこれと想像をした。自分にはついてきてほしくなかったようにも見えた。なにか理由があるのだろう。

また、一人になった。

腹は減っていたが、急に躰が軽くなった気がした。やはり、一人の方が、周りになにもなくて、風がすべて自分一人に当たっているようで、気分が良い。人と一緒だと、どこかで気を遣ってしまう。たとえそれが、味方であっても、信頼できる者であっても、親しい者であっても、気を遣うという意味では、敵に相対《あいたい》しているときと同じかもしれない。大小の差はあっても、本質は変わらない。それは、すぐに捨ててしまいたいような荷物でも、ずっと大事にしなければならない荷物でも、重いことには変わりがないのと同じといえる。むしろ、大事にしなければならない荷物の方が、重く感じることだってあるだろう。

それに比べれば、こうして一人で歩くのは、荷物がなにもない、そういう清々しさを感じる。足取りも軽くなる。ときどき、小走りになったり、道から逸れて、草の中に入ったり、小川があれば、水辺まで下りたり、気まぐれでどこへでもすぐに行けるのだ。

人に仕えることになれば、もう一人ではいられなくなるだろう。なんの目的もなく歩くこともなくなるはずだ。すべて目的があり、すべてに注意をして、いつも自分のあり方を、主との関係で見つめなければならなくなる。マサミチを見ていて、ああ、侍とはこういうものかと感じたのが、それだった。侍の本来の姿が、彼にはあった。それはしかし、少なくとも自由な生き方ではない。

自分も侍だが、今は、自分の主というのは、自分一人。カシュウが死んだことで、自分はこのようになった。鳥や獣と同じように、好き勝手に生きていくことができる。

これは、良いことだな、と少しわかった。

そして、特別なことなのだ、ともわかった。

このように生きることは、普通ではない。そんなふうに生きている者は少ない。

日が山に隠れた頃には、畠が広がる斜面の坂道を下っていた。大きな川に行き当たり、それに沿ってさらに下っていく。里が幾つかあって、田園が増えてきた。小さな森を囲んで、質素な家が集まっている。

街道に出た頃には、すっかり暮れてしまった。宿場は小さく、明かりが灯っているところは少なかった。最初の宿で暖簾《のれん》を潜ったが、呼んでも人が出てこない。誰もいないようだった。次の宿へ行くか、それとも待つか、と迷った。

慌てることもないと、しばらく縁に腰掛けて待っていたら、若い女が表から入ってきた。

「あれま、お客さんですか？」

「泊まれますか？　食事ができるところが良いのだが」と言うと、

「大丈夫ですよ」と笑顔になった。

店先は暗かったが、女は奥から火を持ってきて、明かりを移した。それから、お湯を取りにいった。いや、それよりも飯の支度をしてほしい、と言ったのだが、また、

「大丈夫ですよ」と同じ笑顔で答えるだけだった。

足を拭くために、明かりを近くへ寄せると、女はひぃっと息を吸う。びっくりした顔でこちらを見て、立ち尽くしている様子だった。

「どうしました？」

「お客さん、どうしたんですか？　着物が血だらけじゃないですか。それ、血ですよね。違いますか？」

「ああ、これですか。今日、山で熊《くま》に出会ってしまったので」

「熊ですか……。それは、また、恐ろしい。で、その、刀で？」

「ええ、襲いかかってきたところへ、こう……」と腕で刀を振る仕草を見せる。

「あれまぁ、そうですかぁ。で、熊はどうなったんですか？」

「死にました」

「あれま。そうですか。熊を斬ったんですか」

「あの、それで、腹が減っているのです」

「はいはい、大丈夫ですよ」女は笑顔に戻った。「あ、でも、その着物、洗いますから、脱いで下さいな。そんなので、お食事はお嫌でしょう？」

「代わりに着るものがありますか？」

「大丈夫ですよ」

9

すぐになにか食べたかったのだが、さきに風呂に入れ、と女に強く言われた。着物も脱がなければならないので、そういう順になったらしい。部屋へ案内されるまえに風呂場へ連れてこられたのだから、しかたがない。

小さな風呂だった。しかも、湯がぬるい。まだ、完全に沸いていないのではないか、と思って、窓を開けて焚付《たきつ》けの者に声をかけようとしたが、それらしい者の姿もなかった。

まあ、水よりはましかと諦め、躰を洗い、顔を洗い、ぬるい湯に浸かった。

怪我はない。痛いところもない。何人か斬ったな、と思い出した。もしかしたら、自分の剣は、少しだけ筋が良くなったのではないかと感じた。贔屓目《ひいきめ》ではない。自分を贔屓してもしかたがない。どちらかというと、自分に対しては厳しく評価するだろう。それでも、カシュウの死後に山を下りたときよりも、相手の動きがよく見えるようになり、思ったところへ刀が向かうようになった。なによりも、その次、その次と、大勢を相手にするときの刀の扱いが呑み込めてきた気がする。山ではそういうことはなかった。相手はカシュウただ一人だったからだ。

ぬるいので、なかなか出られなかった。外に誰か来たようだ。

「あの、もう少し焼《く》べて下さい」と言うが、立ち上がって、窓から覗いても誰もいなかった。

「私です」という声。ナナシである。

「なんだ。向こうではなく、こちらへついてきたのか。えっと、なにかきこうと思っていたんだが、何だったかなぁ」

「あちらの一行は、無事に陣に到着したようです」

「陣とは？　あの近くに味方がいたのか」

「そうです。その後は、駕籠で移動されます」

「ふうん。だったらどうして、寺まで駕籠で来なかった？」

「山道が険しいのと、やはり親しい者の領地ではありませんので、忍んでこられたのかと」

「しかし、着替えの着物は持ってきていた」

「それは運んだのです」

「無駄なことをする。意味がわからない」

「ひとえに、ゼンノスケ様に会われるためかと」

「どうして会ったのか、教えてもらえなかった」

「お察し下さい」

「何を？」

「ですから、あの方は、ゼンノスケ様のお母上です」

湯から立ち上がった。

「それは……、本当か？」

「気づかれませんでしたか？」

「いや、そんな、まったく……」

「まさか、気づかれぬとは……、誰も思っておりません」

「ああ、そうなのか……。どうして、もっと早く言わない？」

「当然、お察しのことと」

思わず大きな息が漏れた。

「なるほどな……、そういうことか」

「あの方は、現在の将軍様の実母様でもあります」

「将軍？　将軍というのは？」

「ですから、この国で最も尊い方です」

「この国？　どの国だ」

「この地、すべてです」

「すべて？」

「つながっている地、すべてを治めておられます」

「つながっているとは、どういうことだ？　川があれば、つながっていないのか？」

「いいえ、川ではなく、国を隔てるものは、海です」

「となると、かなり広いな。今まで歩いてきたところも、すべてか？」

「そうです」

よく呑み込めない。

「クク様は、あのお方の義理の姉に当たります。ゼンノスケ様から見れば、伯母上」

そう言われても、それがどのような関係なのか、実態として感じが摑めなかった。

「敵対する領地へ嫁《とつ》がれましたが、表向きは養女となり、現在は、城主の姉ということになっているようです」

「そうか……」寒くなったので、また湯に浸かった。

しばらく考えた。

考えようとしたが、母については、ただ頭がぼうっとするばかりだった。

その将軍というのは、つまり、自分と母が同じなのか。つまり、それは兄弟ということになるのか。これは、困ったな。知らない方が、良さそうだ。

「ナナシ」と声をかけたが、返事がない。「おい、まだ話が……」

立ち上がって、辺りを確認した。窓の外に人が近づいてくる。

「はいはい、ただ今」と老人が言った。「耳が遠いもんでね。何ですか？」

「ああ、あの、なんでもない」

「ぬるくないですか？」

「いや、もう上がる。あ、しかし、ぬるいことはぬるい」

風呂から出ていくと、女が持ってきたものらしい着物が置いてあった。

それにしてもな……、とまた思い出す。

母か。そうか、あれが、そういうものか。

あのように、近づいてきたのは、つまりそういうことか。

だが、まだ、よくはわからないことばかりだ。そもそも、母というものを、よく知らない。あの女の腹から自分が生まれたということはわかる。しかし、それがどういう意味を持つのかは、依然としてわからない。あの女に育てられたわけではない。逆だ。我が子を人に預けたのだから、なにか理由があったにせよ、近くに置いておくには不都合だった、ということ。

そのあたりの事情を説明してもらいたかった。

血縁者が生きていることがわかって嬉しい、という気持ちが三割ほどで、残りの七割は、いろいろな理由でむしろ腹が立った。ナナシが教えてくれたおかげで、多少は理解したが、そうでなかったら、まるで雲を摑むような状況だった。そこまで隠さなくても良さそうなものではないか。何故それほど内緒にしたがるのか。

「まったくもう……」と呟く。

戸を開けて、女が顔を出した。

「あれぇ！　どうしたんです？　あの、そこに着物が」

「ああ、わかっている」

「早く着て下さいまし。風邪を引きますよ」

「そうだ。風呂がぬるかった」

「え？　ああ、どうも申し訳ございません。よくよく言いつけておきます。お食事の支度はもうすぐ整いますよ」

用意された着物を着てみる。とても重かった。自分のものよりも布が厚いからだ。暖かそうではある。寒い国では、布団のような着物で寝るらしい。カシュウがそう言っていた。こんな感じかもしれないな、と思う。

腹が減っていたはずなのに、あまり食欲がわかなかった。この原因はよくわからない。疲れているのかもしれない。あるいは、ナナシが知らせてきたことが、どうも自分の中で、大きく膨《ふく》らんで、腹をいっぱいにしてしまったようでもある。

それでも、なんとか食べた。さきほどの女が、片づけに入ってきた。

「お侍様は、どちらからおいでですか？」

「東からです」

「寒くなりましたねぇ」

「ええ……」

「はい。では、ごゆっくりと」

どうでも良いようなことを言っていくものである。腹もいっぱいになり、横になったが、眠いというわけでもなかった。

どんなものだろうか、母というものは、と考えた。

あまり、情《じょう》というものはわかない。そういうものがあるという話は聞いたが、自分には備わっていないようだ。動物は、子供のうちは母を求めるが、その後はまったく別行動をとるようになり、もう親子であることも忘れるという。それは、たぶん人間であっても同じだろう。ただ、人はものを覚え、理屈を考えるから、そのせいで思うところも違ってくる。理屈によって、情というものが尊いと教える。そういうことらしい。

けれども一方で、なにかが僅かに引っかかるような、そんな気持ちもあった。それは、棘《とげ》が刺さったときのように、見た目はなんでもないのに、触れると痛い。そうなると、その痛さを確かめるために、必ず触ってしまう。おそらく、覚えてはいなくても、そういう小さななにかが、心に刺さったままになっていて、今頃、その痛みに気づいたということかもしれない。

さて、どうしたものか……。

そればかり考えているうちに、眠くなった。

また、明日考えよう。

ずっと考えても良いのだ。

ああ、そういえば、あのとき……。

良かった、家来にならなくて。

思い出して、少しだけ可笑しかった。

赤い葉の山を思い浮かべていた。空の青さと葉の赤さは、対決するような鮮やかさだった。それから、そうだ、あの兜。

割れたな、とまた可笑しくなった。

風呂に入るときに、手首から外した手甲が刀の近くにある。甲冑屋がくれたものだ。役に立ったのかどうかは、わからない。少なくとも、怪我はしなかった。

「失礼します」声が聞こえて、襖が開いた。「あれま、もうお休みですか？」

「うん、眠くなってしまって……。何ですか？」

「お茶をお持ちしましたが、どうしましょう？」

「置いていって下さい。明日の朝にでも飲みます」

「朝は、また朝のお茶をお持ちします。そんな冷たいお茶を飲んでもらっては困ります」

「そうですか。では、誰か代わりに飲んで下さい」

「変なことをおっしゃいますね」女は笑った。「それでは、おやすみなさいませ」

戸が閉まって、女が離れていった。

部屋は既に暗い。静かになった。

「ナナシ、いるか？」と囁いてみたが、返事はなかった。

epilogue

エピローグ

次の日は、少し暖かかった。宿をゆっくりと出て、隣の宿場へ向かった。そこは海に近い小さな村だった。漁師たちの船が沢山岸につながれていた。雨になったので、次の日は出かけずに、その村の方々を見て回った。

海の船着き場も見にいった。潮の香りが強く、なにもかもが、その匂いになっているような気がする。海の魚ももちろんそうだし、自分の着物や髪まで、潮臭くなる。ただ、昼に魚の焼いたものを食べたら、これが美味《うま》かった。細長い見たこともない魚だった。

もう少し先へ行くと、川ではなく、海を渡ることになると聞いた。どうしてそうなるのか、と尋ねたら、大きな川が幾つも重なっているので、川を渡っても、渡ったところは中州でしかない。だから、海へ出て、一気に先まで進むのだという。

これには、少々躊躇した。これまで我慢して船に何度か乗ったが、川を渡るだけならば、距離も短く、また波もない。海は、いつ見ても、大きな波が打ち寄せ、それに全体が大きくうねっている。浮かんでいる船は上下に揺れ、左右に傾き、波に隠れて見えなくなることさえある。あんなものに乗るのはご免だ、と思っていた。

山手《やまて》へ回る道はないのか、ときいてみると、都へ行くならば、ずいぶん遠回りになる、とのこと。では、母やマサミチたちは、山の方の道を選んだのだろうか。方角からしてそのようにも感じた。

どうしたものか、と決めかねて、次の日もその漁村でぶらぶらと時間を潰していた。午後には、日差しが戻り、秋晴れになった。山に比べれば、こちらはかなり暖かいように感じる。海が見下ろせる草原で、横になって空を眺めていた。海の近くには、海の魚を獲《と》る鳥たちがいて、これがもの凄く数が多い。その鳴き声も無数に重なって煩いくらいだ。魚が沢山いるから鳥も集まるのだろう。

海というのは、陸よりも広いと聞いた。海の中にいる魚は、陸の動物よりも数がずっと多いらしい。ただ、それらを獲るためには、危険を冒して船で沖へ出ていかなければならない。岸から遠くなるほど危ないはず。漁師というのは、百姓に比べると気が荒い。そうでなければ、やっていけないということだろう。

三味線の音が聞こえてきた。

立ち上がって、下を見る。すぐ下は宿屋の裏手で、その屋根の向こうには、もう海が見える。

ノギの姿は見えないが、街道の方だろう。

そうか、ノギが来たか、と思った。

少し笑っている自分を感じた。

石垣に斜めに下りる細い道がある。そこを下っていくと、三味線の音が近くなった。建物の間を抜けて表に出た。宿屋の前に、彼女が立っていた。三味線の音に集まった者たちが五人。

ノギは、こちらを見つけて、三味線の手を止めた。

しかし、すぐにまた弾き始める。少し離れていたが、そこで待つことにした。

最後まで弾き終わって、彼女はお辞儀をする。三味線を背中へ回し、頭にかぶっていた笠を脱ぎ、それを前に差し出すと、二人が銭を入れた。

「夜は、どこにいるんだ？」と尋ねる者があった。

「さあ……。夜はね、狐になっているからさ」そう答えて、こちらへ歩いてきた。

この宿場に一日余分に留まっていたのが良かった、と思う。

ノギは、近くに来てもなにも言わず、つんとした表情だった。横を向いて海を見た。海鳥を眺めるような、彷徨《さまよ》った視線だった。

「あちらに、良い場所があります」と誘うことにした。

さきほど空を眺めていた場所へ上っていく。ノギは黙ってついてきた。草原は、まだ緑を残していて、細い草が柔らかく立ち上がっている。自分がいた場所は、草が倒れたはずだが、もうどこだかわからなくなっていた。

「ほら、海がよく見える」と指をさす。

ノギはまた海を見た。

目を少し細めたが、そんなに眩しいわけでもない。

漁師の船が沢山見える。ずいぶん沖へ出ているものもあった。波は穏やかで、ずっと遠くに島のような陸地も見える。

「この海は、まだ内海《うちうみ》というらしい」と話した。魚をもらった漁師から聞いた話だった。「もう少し出ていくと、波が荒い外海《そとうみ》になるんだそうですよ」

それでも、ノギは黙っていた。

「どうしたんですか？　具合でも悪いんですか？」

そう尋ねると、初めてこちらの顔を見つめる。

久し振りにじっと彼女を見た。どうもこれまで、あまり長く見たことがないかもしれないな、と思った。どことなく、母に似ているところがあった。そんな話をするわけにはいかない。

「馬鹿」ノギは小声で一言呟いて、また海の方を向き、少し歩いて離れていった。

怒っているようだ。何を怒っているのだろう、と考える。

「あ、そうか、黙って発ったからですね？」

「馬鹿だよ、ほんとに馬鹿」向こうを見たまま、呟くように言う。

「瑞香院に行って、その後は、どうなるかわからなかったのです。あそこは、山だからか、もう楓が真っ赤になっていましたよ」

「紅葉を見にいったんですか。ああそうですか」

それは違うのだけれど、でも、やはり話すわけにはいかない。何故話すわけにいかないのかな、と考えた。無関係なことに、ノギを巻き込むのがいけない、という気持ちがあったのか、それとも、ただ、説明が面倒だと考えたのか。

「ノギさん、三味線を弾いて下さい」とお願いする。

ちょっとノギは言ったが、背中の三味線を前に回してから草の上に座った。自分も近くに腰を下ろす。

彼女は海の方を見たまま、澄ました表情で三味線を弾いた。いつもの調べだった。海鳥の声が、まるで歌っているようにも聞こえる。ノギも、声を出して歌った。

草に背をつけ、空を見ながら、その調べを聴いた。

良いな、と思う。

何が良いのかというと、このなにもない、空のような自分の気持ちだ。

なにも考えていないのが、良い。

なるべく、さきの心配をしたり、まえを思い出したり、
そういうのは、ほどほどにしよう。

ぼんやりしているのが、良い。

けれど、つぎつぎに、最近あったことが頭を駆け巡った。

考えるつもりはなくても、その場面、人、顔、そして言葉が浮かんでくる。

「あ、そうだ。首の怪我は治りましたか？」起き上がって、ノギの顔を見た。

彼女は頷く。目が真っ赤だった。

「どうしたんです？」

「なんでもないよ」三味線の手を止め、彼女は目を擦った。そして、はぁっと息を吐いてから、こちらを見て微笑んだ。「海風のせいでしょうよ」

「忘れていた。ノギさんにあげようと思って、買ったものがありました」

「え？」

懐を探して、小さな独楽《こま》を取り出した。

「これですけど」

「何ですか、それは」

「独楽です」

「いえ、そうじゃなくて、どうして私のために？」

「いや、ほかに、あげる人もいませんから」

ノギは、微笑んで首を傾げ、白い両手を差し出した。

森博嗣著作リスト

（二〇二一年五月現在、講談社刊）

◎S&Mシリーズ

すべてがFになる／冷たい密室と博士たち／笑わない数学者／詩的私的ジャック／封印再度／幻惑の死と使途／夏のレプリカ／今はもうない／数奇にして模型／有限と微小のパン

◎Vシリーズ

黒猫の三角／人形式モナリザ／月は幽咽のデバイス／夢・出逢い・魔性／魔剣天翔／恋恋蓮歩の演習／六人の超音波科学者／捩れ屋敷の利鈍／朽ちる散る落ちる／赤緑黒白

◎四季シリーズ

四季　春／四季　夏／四季　秋／四季　冬

◎Gシリーズ

φ《ファイ》は壊れたね／θ《シータ》は遊んでくれたよ／τ《タウ》になるまで待って／ε《イプシロン》に誓って／λ《ラムダ》に歯がない／η《イータ》なのに夢のよう／目薬α《アルファ》で殺菌します／ジグβ《ベータ》は神ですか／キウイγ《ガンマ》は時計仕掛け

／χ《カイ》の悲劇／ψ《プサイ》の悲劇

◎Xシリーズ

イナイ×イナイ／キラレ×キラレ／タカイ×タカイ／ムカシ×ムカシ／サイタ×サイタ／ダマシ×ダマシ

◎百年シリーズ

女王の百年密室／迷宮百年の睡魔／赤目姫の潮解

◎ヴォイド・シェイパシリーズ

ヴォイド・シェイパ／ブラッド・スクーパ／スカル・ブレーカ（本書）／フォグ・ハイダ（二〇二一年七月刊行予定）／マインド・クァンチャ（二〇二一年九月刊行予定）

◎Wシリーズ

彼女は一人で歩くのか？／魔法の色を知っているか？／風は青海を渡るのか？／デボラ、眠っているのか？／私たちは生きているのか？／青白く輝く月を見たか？／ペガサスの解は虚栄か？／血か、死か、無か？／天空の矢はどこへ？／人間のように泣いたのか？

◎Ｗシリーズ
それでもデミアンは一人なのか？／神はいつ問われるのか？／キャサリンはどのように子供を産んだのか？／幽霊を創出したのは誰か？／君たちは絶滅危惧種なのか？

◎短編集
まどろみ消去／地球儀のスライス／今夜はパラシュート博物館へ／虚空の逆マトリクス／レタス・フライ／僕は秋子に借りがある　森博嗣自選短編集／どちらかが魔女　森博嗣シリーズ短編集

◎シリーズ外の小説
そして二人だけになった／探偵伯爵と僕／奥様はネットワーカ／カクレカラクリ／ゾラ・一撃・さようなら／銀河不動産の超越／喜嶋先生の静かな世界／トーマの心臓／実験的経験／馬鹿と嘘の弓／歌の終わりは海（二〇二一年十月刊行予定）

◎クリームシリーズ（エッセィ）
つぶやきのクリーム／つぼやきのテリーヌ／つぼねのカトリーヌ／ツンドラモンスーン／つぼみ茸ムース／つぶさにミルフィーユ／月夜のサラサーテ／つんつんブラザーズ／ツベルクリンムーチョ

◎その他

森博嗣のミステリィ工作室／１００人の森博嗣／アイソパラメトリック／悪戯王子と猫の物語（ささきすばる氏との共著）／悠悠おもちゃライフ／人間は考えるＦになる（土屋賢二氏との共著）／君の夢　僕の思考／議論の余地しかない／的を射る言葉／森博嗣の半熟セミナ　博士、質問があります！／庭園鉄道趣味　鉄道に乗れる庭／庭煙鉄道趣味　庭蒸気が走る毎日／ＤＯＧ＆ＤＯＬＬ／ＴＲＵＣＫ＆ＴＲＯＬＬ／森には森の風が吹く／森籠もりの日々／森遊びの日々／森語りの日々／森心地の日々／森メトリィの日々

☆詳しくは、ホームページ「森博嗣の浮遊工作室」を参照
（https://www.ne.jp/asahi/beat/non/mori/）
（２０２０年11月より、ＵＲＬが新しくなりました）

■冒頭および作中各章の引用文は以下によりました。
原著：『校註葉隠』（田代陣基編／栗原荒野校註、青潮社）
英語訳：HAGAKURE、西野正廣訳、佐賀県立図書館データベース搭載
■この本は、二〇一五年三月刊行の中公文庫版を底本としました。

スカル・ブレーカ　The Skull Breaker

二〇二一年五月十七日　第一刷発行

KODANSHA NOVELS

著者—森《もり》 博《ひろ》嗣《し》

発行者—鈴木章一

発行所—株式会社講談社

東京都文京区音羽二-一二-二一

郵便番号一一二-八〇〇一

編集〇三-五三九五-三五〇六

販売〇三-五三九五-五八一七

業務〇三-五三九五-三六一五

本文データ制作—講談社デジタル製作

印刷所—豊国印刷株式会社　製本所—株式会社若林製本工場

定価はカバーに表示してあります

N.D.C.913　360p　18cm

ISBN978-4-06-520737-6

Xシリーズ

ＳＹアート＆リサーチ社、業務の記録　全6巻

イナイ×イナイ

P E E K A B O O

屋敷の地下で密かに
育まれる犯罪の芽

キラレ×キラレ

C U T T H R O A T

満員電車に出没する
切り裂き魔の正体は

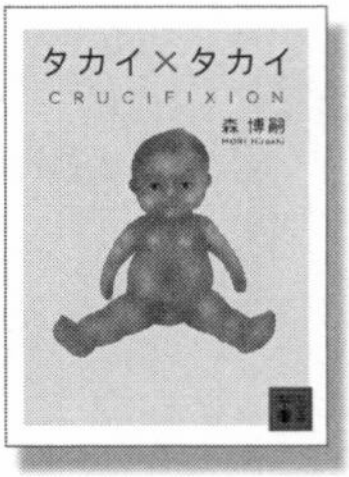

タカイ×タカイ

C R U C I F I X I O N

地上15メートルに
掲げられた他殺死体

KODANSHA NOVELS 講談社ノベルス

驚愕の空中密室
魔剣天翔 森 博嗣

豪華絢爛　森ミステリィ
恋恋蓮歩の演習 森 博嗣

森ミステリィ、凛然たる論理
六人の超音波科学者 森 博嗣

創刊20周年記念特別書き下ろし
捩れ屋敷の利鈍 森 博嗣

至高の密室、森ミステリィ
朽ちる散る落ちる 森 博嗣

端正にして華麗、森ミステリィ
赤緑黒白 森 博嗣

森ミステリィの更なる境地
四季　春 森 博嗣

優美なる佇まい、森ミステリィ
四季　夏 森 博嗣

精緻の美、森ミステリィ
四季　秋 森 博嗣

森ミステリィの極点
四季　冬 森 博嗣

森ミステリィの新世界
φ《ファイ》は壊れたね 森 博嗣

鮮やかなロジック、森ミステリィ
θ《シータ》は遊んでくれたよ 森 博嗣

清新なる論理、森ミステリィ
τ《タウ》になるまで待って 森 博嗣

森ミステリィ、驚嘆の美技
ε《イプシロン》に誓って 森 博嗣

論理の匠技
λ《ラムダ》に歯がない 森 博嗣

森ミステリィの深奥
η《イータ》なのに夢のよう 森 博嗣

純化される森ミステリィ
目薬α《アルファ》で殺菌します 森 博嗣

Gシリーズ最大の衝撃！
ジグβ《ベータ》は神ですか 森 博嗣

Gシリーズの絶佳！
キウイγ《ガンマ》は時計仕掛け 森 博嗣

Gシリーズの転換点
χ《カイ》の悲劇 森 博嗣

またひとつ連環が明かされる
ψ《プサイ》の悲劇 森 博嗣

森ミステリィの最新説！
イナイ×イナイ 森 博嗣

冴えわたる森ミステリィ
キラレ×キラレ 森 博嗣

森ミステリィの正道
タカイ×タカイ 森 博嗣

切実さに迫る森ミステリィ
ムカシ×ムカシ 森 博嗣

深淵に触れる森ミステリィ
サイタ×サイタ 森 博嗣

一陽来復、森ミステリィ
ダマシ×ダマシ 森 博嗣

剣豪時代小説
ヴォイド・シェイパ 森 博嗣

剣豪時代小説
ブラッド・スクーパ 森 博嗣

剣豪時代小説
スカル・ブレーカ 森 博嗣